Opere di Italo Calvino

ITALO CALVINO

Se una notte d'inverno un viaggiatore

Presentazione dell'autore

ARNOLDO MONDADORI EDITORE

© 1994 by Palomar S.r.l. e Arnoldo Mondadori Editore S.p.A., Milano

I edizione Oscar Opere di Italo Calvino settembre 1994

ISBN 88-04-39029-8

Questo volume è stato stampato
presso la Arnoldo Mondadori Editore S.p.A.
Stabilimento di Verona
Stampato in Italia - Printed in Italy

A questa edizione ha collaborato Luca Baranelli

Ristampe:

5 6 7 8 9 10 11 12 13

1998   1999   2000   2001

Il nostro indirizzo internet è:
http://www.mondadori.com/libri

Presentazione

La prima edizione di Se una notte d'inverno un viaggiatore *fu pubblicata dall'editore Einaudi nel giugno del 1979. In occasione dell'uscita del libro, Calvino ne parlò in numerose interviste a giornali e periodici. Ma l'occasione migliore per riflettere e discutere sulla struttura e il significato del libro gli fu offerta da una recensione del critico Angelo Guglielmi: Calvino gli ripose con l'intervento che segue, intitolato* Se una notte d'inverno un narratore *e uscito nel dicembre del 1979 sul mensile «alfabeta».*

Caro Angelo Guglielmi, «a questo punto farei a Calvino due domande», tu scrivi, ma in realtà sono parecchi gli interrogativi, espliciti o impliciti, che tu poni a proposito del mio *Viaggiatore*, nel tuo articolo su «Alfabeta» n. 6, intitolato appunto *Domande per Italo Calvino*. Cercherò, per quanto posso, di risponderti.

Comincerò dalla parte del tuo articolo che non pone interrogativi, cioè in cui il tuo discorso coincide col mio, per poi individuare i punti in cui i nostri sentieri si biforcano e cominciano ad allontanarsi. Tu descrivi molto fedelmente il mio libro e soprattutto definisci con precisione i dieci tipi di romanzo che vengono successivamente proposti al lettore:

«... In un romanzo la realtà è imprendibile come la nebbia; in un altro gli oggetti si presentano con caratteri fin troppo corposi e sensuali; in un terzo è vincente l'approccio introspettivo; in un altro agisce una forte tensione esistenziale proiettata verso la storia, la politica e l'azione; in un altro ancora esplode la violenza più brutale; e poi in un altro cresce un sentimento insostenibile di disagio e di angoscia. E poi c'è il romanzo erotico-perverso, quello tellurico-primordiale e infine il romanzo apocalittico»[1].

Mentre la maggior parte dei critici per definire questi dieci *incipit* ne ha cercato dei possibili modelli o fonti (e spesso da questi elenchi di autori saltano fuori nomi a cui io non avevo mai pensato, cosa che richiama l'attenzione su un campo finora poco esplorato: come funzionano le associazioni mentali tra testi diversi, per quali vie un testo nella nostra mente viene assimilato o affiancato a un altro) tu segui quello che è stato il mio procedimento, cioè di propormi ogni volta un'impostazione stilistica e di rapporto col mondo (attorno alla quale poi lascio che naturalmente s'addensino echi di memoria di

---

[1] Cinque anni dopo, nel corso di una conferenza tenuta all'Istituto italiano di cultura di Buenos Aires, Calvino si sarebbe ricordato di queste parole in una sua definizione e descrizione del libro: «L'impresa di cercare di scrivere romanzi "apocrifi", cioè che immagino siano scritti da un autore che non sono io e che non esiste, l'ho portata fino in fondo nel mio libro *Se una notte d'inverno un viaggiatore*. È un romanzo sul piacere di leggere romanzi; protagonista è il Lettore, che per dieci volte comincia a leggere un libro che per vicissitudini estranee alla sua volontà non riesce a finire. Ho dovuto dunque scrivere l'inizio di dieci romanzi d'autori immaginari, tutti in qualche modo diversi da me e diversi tra loro: un romanzo tutto sospetti e senzazioni confuse; uno tutto sensazioni corpose e sanguigne; uno introspettivo e simbolico; uno rivoluzionario esistenziale; uno cinico-brutale; uno di manie ossessive; uno logico e geometrico; uno erotico-perverso; uno tellurico-primordiale; uno apocalittico-allegorico. Più che d'identificarmi con l'autore di ognuno dei dieci romanzi, ho cercato d'identificarmi col lettore: rappresentare il piacere della lettura d'un dato genere, più che il testo vero e proprio. Pure in qualche momento mi sono sentito come attraversato dall'energia creativa di questi dieci autori inesistenti. Ma soprattutto ho cercato di dare evidenza al fatto che ogni libro nasce in presenza d'altri libri, in rapporto e confronto ad altri libri» (I. Calvino, *Il libro, i libri*, «Nuovi quaderni italiani», Buenos Aires, 1984, p. 19).

tanti libri letti), impostazione che tu definisci perfettamente in tutti e dieci i casi.

In tutti e dieci i casi? Guardando meglio, m'accorgo
che gli esempi che dai sono solo nove. C'è una lacuna,
marcata dal punto fermo e dall'«E poi...» che corrisponde al racconto degli specchi (*In una rete di linee che s'intersecano*), cioè a un esempio di narrazione che tende a costruirsi come un'operazione logica o una figura geome-
trica o una partita a scacchi. Se vogliamo anche noi tentare l'approssimazione dei nomi propri, potremmo rintracciare il padre più illustre di questo modo di raccontare in Poe e il punto d'arrivo più compiuto e attuale in
Borges. Tra questi due nomi pur distanti possiamo situare quanti autori tendono a filtrare le emozioni più romanzesche in un clima mentale di rarefatta astrazione,
guarnito spesso di qualche preziosismo erudito.

In una rete di linee che s'intersecano è stato da altri critici
messo molto in rilievo (forse troppo?) mentre è l'unico
che tu dimentichi. Perché? Perché, dico io, se tu l'avessi
tenuto presente, avresti dovuto tener conto che tra le
forme letterarie che caratterizzano la nostra epoca c'è
anche l'opera *chiusa* e *calcolata* in cui chiusura e calcolo
sono scommesse paradossali che non fanno che indicare
la verità opposta a quella rassicurante (di completezza e
di tenuta) che la propria forma sembra significare, cioè
comunicano il senso d'un mondo precario, in bilico, in
frantumi.

Ma se tu ammetti questo, dovresti riconoscere che il
libro del *Viaggiatore* tutt'intero risponde in qualche misura a questo modello (a cominciare dall'utilizzazione – caratteristica di questo genere – del vecchio *topos* romanzesco d'una cospirazione universale dagli incontrollabili
poteri, – in chiave comico-allegorica, almeno da Chester-
ton in poi – retta da un proteiforme deus-ex-machina; il
personaggio del Gran Mistificatore che tu mi rimproveri
come una trovata troppo semplice è in questo contesto
un ingrediente quasi direi d'obbligo), modello in cui la

prima regola del gioco è «far tornare i conti» (o meglio: far sembrare che i conti tornino mentre sappiamo che non tornano affatto). Il «far tornare i conti» per te è soltanto una soluzione di comodo, mentre può ben essere vista come un esercizio acrobatico per sfidare – e indicare – il vuoto sottostante.

Insomma, se tu non avessi saltato (o cancellato?) il «romanzo geometrico» dalla lista, una parte delle tue domande e obiezioni sarebbe venuta a cadere, a cominciare da quella sull'«inconcludibilità». (Ti scandalizzi perché io «concludo» e ti chiedi: «Che si tratti d'una disattenzione del Nostro?». No, ci ho fatto molta attenzione, invece, calcolando tutto in modo che il «lieto fine» più tradizionale – le nozze dell'eroe e dell'eroina – venisse a sigillare la cornice che abbraccia lo sconquasso generale).

Quanto alla discussione sul «non finito» – tema sul quale dici cose molto giuste in un senso letterario generale – vorrei per prima cosa sgombrare il terreno da possibili equivoci. Due punti soprattutto vorrei fossero più chiari:

1) L'oggetto della lettura che è al centro del mio libro non è tanto «il letterario» quanto «il romanzesco», cioè una procedura letteraria determinata – propria della narrativa popolare e di consumo ma variamente adottata dalla letteratura colta – che si basa in primo luogo sulla capacità di costringere l'attenzione su un intreccio nella continua attesa di quel che sta per avvenire. Nel romanzo «romanzesco» l'interruzione è un trauma, ma può essere anche istituzionalizzata (l'interruzione delle puntate dei romanzi d'appendice al momento culminante; il taglio dei capitoli; il «facciamo un passo indietro»). L'aver fatto dell'interruzione dell'intreccio un motivo strutturale del mio libro ha questo senso preciso e circoscritto e non tocca la problematica del «non finito» in arte e in letteratura che è un'altra cosa. Meglio dire che qui non si tratta del «non finito» ma del «finito interrotto», del

«finito la cui fine è occultata o illeggibile», sia in senso letterale che in senso metaforico. (Mi pare che da qualche parte dico qualcosa come: «viviamo in un mondo di storie che cominciano e non finiscono»).

2) Sarà proprio vero che i miei *incipit* s'interrompono? Qualche critico (vedi Luce d'Eramo, «Il manifesto», 16 settembre) e qualche lettore di palato fino sostengono di no: trovano che sono dei racconti compiuti, che dicono tutto quello che dovevano dire e a cui non c'è nulla da aggiungere. Su questo punto io non mi pronuncio. Posso solo dire che in partenza volevo fare dei romanzi interrotti, o meglio: rappresentare la lettura di romanzi che s'interrompono; poi in prevalenza mi sono venuti dei testi che avrei potuto anche pubblicare indipendentemente come racconti. (Cosa abbastanza naturale, dato che sono sempre stato più un autore di racconti che un romanziere).

Il naturale destinatario e fruitore del «romanzesco» è il «lettore medio» che per questo ho voluto fosse il protagonista del *Viaggiatore*. Protagonista doppio, perché si scinde in un Lettore e in una Lettrice. Al primo non ho dato una caratterizzazione né dei gusti precisi: potrebb'essere un lettore occasionale ed eclettico. La seconda è una lettrice di vocazione, che sa spiegare le sue attese e i suoi rifiuti (formulati in termini il meno intellettualistici possibile, anche se – anzi, proprio perché – il linguaggio intellettuale va stingendo irreparabilmente sul parlato quotidiano), sublimazione della «lettrice media» ma ben fiera del suo ruolo sociale di lettrice per passione disinteressata. È un ruolo sociale cui credo, e che è il presupposto del mio lavoro, non solo di questo libro.

È su questa destinazione al «lettore medio» che tu appunti il tuo a-fondo più categorico, quando chiedi: «Non è che con Ludmilla Calvino, se pure inconsapevolmente, conduce un'opera di seduzione (di adulazione) verso il lettore medio, che poi è il vero lettore (e acquirente) del suo libro, prestandogli alcune delle straordinarie qualità della insuperabile Ludmilla?».

Di questo discorso la cosa che non mi va giù è il *se pure inconsapevolmente*. Come: inconsapevolmente? Se ho messo Lettore e Lettrice al centro del libro, sapevo quel che facevo. Né mi dimentico neanche per un minuto (dato che vivo di diritti d'autore) che il lettore è *acquirente*, che il libro è un oggetto che si vende sul mercato. Chi crede di poter prescindere dall'economicità dell'esistenza e da tutto ciò che essa comporta, non ha mai avuto il mio rispetto.

Insomma, se mi dai del seduttore, passi; dell'adulatore, passi; del mercante in fiera, passi anche quello; ma se mi dai dell'inconsapevole, allora mi offendo! Se nel *Viaggiatore* ho voluto rappresentare (e allegorizzare) il coinvolgimento del lettore (del lettore *comune*) in un libro che non è mai quello che lui s'aspetta, non ho fatto che esplicitare quello che è stato il mio intento cosciente e costante in tutti i miei libri precedenti. Qui si aprirebbe un discorso di sociologia della lettura (anzi, di politica della lettura) che ci porterebbe lontano dalla discussione sulla sostanza del libro in questione.

Meglio tornare alle due domande principali intorno alle quali prende corpo la tua discussione: 1) per il superamento dell'io si può puntare sulla moltiplicazione degli io?; 2) tutti gli autori possibili possono essere ridotti a dieci? (Sintetizzo così solo per pro-memoria, ma rispondendoti cerco di tener presente tutta l'argomentazione del tuo testo).

Per il primo punto posso solo dire che l'inseguire la complessità attraverso un catalogo di possibilità linguistiche diverse è un procedimento che caratterizza tutta una fetta della letteratura di questo secolo, a cominciare dal romanzo che racconta una giornata qualsiasi d'un tizio di Dublino in diciotto capitoli ognuno con una diversa impostazione stilistica.

Questi illustri precedenti non escludono che mi piacerebbe raggiungere sempre quello «stato di disponibilità» di cui tu parli, «grazie al quale il rapporto col mondo possa svilupparsi non nei termini del riconoscimento ma nella forma della ricerca»; però, almeno per la durata di questo libro, «la forma della ricerca» è stata ancora per me quella – in qualche modo canonica – d'una molteplicità che converge su (o s'irradia da) un'unità tematica di fondo. Niente di particolarmente nuovo, in questo senso: già nel 1947 Raymond Queneau pubblicava *Exercises de style* in cui un aneddoto di poche righe è trattato in 99 redazioni differenti.

Io ho scelto, come situazione romanzesca tipica, uno schema che potrei enunciare così: *un personaggio maschile che narra in prima persona si trova a assumere un ruolo che non è il suo, in una situazione in cui l'attrazione esercitata da un personaggio femminile e l'incombere dell'oscura minaccia d'una collettività di nemici lo coinvolgono senza scampo.* Questo nucleo narrativo di base l'ho dichiarato in fondo al mio libro, sotto forma di storia apocrifa delle *Mille e una notte*, ma mi pare che nessun critico (per quanto molti abbiano sottolineato l'unità tematica del libro) l'abbia rilevata. Se vogliamo, la stessa situazione si può riconoscere nella cornice (in questo caso potremmo dire che la crisi d'identità del protagonista viene dal fatto di non avere identità, d'essere un «tu» in cui ognuno può identificare il suo «io»).

Questa non è che una delle *contraintes* o regole del gioco che mi sono imposto. Hai visto che in ogni capitolo della «cornice» il tipo di romanzo che seguirà viene enunciato sempre per bocca della Lettrice. Per di più ogni «romanzo» ha un titolo che risponde anche quello a una necessità, dato che tutti i titoli letti di seguito costituiranno anche loro un *incipit*. Essendo questo titolo sempre letteralmente pertinente al tema della narrazione, ogni «romanzo» risulterà dall'incontro del titolo con l'attesa della Lettrice, quale è stata formulata da lei nel corso del capitolo precedente. Tutto questo per dirti che se guardi bene, al posto della «identificazione in altri io» trovi una griglia di percorsi obbligati che è la vera macchina generativa del libro, sul tipo delle allitterazioni che Raymond Roussel si proponeva come punto di partenza e punto d'arrivo delle sue operazioni romanzesche.

Arriviamo così alla domanda n. 2: perché proprio dieci romanzi? La risposta è ovvia e la dai tu stesso qualche capoverso più avanti: «si doveva pur fissare un limite convenzionale»; potevo anche scegliere di scriverne dodici, o sette, o settantasette; quanto bastava per comunicare il senso della molteplicità. Ma tu subito scarti questa risposta: «Calvino individua con troppa sapienza le dieci possibilità per non scoprire i suoi intenti totalizzanti e la sua sostanziale indisponibilità a una partita più incerta».

Interrogando me stesso su questo punto, mi viene da chiedermi: «In che pasticcio mi sono cacciato?». Infatti, per l'idea di totalità ho sempre avuto una certa allergia; negli «intenti totalizzanti» non mi riconosco; eppure, carta canta: qui io parlo – o il mio personaggio Silas Flannery parla – proprio di «totalità», di «tutti i libri possibili». Il problema riguarda non solo i *tutti,* ma i *possibili;* ed è lì che batte la tua obiezione, dato che la domanda n. 2 viene subito da te riformulata così: «crede proprio Calvino... che il *possibile* coincida con l'*esistente*?». E molto suggestivamente mi ammonisci «che il possibile non si può numerare, che non è mai il risultato di una somma e che piuttosto si caratterizza come una sorta di linea a perdersi in cui ogni punto tuttavia partecipa del carattere infinito dell'insieme».

Per cercare di venirne fuori, forse la domanda che mi devo porre è: perché quei dieci e non altri? È chiaro che se ho scelto quei dieci tipi di romanzo è perché mi pareva avessero più significato per me, perché mi venivano meglio, perché mi divertivano di più a scriverli. Continuamente mi si presentavano altri tipi di romanzi che avrei potuto aggiungere alla lista, ma o non ero sicuro di riuscirci, o non presentavano per me un'interesse formale abbastanza forte, o comunque lo schema del libro era già abbastanza carico e non volevo allargarlo. (Per esempio, quante volte ho pensato: perché l'io narrante dev'essere sempre un uomo? E la scrittura «femminile»? Ma esiste *una* scrittura «femminile»? O non si potrebbero immaginare corrispettivi «femminili» per ogni esempio di romanzo «maschile»?).

Diciamo allora che nel mio libro il *possibile* non è il possibile in assoluto ma il *possibile per me*. E nemmeno tutto il possibile per me; per esempio, non m'interessava ripercorrere la mia autobiografia letteraria, rifare tipi di narrativa che avevo già fatto; dovevano essere dei possibili al margine di quel che io sono e faccio, raggiungibili con un salto fuori di me che restasse nei limiti d'un salto *possibile*.

Questa definizione limitativa del mio lavoro (che ho messo avanti per smentire gli «intenti totalizzanti» che mi attribuisci) finirebbe col darne un'immagine impoverita, se non tenesse conto d'una spinta in senso contrario che lo ha sempre accompagnato: cioè mi chiedevo sempre se il lavoro che io stavo facendo poteva avere un senso non solo per me ma anche per gli altri. Soprattutto nelle ultime fasi, quando il libro era praticamente compiuto e le sue molte giunture obbligate impedivano ulteriori spostamenti, mi è presa la smania di verificare se potevo giustificare concettualmente il suo intreccio, il suo percorso, il suo ordine. Ho tentato vari riassunti e schemi, per mio esclusivo chiarimento personale, ma non riuscivo mai a farli quadrare al cento per cento.

A quel punto ho fatto leggere il manoscritto al più sapiente dei miei amici per vedere se riusciva a spiegarmelo. Mi disse che secondo lui il libro procedeva per successive cancellazioni, fino alla cancellazione del mondo nel «romanzo apocalittico». Questa idea e, contemporaneamente, la rilettura del racconto di Borges *L'avvicinamento a Almotásim* mi hanno portato a rileggere il mio libro (ormai finito) come quella che avrebbe potuto essere una ricerca del «vero romanzo» e insieme del giusto atteggiamento verso il mondo, dove ogni «romanzo» cominciato e interrotto corrispondeva a una via scartata. In questa ottica il libro veniva a rappresentare (per me) una specie d'autobiografia in negativo: i romanzi che avrei potuto scrivere e che avevo scartato, e insieme (per me e per gli altri) un catalogo indicativo d'atteggiamenti esistenziali che portano ad altrettante vie sbarrate.

L'amico sapiente ricordò lo schema d'alternative binarie che Platone usa nel *Sofista* per definire il pescatore alla lenza: ogni volta un'alternativa viene esclusa e l'altra si biforca in due alternative. Bastò questo richiamo perché mi buttassi a tracciare schemi che rendessero ragione secondo questo metodo dell'itinerario delineato nel libro. Te ne comunico uno, nel quale ritroverai, nelle mie definizioni dei dieci romanzi, quasi sempre le stesse parole che hai usato tu.

Lo schema potrebbe avere una circolarità, nel senso che l'ultimo segmento si può collegare col primo. Totalizzante, dunque? In questo senso, certo, mi piacerebbe che lo fosse. E che nei delusivi confini così tracciati riuscisse a circoscrivere una zona bianca dove situare l'atteggiamento «disconoscitivo» verso il mondo che tu proponi come il solo non mistificatorio, quando dichiari che «il mondo non può essere testimoniato (o predicato) ma solo disconosciuto, sganciato da ogni sorta di tutela, individuale o collettiva, e restituito alla sua irreducibilità».

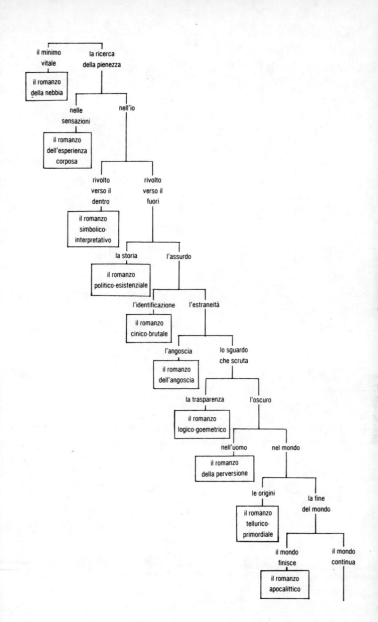

Cronologia

La presente Cronologia riproduce quella curata da Mario Barenghi e Bruno Falcetto per l'edizione dei Romanzi e racconti *di Italo Calvino nei «Meridiani», Mondadori, Milano 1991.*

«Dati biografici: io sono ancora di quelli che credono, con Croce, che di un autore contano solo le opere. (Quando contano, naturalmente.) Perciò dati biografici non ne do, o li do falsi, o comunque cerco sempre di cambiarli da una volta all'altra. Mi chieda pure quel che vuol sapere, e Glielo dirò. *Ma non Le dirò mai la verità*, di questo può star sicura» [lettera a Germana Pescio Bottino, 9 giugno 1964]

«Ogni volta che rivedo la mia vita fissata e oggettivata sono preso dall'angoscia, soprattutto quando si tratta di notizie che ho fornito io [...] ridicendo le stesse cose con altre parole, spero sempre d'aggirare il mio rapporto nevrotico con l'autobiografia» [lettera a Claudio Milanini, 27 luglio 1985]

1923

Italo Calvino nasce il 15 ottobre a Santiago de las Vegas, presso L'Avana. Il padre, Mario, è un agronomo di vecchia famiglia sanremese, che si trova a Cuba, dopo aver trascorso una ventina d'anni in Messico, per dirigere una stazione sperimentale di agricoltura e una scuola agraria. La madre, Evelina Mameli, sassarese d'origine, è laureata in scienze naturali e lavora come assistente di botanica all'Università di Pavia.

«Mia madre era una donna molto severa, austera, rigida nelle sue idee tanto sulle piccole che sulle grandi cose. Anche mio padre era molto austero e burbero ma la sua severità era più rumorosa, collerica, intermittente. Mio padre come personaggio narrativo viene meglio, sia come vecchio ligure molto radicato nel suo paesaggio, sia come uomo che aveva girato il mondo e che aveva vissuto la rivoluzione messicana al tempo di Pancho Villa. Erano due personalità molto forti e caratterizzate [...] L'unico modo per un figlio per non essere schiacciato [...] era opporre un sistema di difese. Il che comporta anche delle perdite: tutto il sapere che potrebbe essere trasmesso dai genitori ai figli viene in parte perduto» [RdM 80].

1925

La famiglia Calvino fa ritorno in Italia. Il rientro in patria era stato programmato da tempo, e rinviato a causa dell'arrivo del primogenito: il quale, per parte sua, non serbando del luogo di nascita che un mero e un po' ingombrante dato anagrafico, si dirà sempre ligure, o, più precisamente, sanremese.

«Sono cresciuto in una cittadina che era piuttosto diversa dal resto d'Italia, ai tempi in cui ero bambino: San Remo, a quel tempo ancora popolata di vecchi inglesi, granduchi russi, gente eccentrica e cosmopolita. E la mia famiglia era piuttosto insolita sia per San Remo sia per l'Italia d'allora: scienziati, adoratori della natura, liberi pensatori [...] Mio padre [...] di famiglia mazziniana repubblicana anticlericale massonica, era stato in gioventù anarchico kropotkiniano e poi socialista riformista [...] mia madre [...], di famiglia laica, era cresciuta nella religione del dovere civile e della scienza, socialista interventista nel '15 ma con una tenace fede pacifista» [Par 60].

I Calvino vivono tra la villa «La Meridiana» e la campagna avita di San Giovanni Battista. Il padre dirige la Stazione sperimentale di floricoltura «Orazio Raimondo», frequentata da giovani di molti paesi, anche extraeuropei. In seguito al fallimento della Banca Garibaldi di San Remo, mette a disposizione il parco della villa per la prosecuzione dell'attività di ricerca e d'insegnamento.

«Tra i miei familiari solo gli studi scientifici erano in onore; un mio zio materno era un chimico, professore universitario, sposato a una chimica; anzi ho avuto due zii chimici sposati a due zie chimiche [...] io sono la pecora nera, l'unico letterato della famiglia» [Accr 60].

1926

«Il primo ricordo della mia vita è un socialista bastonato dagli squadristi [...] è un ricordo che deve riferirsi probabilmente all'ultima volta che gli squadristi usarono il manganello, nel 1926, dopo un attentato a Mussolini [...] Ma far discendere dalla prima immagine infantile, tutto quel che si vedrà e sentirà nella vita, è una tentazione letteraria» [Par 60].

I genitori sono contrari al fascismo; la loro critica contro il regime tende tuttavia a sfumare in una condanna generale della politica. «Tra il giudicare negativamente il fascismo e un impegno politico antifascista c'era una distanza che ora è quasi inconcepibile» [Par 60].

1927

Frequenta l'asilo infantile al St. George College. Nasce il fratello Floriano, futuro geologo di fama internazionale e docente all'Università di Genova.

1929-33

Frequenta le Scuole Valdesi. Diventerà balilla negli ultimi anni delle elementari, quando l'obbligo dell'iscrizione verrà esteso alle scuole private.

«La mia esperienza infantile non ha nulla di drammatico, vivevo in un mondo agiato, sereno, avevo un'immagine del mondo variegata e ricca di sfumature contrastanti, ma non la coscienza di conflitti accaniti» [Par 60].

1934

Superato l'esame d'ammissione, frequenta il ginnasio-liceo «G. D. Cassini». I genitori non danno ai figli un'educazione religiosa, e in una scuola statale la richiesta di esonero dalle lezioni di religione e dai servizi di culto risulta decisamente anticonformistica. Ciò fa sì che Italo, a volte, si senta in qualche modo diverso dagli altri ragazzi: «Non credo che questo mi abbia nuociuto: ci si abitua ad avere ostinazione nelle proprie abitudini, a trovarsi isolati per motivi giusti, a sopportare il disagio che ne deriva, a trovare la linea giusta per mantenere posizioni che non sono condivise dai più. Ma soprattutto sono cresciuto tollerante verso le opinioni altrui, particolarmente nel campo religioso [...] E nello stesso tempo sono rimasto completamente privo di quel gusto dell'anticlericalismo così frequente in chi è cresciuto in mezzo ai preti» [Par 60].

1935-38

«Il primo vero piacere della lettura d'un vero libro lo provai abbastanza tardi: avevo già dodici o tredici anni, e fu con Kipling, il primo e (soprattutto) il secondo libro della Giungla. Non ricordo se ci arrivai attraverso una biblioteca scolastica o perché lo ebbi in regalo. Da allora in poi avevo qualcosa da cercare nei libri: vedere se si ripeteva quel piacere della lettura provato con Kipling» [manoscritto inedito].

Oltre ad opere letterarie, il giovane Italo legge con interesse le riviste umoristiche («Bertoldo», «Marc'Aurelio», «Settebello») di cui lo attrae lo «spirito d'ironia sistematica» [Rep 84], tanto lontano dalla retorica del regime. Disegna vignette e fumetti; si appassiona al cinema. «Ci sono stati anni in cui andavo al cinema quasi tutti i giorni e magari due volte al giorno, ed erano gli anni tra diciamo il Trentasei e la guerra, l'epoca insomma della mia adolescenza» [AS 74].

Per la generazione cui Calvino appartiene, quell'epoca

è però destinata a chiudersi anzitempo, e nel più drammatico dei modi. «L'estate in cui cominciavo a prender gusto alla giovinezza, alla società, alle ragazze, ai libri, era il 1938: finì con Chamberlain e Hitler e Mussolini a Monaco. La "belle époque" della Riviera era finita [...] Con la guerra, San Remo cessò d'essere quel punto d'incontro cosmopolita che era da un secolo (lo cessò per sempre; nel dopoguerra diventò un pezzo di periferia milan-torinese) e ritornarono in primo piano le sue caratteristiche di vecchia cittadina di provincia ligure. Fu, insensibilmente, anche un cambiamento d'orizzonti» [Par 60].

1939-40

La sua posizione ideologica rimane incerta, sospesa fra il recupero polemico di una scontrosa identità locale, «dialettale», ed un confuso anarchismo. «Fino a quando non scoppiò la seconda guerra mondiale, il mondo mi appariva un arco di diverse gradazioni di moralità e di costume, non contrapposte, ma messe l'una a fianco dell'altra [...] Un quadro come questo non imponeva affatto delle scelte categoriche come può sembrare ora» [Par 60].

Scrive brevi racconti, apologhi, opere teatrali – «tra i 16 e i 20 anni sognavo di diventare uno scrittore di teatro» [Pes 83] – e anche poesiole d'ispirazione montaliana: «Montale fin dalla mia adolescenza è stato il mio poeta e continua ad esserlo [...] Poi sono ligure, quindi ho imparato a leggere il mio paesaggio anche attraverso i libri di Montale» [D'Er 79].

1941-42

Conseguita la licenza liceale (gli esami di maturità sono sospesi a causa della guerra) si iscrive alla Facoltà di Agraria dell'Università di Torino, dove il padre era incaricato di Agricoltura Tropicale, e supera quattro esami del primo anno, senza peraltro inserirsi nella dimensione metropolitana e nell'ambiente universitario; anche le inquietudini che maturavano nell'ambiente dei Guf gli rimangono estranee. È invece nei rapporti personali, e segnatamente nell'amicizia con Eugenio Scalfari (già suo compagno di liceo), che trova stimolo per interessi culturali e politici ancora immaturi, ma vivi.

«A poco a poco, attraverso le lettere e le discussioni estive con Eugenio venivo a seguire il risveglio dell'antifascismo clandestino e ad avere un orientamento nei libri da leggere: leggi Huizinga, leggi Montale, leggi Vittorini, leggi Pisacane: le novità letterarie di quegli anni segnavano le tappe d'una nostra disordinata educazione etico-letteraria» [Par 60].

1943

In gennaio si trasferisce alla Facoltà di Agraria e Forestale della Regia Università di Firenze, dove sostiene tre esami. Le sue opzioni politiche si vanno facendo via via più definite; alla fine di luglio brinda con gli amici alla notizia delle dimissioni di Mussolini [Scalf 85]. Dopo l'otto settembre, renitente alla leva della Repubblica di Salò, passa alcuni mesi nascosto. È questo – secondo la sua testimonianza personale – un periodo di solitudine e di letture intense, che avranno un grande peso nella sua vocazione di scrittore.

1944

Dopo aver saputo della morte in combattimento del giovane medico comunista Felice Cascione, chiede a un amico di presentarlo al PCI; poi, insieme al fratello sedicenne, si unisce alla seconda divisione di assalto «Garibaldi» intitolata allo stesso Cascione, che opera sulle Alpi Marittime, teatro per venti mesi di alcuni fra i più aspri scontri tra i partigiani e i nazifascisti. I genitori, sequestrati dai tedeschi e tenuti lungamente in ostaggio, danno prova durante la detenzione di notevole fermezza d'animo.

«La mia scelta del comunismo non fu affatto sostenuta da motivazioni ideologiche. Sentivo la necessità di partire da una "tabula rasa" e perciò mi ero definito anarchico [...] Ma soprattutto sentivo che in quel momento quello che contava era l'azione; e i comunisti erano la forza più attiva e organizzata» [Par 60].

L'esperienza della guerra partigiana risulta decisiva per la sua formazione umana, prima ancora che politica. Esemplare gli apparirà infatti soprattutto un certo spirito che animava gli uomini della Resistenza: cioè «una attitudine a superare i pericoli e le difficoltà di slancio, un misto di fierezza guerriera e autoironia sulla stessa propria fierezza guerriera, di senso di incarnare la vera autorità legale e di autoironia sulla situazione in cui ci si trovava a incarnarla, un piglio talora un po' gradasso e truculento ma sempre animato da generosità, ansioso di far propria ogni causa generosa. A distanza di tanti anni, devo dire che questo spirito, che permise ai partigiani di fare le cose meravigliose che fecero, resta ancor oggi, per muoversi nella contrastata realtà del mondo, un atteggiamento umano senza pari» [GAD 62].

Il periodo partigiano è cronologicamente breve, ma, sotto ogni altro riguardo, straordinariamente intenso. «La mia vita in quest'ultimo anno è stato un susseguirsi di peripezie [...] sono passato attraverso una inenarrabile serie di pericoli e di disagi; ho conosciuto la galera e la fuga, sono stato più volte sull'orlo della morte. Ma sono contento di tutto quello che ho fatto, del capitale di esperienze che ho accumulato, anzi avrei voluto pure di più» [lettera a Scalfari, 6 giugno 1945].

1945
Dopo la Liberazione inizia la «storia cosciente» delle idee di Calvino, che seguiterà a svolgersi, anche durante la militanza nel PCI, attorno al nesso inquieto e personale di comunismo e anarchismo. Questi due termini, più che delineare una prospettiva ideologica precisa, indica-

no due complementari esigenze ideali: «Che la verità della vita si sviluppi in tutta la sua ricchezza, al di là delle necrosi imposte dalle istituzioni» e «che la ricchezza del mondo non venga sperperata ma organizzata e fatta fruttare secondo ragione nell'interesse di tutti gli uomini viventi e venturi» [Par 60].

Usufruendo delle facilitazioni concesse ai reduci, in settembre si iscrive al terzo anno della Facoltà di Lettere di Torino, dove si trasferisce stabilmente. «Torino [...] rappresentava per me – e allora veramente era – la città dove movimento operaio e movimento d'idee contribuivano a formare un clima che pareva racchiudere il meglio d'una tradizione e d'una prospettiva d'avvenire» [GAD 62].

Attivista del PCI nella provincia di Imperia, scrive su vari periodici, fra i quali «La Voce della Democrazia» (organo del CLN San Remo), «La nostra lotta» (organo della sezione sanremese del PCI), «Il Garibaldino» (organo della Divisione Felice Cascione).

Diviene amico di Cesare Pavese, che negli anni seguenti sarà non solo il suo primo lettore – «finivo un racconto e correvo da lui a farglielo leggere. Quando morì mi pareva che non sarei più stato buono a scrivere, senza il punto di riferimento di quel lettore ideale» [DeM 59] – ma anche un paradigma di serietà e di rigore etico, su cui cercherà di modellare il proprio stile, e perfino il proprio comportamento. Grazie a Pavese presenta alla rivista «Aretusa» di Carlo Muscetta il racconto *Angoscia*, che esce sul numero di dicembre. In dicembre inizia anche, con l'articolo *Liguria magra e ossuta*, la sua collaborazione con «Il Politecnico» di Elio Vittorini.

«Quando ho cominciato a scrivere ero un uomo di poche letture, letterariamente ero un autodidatta la cui "didassi" doveva ancora cominciare. Tutta la mia formazione è avvenuta durante la guerra. Leggevo i libri delle case editrici italiane, quelli di "Solaria"» [D'Er 79].

1946

Comincia a «gravitare attorno alla casa editrice Einaudi», vendendo libri a rate [Accr 60]. Pubblica su periodici («L'Unità», «Il Politecnico») numerosi racconti che poi confluiranno in *Ultimo viene il corvo*. In maggio comincia a tenere sull'«Unità» di Torino la rubrica «Gente nel Tempo». Alla fine di dicembre vince (ex aequo con Marcello Venturi) il premio indetto dall'«Unità» di Genova, con il racconto *Campo di mine*. Su esortazione di Pavese e di Giansiro Ferrata si dedica alla stesura di un romanzo, che conclude negli ultimi giorni di dicembre. Sarà il suo primo libro, *Il sentiero dei nidi di ragno*.

«Lo scrivere è però oggi il più squallido e ascetico dei mestieri: vivo in una gelida soffitta torinese, tirando cinghia e attendendo i vaglia paterni che non posso che integrare con quel migliaio di lire settimanali che mi guadagno a suon di collaborazioni» [Scalf 89].

1947

«Una dolce e imbarazzante bigamia» è l'unico lusso che si conceda in una vita «veramente tutta di lavoro e tutta tesa ai miei obiettivi» [Scalf 89]. Fra questi c'è anche la laurea, che consegue con una tesi su Joseph Conrad.

Nel frattempo Pavese aveva presentato a Einaudi il *Sentiero*, che, pubblicato nella collana «I coralli», riscuote un discreto successo di vendite e vince il Premio Riccione.

Presso Einaudi Calvino si occupa ora dell'ufficio stampa e di pubblicità. Nell'ambiente della casa editrice torinese, animato dalla continua discussione tra sostenitori di diverse tendenze politiche e ideologiche, stringe legami di amicizia e di fervido confronto intellettuale non solo con letterati (i già citati Pavese e Vittorini, Natalia Ginzburg), ma anche con storici (Delio Cantimori, Franco Venturi) e filosofi, tra i quali Norberto Bobbio e Felice Balbo.

Durante l'estate partecipa come delegato al Festival mondiale della gioventù che si svolge a Praga.

1948
Lascia l'Einaudi per lavorare all'edizione torinese dell'«Unità», dove si occupa, per circa un anno, della redazione della terza pagina. Comincia a collaborare al settimanale comunista «Rinascita» con racconti e note di letteratura.

1949
In agosto partecipa al Festival della gioventù di Budapest; scrive una serie di articoli per «L'Unità». Per diversi mesi cura anche la rubrica delle cronache teatrali (*Prime al Carignano*). Dopo l'estate torna all'Einaudi.

Esce la raccolta di racconti *Ultimo viene il corvo*. Rimane invece inedito il romanzo *Il Bianco Veliero*, sul quale Vittorini aveva espresso un giudizio negativo.

1950
1° gennaio: assunto da Einaudi come redattore stabile, si occupa dell'ufficio stampa e dirige la parte letteraria della nuova collana «Piccola Biblioteca Scientifico-Letteraria». Come ricorderà Giulio Einaudi, «furono suoi, e di Vittorini, e anche di Pavese, quei risvolti di copertina e quelle schede che crearono [...] uno stile nell'editoria italiana».

Il 27 agosto Pavese si toglie la vita. Calvino è colto di sorpresa: «Negli anni in cui l'ho conosciuto, non aveva avuto crisi suicide, mentre gli amici più vecchi sapevano. Quindi avevo di lui un'immagine completamente diversa. Lo credevo un duro, un forte, un divoratore di lavoro, con una grande solidità. Per cui l'immagine del Pavese visto attraverso i suicidi, le grida amorose e di disperazione del diario, l'ho scoperta dopo la morte» [D'Er 79]. Dieci anni dopo, con la commemorazione *Pavese: essere e fare* traccerà un bilancio della sua eredità morale e letteraria. Rimarrà invece allo stato di progetto (documentato fra le carte di Calvino) una raccolta di scritti e interventi su Pavese e la sua opera.

Per la casa editrice è un momento di svolta: dopo le dimissioni di Balbo, il gruppo einaudiano si rinnova con l'ingresso, nei primi anni '50, di Giulio Bollati, Paolo Boringhieri, Daniele Ponchiroli, Renato Solmi, Luciano Foà e Cesare Cases. «Il massimo della mia vita l'ho dedicato ai libri degli altri, non ai miei. E ne sono contento, perché l'editoria è una cosa importante nell'Italia in cui viviamo e l'aver lavorato in un ambiente editoriale che è stato di modello per il resto dell'editoria italiana, non è cosa da poco» [D'Er 79].

Collabora con «Cultura e realtà», rivista fondata da Felice Balbo con altri esponenti della sinistra cristiana (Fedele D'Amico, Augusto Del Noce, Mario Motta).

1951

Conclude la travagliata elaborazione di un romanzo d'impianto realistico-sociale, *I giovani del Po*, che apparirà solo più tardi in rivista (su «Officina», tra il gennaio '57 e l'aprile '58), come documentazione di una linea di ricerca interrotta. In estate, pressoché di getto, scrive *Il visconte dimezzato*.

Fra ottobre e novembre compie un viaggio in Unione Sovietica («dal Caucaso a Leningrado»), che dura una cinquantina di giorni. La corrispondenza («Taccuino di viaggio in URSS di Italo Calvino»), pubblicata sull'«Unità» nel febbraio-marzo dell'anno successivo, gli varrà il Premio Saint-Vincent. Rifuggendo da valutazioni ideologiche generali, coglie della realtà sovietica soprattutto dettagli di vita quotidiana, da cui emerge un'immagine positiva e ottimistica («Qui la società pare una gran pompa aspirante di vocazioni: quel che ognuno ha di meglio, poco o tanto, se c'è deve saltar fuori in qualche modo»), anche se per vari aspetti reticente.

Durante la sua assenza (il 25 ottobre) muore il padre. Qualche anno dopo ne ricorderà la figura nel racconto autobiografico *La strada di San Giovanni*.

1952

Il visconte dimezzato, pubblicato nella collana «I gettoni» di Vittorini, ottiene un notevole successo e genera reazioni contrastanti nella critica di sinistra.

In maggio esce il primo numero del «Notiziario Einaudi», da lui redatto, e di cui diviene direttore responsabile a partire dal n. 7 di questo stesso anno.

Estate: insieme a Paolo Monelli, inviato della «Stampa», segue le Olimpiadi di Helsinki scrivendo articoli di colore per l'«Unità».

«Monelli era molto miope, ed ero io che gli dicevo: guarda qua, guarda là. Il giorno dopo aprivo "La Stampa" e vedevo che lui aveva scritto tutto quello che gli avevo indicato, mentre io non ero stato capace di farlo. Per questo ho rinunciato a diventare giornalista» [Nasc 84].

Pubblica su «Botteghe Oscure» (una rivista letteraria romana diretta da Giorgio Bassani) il racconto *La formica argentina*. Prosegue la collaborazione con l'«Unità», scrivendo contributi di vario genere (mai raccolti in volume), sospesi tra la narrazione, il *reportage* e l'apologo sociale; negli ultimi mesi dell'anno appaiono le prime novelle di *Marcovaldo*.

1953

Dopo *Il Bianco Veliero* e *I giovani del Po*, lavora per alcuni anni a un terzo tentativo di narrazione d'ampio respiro, *La collana della regina*, «un romanzo realistico-social-grottesco-gogoliano» di ambiente torinese e operaio, destinato anch'esso a rimanere inedito.

Sulla rivista romana «Nuovi Argomenti» esce il racconto *Gli avanguardisti a Mentone*.

1954

Inizia a scrivere sul settimanale «Il Contemporaneo», diretto da Romano Bilenchi, Carlo Salinari e Antonello Trombadori; la collaborazione durerà quasi tre anni.

Esce nei «Gettoni» *L'entrata in guerra*.

Viene definito il progetto delle *Fiabe italiane*, scelta e trascrizione di duecento racconti popolari delle varie regioni d'Italia dalle raccolte folkloristiche ottocentesche, corredata da introduzione e note di commento. Durante il lavoro preparatorio Calvino si avvale dell'assistenza dell'etnologo Giuseppe Cocchiara, ispiratore, per la collana dei «Millenni», della collezione dei «Classici della fiaba».

Comincia con una corrispondenza dalla XV Mostra cinematografica di Venezia una collaborazione con la rivista «Cinema Nuovo», che durerà alcuni anni. Si reca spesso a Roma, dove, a partire da quest'epoca, trascorre buona parte del suo tempo.

1955

Dal 1° gennaio acquista presso Einaudi la qualifica di dirigente, che manterrà fino al 30 giugno 1961; dopo quella data diventerà consulente editoriale.

Esce su «Paragone. Letteratura» *Il midollo del leone*, primo di una serie di impegnativi saggi, volti a definire la propria idea di letteratura rispetto alle principali tendenze culturali del tempo.

Fra gli interlocutori più agguerriti e autorevoli, quelli che Calvino chiamerà gli hegelo-marxiani: Cesare Cases, Renato Solmi, Franco Fortini.

Stringe con l'attrice Elsa De Giorgi una relazione destinata a durare qualche anno.

1956

Appaiono le *Fiabe italiane*. Il successo dell'opera consolida l'immagine di un Calvino «favolista» (che diversi critici vedono in contrasto con l'intellettuale impegnato degli interventi teorici).

Scrive l'atto unico *La panchina*, musicato da Sergio Liberovici, che viene rappresentato in ottobre al Teatro Donizetti di Bergamo.

Partecipa al dibattito su *Metello* con una lettera a Vasco Pratolini, pubblicata su «Società». Dedica uno degli ultimi interventi sul «Contemporaneo» a Pier Paolo Pasolini, in polemica con una parte della critica di sinistra.

Il ventesimo congresso del PCUS apre un breve periodo di speranze in una trasformazione del mondo del socialismo reale. «Noi comunisti italiani eravamo schizofrenici. Sì, credo proprio che questo sia il termine esatto. Con una parte di noi eravamo e volevamo essere i testimoni della verità, i vendicatori dei torti subiti dai deboli e dagli oppressi, i difensori della giustizia contro ogni sopraffazione. Con un'altra parte di noi giustificavamo i torti, le sopraffazioni, la tirannide del partito, Stalin, in nome della Causa. Schizofrenici. Dissociati. Ricordo benissimo che quando mi capitava di andare in viaggio in qualche paese del socialismo, mi sentivo profondamente a disagio, estraneo, ostile. Ma quando il treno mi riportava in Italia, quando ripassavo il confine, mi domandavo: ma qui, in Italia, in questa Italia, che cos'altro potrei essere se non comunista? Ecco perché il disgelo, la fine dello stalinismo, ci toglieva un peso terribile dal petto: perché la nostra figura morale, la nostra personalità dissociata, finalmente poteva ricomporsi, finalmente rivoluzione e verità tornavano a coincidere. Questo era, in quei giorni, il sogno e la speranza di molti di noi» [Rep 80].

Interviene sul «Contemporaneo» nell'acceso *Dibattito sulla cultura marxista* che si svolge fra marzo e luglio, mettendo in discussione la linea culturale del PCI; più tardi (24 luglio) in una riunione della commissione culturale centrale polemizza con Alicata ed esprime «una mozione di sfiducia verso tutti i compagni che attualmente occupano posti direttivi nelle istanze culturali del partito» [cfr. «L'Unità», 13 giugno 1990]. Il disagio nei confronti delle scelte politiche del vertice comunista si fa più vivo: il 26 ottobre Calvino presenta all'organizzazione di partito dell'Einaudi, la cellula Giaime Pintor, un ordine del giorno che denuncia «l'inammissibile falsificazione della realtà» operata dall'«Unità» nel riferire gli avvenimenti di Poznan e di Budapest, e critica con asprezza l'incapacità del partito di rinnovarsi alla luce degli esiti del XX congresso e dell'evoluzione in corso all'Est. Tre giorni dopo, la cellula approva un «appello ai comunisti» nel quale si chiede fra l'altro che «sia sconfessato l'operato della direzione» e che «si dichiari apertamente la nostra piena solidarietà con i movimenti popolari polacco e ungherese e con i comunisti che non hanno abbandonato le masse protese verso un radicale rinnovamento dei metodi e degli uomini».

In vista di una possibile trasformazione del PCI, Calvino ha come punto di riferimento Antonio Giolitti.

1957

Pubblica su «Città aperta» (periodico fondato da un gruppo dissidente di intellettuali comunisti romani) il racconto-apologo *La gran bonaccia delle Antille*, che mette alla berlina l'immobilismo del PCI.

Dopo l'abbandono del PCI da parte di Antonio Giolitti, il 1° agosto rassegna le proprie dimissioni con una sofferta lettera al Comitato Federale di Torino del quale faceva parte, pubblicata il 7 agosto sull'«Unità». Oltre a illustrare le ragioni del suo dissenso politico e a confermare la sua fiducia nelle prospettive democratiche del socialismo internazionale, ricorda il peso decisivo che la militanza comunista ha avuto nella sua formazione intellettuale e umana.

L'intenzione di non troncare del tutto i rapporti con il partito è espressa anche in una lettera a Paolo Spriano del 19 agosto: «Caro Pillo, come hai visto, sono riuscito a dimettermi senza una rottura completa, e conto di proseguire il mio dialogo col partito [...] Ora sono improvvisamente preso dal bisogno di fare qualcosa, di "militare", mentre finché ero nel partito non ne sentivo affatto il bisogno e potevo vivere tranquillo. Vedi che fregatura.

Non so bene cosa farò. Da una parte penso che – ora che essendo fuori dal P. non avallo più la politica e le menzogne dell'"Unità" – posso riprendere a collaborare all'"Unità" e sono molto tentato di farlo [...] Ma d'altra parte, la mia firma – anche se è ormai solennemente sancito che non sono d'accordo con la direzione del partito – può agli occhi dei lavoratori servire ad avallare gli inganni di una politica a loro contraria, e questo continuerebbe a pesarmi sulla coscienza. Sono dunque allo stesso punto di prima: i miei bisogni politici sono di parlare ai comunisti e agli operai, e questo non posso fare se non da tribune che non voglio accreditare. Porca miseria» [Spr 86].

Tuttavia, quest'insieme d'avvenimenti lascia una traccia profonda nel suo atteggiamento: «Quelle vicende mi hanno estraniato dalla politica, nel senso che la politica ha occupato dentro di me uno spazio molto più piccolo di prima. Non l'ho più ritenuta, da allora, un'attività totalizzante e ne ho diffidato. Penso oggi che la politica registri con molto ritardo cose che, per altri canali, la società manifesta, e penso che spesso la politica compia operazioni abusive e mistificanti» [Rep 80].

Esce *Il barone rampante*, mentre sul fasc. XX di «Botteghe Oscure» appare *La speculazione edilizia*.

1958

Pubblica su «Nuova Corrente» *La gallina di reparto*, frammento del romanzo inedito *La collana della regina*, e su «Nuovi Argomenti» *La nuvola di smog*. Appare il grande volume antologico dei *Racconti*, a cui verrà assegnato l'anno seguente il premio Bagutta.

Collabora al settimanale «Italia domani» e alla rivista di Antonio Giolitti «Passato e Presente», partecipando per qualche tempo al dibattito per una nuova sinistra socialista.

Per alcuni anni intrattiene rapporti con il gruppo «Cantacronache», scrivendo tra il '58 e il '59 testi per quattro canzoni di Liberovici (*Canzone triste, Dove vola l'avvoltoio, Oltre il ponte* e *Il padrone del mondo*), e una di Fiorenzo Carpi (*Sul verde fiume Po*). Scriverà anche le parole per una canzone di Laura Betti, *La tigre*, e quelle di *Turin-la-nuit*, musicata da Piero Santi.

1959

Esce *Il cavaliere inesistente*.

Chiude – con il n. 3 dell'anno VIII – il «Notiziario Einaudi». Inizia le pubblicazioni «Il menabò di letteratura»: «Vittorini lavorava da Mondadori a Milano, io lavoravo da Einaudi a Torino. Siccome durante tutto il periodo dei "Gettoni" ero io che dalla redazione torinese tenevo i contatti con lui, Vittorini volle che il mio nome figurasse accanto al suo come condirettore del "Menabò". In realtà la rivista era pensata e composta da lui, che decideva l'impostazione d'ogni numero, ne discuteva con gli amici invitati a collaborare, e raccoglieva la maggior parte dei testi» [Men 73].

Declina un'offerta di collaborazione al quotidiano socialista «Avanti!».

In settembre viene messo in scena alla Fenice di Venezia il racconto mimico *Allez-hop*, musicato da Luciano Berio. A margine della produzione narrativa e saggistica e dell'attività giornalistica ed editoriale, Calvino coltiva infatti lungo l'intero arco della sua carriera l'antico interesse per il teatro, la musica e lo spettacolo in generale, tuttavia con sporadici risultati compiuti.

A novembre, grazie a un finanziamento della Ford Foundation, parte per un viaggio negli Stati Uniti che lo porta nelle principali località del paese. Il viaggio dura sei mesi: quattro ne trascorre a New York. La città lo colpisce profondamente, anche per la varietà degli ambienti con cui entra in contatto. Anni dopo dirà che New York è la città che ha sentito sua più di qualsiasi altra. Ma già nella prima delle corrispondenze scritte per il settimanale «ABC» scriveva: «Io amo New York, e l'amore è cieco. E muto: non so controbattere le ragioni degli odiatori con le mie [...] In fondo, non si è mai capito bene perché Stendhal amasse tanto Milano. Farò scrivere sulla mia tomba, sotto il mio nome, "newyorkese"?» (11 giugno 1960).

1960
Raccoglie la trilogia araldica nel volume dei *Nostri antenati*, accompagnandola con un'importante introduzione.

Appare, sul «Menabò» n. 2, il saggio *Il mare dell'oggettività*.

1961
La sua notorietà va sempre più consolidandosi. Di fronte al moltiplicarsi delle offerte, appare combattuto fra disponibilità curiosa ed esigenza di concentrazione: «Da un po' di tempo, le richieste di collaborazioni da tutte le parti – quotidiani, settimanali, cinema, teatro, radio, televisione –, richieste una più allettante dell'altra come compenso e risonanza, sono tante e così pressanti, che io – combattuto fra il timore di disperdermi in cose effimere, l'esempio di altri scrittori più versatili e fecondi che a momenti mi dà il desiderio d'imitarli ma poi invece finisce per ridarmi il piacere di star zitto pur di non assomigliare a loro, il desiderio di raccogliermi per pensare al "libro" e nello stesso tempo il sospetto che solo mettendosi a scrivere qualunque cosa anche "alla giornata" si finisce per scrivere ciò che rimane – insomma, succede che non scrivo né per i giornali, né per le occasioni esterne né per me stesso» (lettera a Emilio Cecchi, 3 novembre). Tra le proposte rifiutate, quella del «Corriere della sera».

Raccoglie le cronache e le impressioni del suo viaggio negli Stati Uniti in un libro, *Un ottimista in America*, che però decide di non pubblicare quando è già in bozze.

In settembre partecipa alla prima marcia della pace Perugia-Assisi, promossa da Aldo Capitini.

1962

In aprile a Parigi fa conoscenza con Esther Judith Singer, detta Chichita, traduttrice argentina che lavora presso organismi internazionali come l'Unesco e l'International Atomic Energy Agency (attività che proseguirà fino al 1984, in qualità di *free lance*). In questo periodo Calvino si dice affetto da «dromomania»: si sposta di continuo fra Roma (dove ha un *pied-à-terre*), Torino, Parigi e San Remo.

«I liguri sono di due categorie: quelli attaccati ai propri luoghi come patelle allo scoglio che non riusciresti mai a spostarli; e quelli che per casa hanno il mondo e dovunque siano si trovano come a casa loro. Ma anche i secondi, e io sono dei secondi [...] tornano regolarmente a casa, restano attaccati al loro paese non meno dei primi» [Bo 60].

Inizia con il quotidiano milanese «Il Giorno» una collaborazione sporadica che si protrarrà per diversi anni.

Sul n. 5 del «Menabò» vede la luce il saggio *La sfida al labirinto*, sul n. 1 di «Questo e altro» il racconto *La strada di San Giovanni*.

1963

È l'anno in cui prende forma in Italia il movimento della cosiddetta neoavanguardia; Calvino, pur senza condividerne le istanze, ne segue gli sviluppi con interesse. Dell'attenzione e della distanza di Calvino verso le posizioni del Gruppo '63 è significativo documento la polemica con Angelo Guglielmi seguita alla pubblicazione della *Sfida al labirinto*.

Pubblica nella collana «Libri per ragazzi» la raccolta *Marcovaldo ovvero Le stagioni in città*. Illustrano il volume (cosa di cui Calvino si dichiarerà sempre fiero) 23 tavole di Sergio Tofano. Escono *La giornata d'uno scrutatore* e l'edizione in volume autonomo della *Speculazione edilizia*.

Compie lunghi soggiorni in Francia.

1964

Il 19 febbraio a L'Avana sposa Chichita.

«Nella mia vita ho incontrato donne di grande forza. Non potrei vivere senza una donna al mio fianco. Sono solo un pezzo d'un essere bicefalo e bisessuato, che è il vero organismo biologico e pensante» [RdM 80].

Il viaggio a Cuba gli dà l'occasione di visitare i luoghi natali e la casa dove abitavano i genitori. Fra i vari incontri, un colloquio personale con Ernesto «Che» Guevara.

Dopo l'estate si stabilisce con la moglie a Roma, in un appartamento in via di Monte Brianzo. La famiglia comprende anche Marcelo, il figlio che Chichita ha avuto sedici anni prima dal marito precedente. Ogni due settimane si reca a Torino per le riunioni einaudiane e per sbrigare la corrispondenza.

Appare sul «Menabò» n. 7 il saggio *L'antitesi operaia*, che avrà scarsa eco. Nella raccolta *Una pietra sopra* (1980) Calvino lo presenterà come «un tentativo di inserire nello sviluppo del mio discorso (quello dei miei precedenti saggi sul "Menabò") una ricognizione delle diverse valutazioni del ruolo storico della classe operaia e in sostanza di tutta la problematica della sinistra di quegli anni [...] forse l'ultimo mio tentativo di comporre gli elementi più diversi in un disegno unitario e armonico».

Ripubblica con una fondamentale prefazione *Il sentiero dei nidi di ragno*. Escono sul «Caffè» quattro cosmicomiche.

1965

Nasce a Roma la figlia Giovanna. «Fare l'esperienza della paternità per la prima volta dopo i quarant'anni dà un grande senso di pienezza, ed è oltretutto un inaspettato divertimento» (lettera del 24 novembre a Hans Magnus Enzensberger).

Pubblica *Le Cosmicomiche*. Con lo pseudonimo Tonio Cavilla, cura un'edizione ridotta e commentata del *Baro-*

ne rampante nella collana «Letture per la scuola media».
Esce il dittico *La nuvola di smog* e *La formica argentina* (in
precedenza edite nei *Racconti*).

Interviene con due articoli («Rinascita», 30 gennaio e
«Il Giorno», 3 febbraio) nel dibattito sul nuovo italiano
«tecnologico», aperto da Pier Paolo Pasolini.

1966

Il 12 febbraio muore Vittorini. «È difficile associare l'idea
della morte – e fino a ieri quella della malattia – alla figura di Vittorini. Le immagini della negatività esistenziale,
fondamentali per tanta parte della letteratura contempo-
ranea, non erano le sue: Elio era sempre alla ricerca di
nuove immagini di vita. E sapeva suscitarle negli altri»
[Conf 66]. Un anno dopo, in un numero monografico
del «Menabò» dedicato allo scrittore siciliano, pubbli-
cherà l'ampio saggio *Vittorini: progettazione e letteratura*.

Dopo la scomparsa di Vittorini la posizione di Calvino
nei riguardi dell'attualità muta: subentra, come dichiarerà in seguito, una presa di distanza, con un cambiamento di ritmo. «Una vocazione di topo di biblioteca che prima non avevo mai potuto seguire […] adesso ha preso il
sopravvento, con mia piena soddisfazione, devo dire.
Non che sia diminuito il mio interesse per quello che
succede, ma non sento più la spinta a esserci in mezzo
in prima persona. È soprattutto per via del fatto che non
sono più giovane, si capisce. Lo stendhalismo, che era
stata la filosofia pratica della mia giovinezza, a un certo
punto è finito. Forse è solo un processo del metaboli-
smo, una cosa che viene con l'età, ero stato giovane a
lungo, forse troppo, tutt'a un tratto ho sentito che doveva cominciare la vecchiaia, sì proprio la vecchiaia, sperando magari d'allungare la vecchiaia cominciandola
prima» [Cam 73].

La presa di distanza non è però una scontrosa chiusura all'esterno. Nel settembre invia a un editore inglese
un contributo al volume *Authors take sides on Vietnam*

(«In un mondo in cui nessuno può essere contento di se
stesso o in pace con la propria coscienza, in cui nessuna
nazione o istituzione può pretendere d'incarnare un'i-
dea universale e neppure soltanto la propria verità particolare, la presenza della gente del Vietnam è la sola che
dia luce»).

1967

In luglio si trasferisce con la famiglia a Parigi, in una vil-
letta sita in Square de Châtillon, col proposito di restarvi
cinque anni. Vi abiterà invece fino al 1980, compiendo
peraltro frequenti viaggi in Italia, dove trascorre anche
le estati.

Finisce di tradurre *I fiori blu* di Raymond Queneau.
Alla poliedrica attività del bizzarro scrittore francese rin-
viano vari aspetti del Calvino maturo: il gusto della co-
micità estrosa e paradossale (che non sempre s'identifica
con il *divertissement*), l'interesse per la scienza e per il
gioco combinatorio, un'idea artigianale della letteratura
in cui convivono sperimentalismo e classicità.

Da una conferenza sul tema *Cibernetica e fantasmi* rica-
va il saggio *Appunti sulla narrativa come processo combinatorio*, che pubblica su «Nuova Corrente». Sulla stessa rivista e su «Rendiconti» escono rispettivamente *La cario-
cinesi* e *Il sangue, il mare*, entrambi poi raccolti nel volume *Ti con zero*.

1968

Il nuovo interesse per la semiologia è testimoniato dalla
partecipazione ai due seminari di Barthes su *Sarrasine* di
Balzac all'Ecole des Hautes Etudes della Sorbona, e a
una settimana di studi semiotici all'Università di Urbi-
no, caratterizzata dall'intervento di Greimas.

A Parigi frequenta Queneau, che lo presenterà ad altri
membri dell'*Oulipo* (*Ouvroir de littérature potentielle*, ema-
nazione del Collège de Pataphysique di Alfred Jarry), fra
i quali Georges Perec, François Le Lionnais, Jacques

Roubaud, Paul Fournel. Per il resto, nella capitale francese i suoi contatti sociali e culturali non saranno particolarmente intensi: «Forse io non ho la dote di stabilire dei rapporti personali con i luoghi, resto sempre un po' a mezz'aria, sto nelle città con un piede solo. La mia scrivania è un po' come un'isola: potrebbe essere qui come in un altro paese [...] facendo lo scrittore una parte del mio lavoro la posso svolgere in solitudine, non importa dove, in una casa isolata in mezzo alla campagna, o in un'isola, e questa casa di campagna io ce l'ho nel bel mezzo di Parigi. E così, mentre la vita di relazione connessa col mio lavoro si svolge tutta in Italia, qui ci vengo quando posso o devo stare solo» [EP 74].

Come già nei riguardi dei movimenti giovanili di protesta dei primi anni Sessanta, segue la contestazione studentesca con interesse, ma senza condividerne atteggiamenti e ideologia.

Il suo «contributo al rimescolio di idee di questi anni» [Cam 73] è legato piuttosto alla riflessione sul tema dell'utopia. Matura così la proposta di una rilettura di Fourier, che si concreta nel '71 con la pubblicazione di un'originale antologia di scritti: «È dell'indice del volume che sono particolarmente fiero: il mio vero saggio su Fourier è quello» [Four 71].

Rifiuta il premio Viareggio per *Ti con zero* («Ritenendo definitivamente conclusa epoca premi letterari rinuncio premio perché non mi sento di continuare ad avallare con mio consenso istituzioni ormai svuotate di significato stop. Desiderando evitare ogni clamore giornalistico prego non annunciare mio nome fra vincitori stop. Credete mia amicizia»); accetterà invece due anni dopo il premio Asti, nel '72 il premio Feltrinelli e quello dell'Accademia dei Lincei, poi quello della Città di Nizza, il Mondello e altri.

Pubblica presso il Club degli Editori di Milano *La memoria del mondo e altre storie cosmicomiche*.

1969
Nel volume *Tarocchi. Il mazzo visconteo di Bergamo e New York* di Franco Maria Ricci appare *Il castello dei destini incrociati*. Prepara la seconda edizione di *Ultimo viene il corvo*. Sul «Caffè» appare *La decapitazione dei capi*.

Cura per l'editore Zanichelli, in collaborazione con Giambattista Salinari, *La lettura. Antologia per la scuola media*. Di concezione interamente calviniana sono i capitoli *Osservare* e *Descrivere*, nei quali si propone un'idea di descrizione come esperienza conoscitiva, «*problema da risolvere*» («Descrivere vuol dire tentare delle approssimazioni che ci portano sempre un po' più vicino a quello che vogliamo dire, e nello stesso tempo ci lasciano sempre un po' insoddisfatti, per cui dobbiamo continuamente rimetterci ad osservare e a cercare come esprimere meglio quel che abbiamo osservato» [LET 69]).

1970
Esce il volume di racconti *Gli amori difficili*.

Rielaborando il materiale di un ciclo di trasmissioni radiofoniche, pubblica una scelta di brani del poema ariostesco, *Orlando furioso di Ludovico Ariosto raccontato da Italo Calvino*.

Durante gli anni Settanta torna più volte a occuparsi di fiaba, scrivendo tra l'altro prefazioni a nuove edizioni di celebri raccolte (Lanza, Basile, Grimm, Perrault, Pitré).

1971
Dirige la collana einaudiana «Centopagine». Fra gli autori pubblicati si conteranno, oltre ai classici europei a lui più cari (Stevenson, Conrad, Stendhal, Hoffmann, un certo Balzac, un certo Tolstoj), svariati minori italiani a cavallo fra Otto e Novecento.

Nella miscellanea *Adelphiana* appare *Dall'opaco*.

1972
Pubblica *Le città invisibili*.

Per qualche tempo, ragiona con alcuni amici (Guido Neri, Carlo Ginzburg e soprattutto Gianni Celati) sulla possibilità di dar vita a nuove riviste. Particolarmente viva in lui è l'esigenza di rivolgersi a «un pubblico nuovo, che non ha ancora pensato al posto che può avere la letteratura nei bisogni quotidiani»: di qui il progetto, mai realizzato, di «una rivista a larga tiratura, che si vende nelle edicole, una specie di "Linus", ma non a fumetti, romanzi a puntate con molte illustrazioni, un'impaginazione attraente. E molte rubriche che esemplificano strategie narrative, tipi di personaggi, modi di lettura, istituzioni stilistiche, funzioni poetico-antropologiche, ma tutto attraverso cose divertenti da leggere. Insomma un tipo di ricerca fatto con gli strumenti della divulgazione» [Cam 73].

In novembre partecipa per la prima volta a un *déjeuner* dell'*Oulipo*, di cui diventerà *membre étranger* nel febbraio successivo. Sempre in novembre esce, sul primo numero dell'edizione italiana di «Playboy», *Il nome, il naso*.

1973
Appare *Il castello dei destini incrociati*.

Rispondendo a un'inchiesta di «Nuovi Argomenti» sull'estremismo, dichiara: «Credo giusto avere una coscienza estremista della gravità della situazione, e che proprio questa gravità richieda spirito analitico, senso della realtà, responsabilità delle conseguenze di ogni azione parola pensiero, doti insomma non estremiste per definizione» [NA 73].

Viene ultimata la costruzione della villa di Roccamare, presso Castiglione della Pescaia, dove Calvino trascorrerà d'ora in poi tutte le estati. Fra gli amici più assidui Carlo Fruttero e Pietro Citati.

1974

Inizia a scrivere sul «Corriere della sera» racconti, resoconti di viaggio e una nutrita serie d'interventi sulla realtà politica e sociale del paese. La collaborazione durerà sino al 1979; tra i primi contributi, il 25 aprile, *Ricordo di una battaglia*. Nello stesso anno un altro scritto d'indole autobiografica, l'*Autobiografia di uno spettatore*, appare come prefazione a *Quattro film* di Federico Fellini.

Scrive per la serie radiofonica «Le interviste impossibili» i dialoghi *Montezuma* e *L'uomo di Neanderthal*.

1975

Il primo di agosto si apre sul «Corriere della sera», con *La corsa delle giraffe*, la serie dei racconti del signor Palomar.

Ripubblica nella «Biblioteca Giovani» di Einaudi *La memoria del mondo e altre storie cosmicomiche*.

1976

Tiene conferenze in varie università degli Stati Uniti. I viaggi in Messico e in Giappone gli danno spunto per un gruppo di articoli sul «Corriere». Verranno poi ripresi per *Collezione di sabbia*, con l'aggiunta di materiale inedito (tra cui gli appunti relativi al soggiorno in Iran dell'anno precedente).

Riceve a Vienna lo Staatpreis.

1977

Esce su «Paragone. Letteratura» *La poubelle agrée*.

Dà alle stampe *La penna in prima persona (Per i disegni di Saul Steinberg)*. Lo scritto si inserisce in una serie di brevi lavori, spesso in bilico tra saggio e racconto, ispirati alle arti figurative (in una sorta di libero confronto con opere di Fausto Melotti, Giulio Paolini, Lucio Del Pezzo, Cesare Peverelli, Valerio Adami, Alberto Magnelli, Luigi Serafini, Domenico Gnoli, Giorgio De Chirico, Enrico Baj, Arakawa...).

1978
All'età di 92 anni muore la madre. La villa «Meridiana» sarà venduta qualche tempo dopo.

1979
Pubblica il romanzo *Se una notte d'inverno un viaggiatore*.

Con l'articolo *Sono stato stalinista anch'io?* (16-17 dicembre) inizia una fitta collaborazione alla «Repubblica» in cui i racconti si alternano alla riflessione su libri, mostre e altri fatti di cultura. Sono quasi destinati a sparire invece, rispetto a quanto era avvenuto con il «Corriere», gli articoli di tema sociale e politico (fra le eccezioni l'*Apologo sull'onestà nel paese dei corrotti*, 15 marzo 1980).

1980
Si trasferisce a Roma, in piazza Campo Marzio, in una casa con terrazza a un passo dal Pantheon.

Raccoglie, nel volume *Una pietra sopra. Discorsi di letteratura e società* («Gli struzzi»), la parte più significativa dei suoi interventi saggistici dal 1955 in poi.

1981
Riceve la Legion d'onore.

Cura l'ampia raccolta di scritti di Queneau *Segni, cifre e lettere*. L'anno successivo preparerà una *Piccola guida alla piccola cosmogonia*, per la traduzione di Sergio Solmi della *Piccola cosmogonia portatile*.

Appare, su «Il cavallo di Troia», *Le porte di Bagdad*, azione scenica per i bozzetti di Toti Scialoja. Su richiesta di Adam Pollock (che ogni estate organizza a Batignano spettacoli d'opera del Seicento e del Settecento) compone un testo a carattere combinatorio, con funzione di cornice, per l'incompiuto *Singspiel* di Mozart *Zaide*. Presiede a Venezia la giuria della XXIX Mostra Internazionale del Cinema, che premia, oltre ad *Anni di piombo* di Margarethe von Trotta, *Sogni d'oro* di Nanni Moretti.

1982

Al Teatro alla Scala di Milano viene rappresentata *La Vera Storia*, opera in due atti scritta da Berio e Calvino. Di quest'anno è anche l'azione musicale *Duo*, primo nucleo del futuro *Un re in ascolto*, sempre composta in collaborazione con Berio.

Su «FMR» pubblica *Sapore sapere*.

1983

Viene nominato per un mese «directeur d'études» all'Ecole des Hautes Etudes. Il 25 gennaio tiene una lezione su *Science et métaphore chez Galilée* al seminario di Algirdas Julien Greimas. Legge in inglese alla New York University («James Lecture») la conferenza *Mondo scritto e mondo non scritto*.

Esce il volume *Palomar*.

1984

In seguito alla grave crisi aziendale dell'Einaudi decide di accettare l'offerta dell'editore milanese Garzanti, presso il quale appaiono *Collezione di sabbia* e *Cosmicomiche vecchie e nuove*.

Compie in aprile un breve viaggio in Argentina. In settembre è a Siviglia, dove è stato invitato insieme con Borges a un convegno sulla letteratura fantastica.

Viene rappresentato a Salisburgo *Un re in ascolto*.

1985

Traduce *La canzone del polistirene* di Queneau (il testo appare, come strenna fuori commercio della Montedison, presso Scheiwiller).

Durante l'estate lavora a un ciclo di sei conferenze (*Six Memos for the Next Millennium*), che avrebbe dovuto tenere all'Università di Harvard («Norton Lectures») nell'anno accademico 1985-86.

Colto da ictus il 6 settembre a Castiglione della Pescaia, viene ricoverato all'ospedale Santa Maria della

Scala di Siena. Muore in seguito a emorragia cerebrale nella notte fra il 18 e il 19.

Questa cronologia è stata curata da Mario Barenghi per gli anni 1923-1955, da Bruno Falcetto per gli anni 1956-1985.
Si è fatto ricorso alle seguenti abbreviazioni:

Accr 60 = *Ritratti su misura di scrittori italiani*, a cura di Elio Filippo Accrocca, Sodalizio del Libro, Venezia 1960

AS 74 = *Autobiografia di uno spettatore*, prefazione a Federico Fellini, *Quattro film*, Einaudi, Torino 1974; poi in I.C., *La strada di San Giovanni*, Mondadori, Milano 1990

Bo 60 = *Il comunista dimezzato*, intervista a Carlo Bo, «L'Europeo», 28 agosto 1960

Cam 73 = Ferdinando Camon, *Il mestiere di scrittore*, conversazioni critiche con G. Bassani, I. Calvino, C. Cassola, A. Moravia, O. Ottieri, P. P. Pasolini, V. Pratolini, R. Roversi, P. Volponi, Garzanti, Milano 1973

Conf 66 = «Il Confronto», II, 10, luglio-settembre 1966

D'Er 79 = *Italo Calvino*, intervista a Marco d'Eramo, «mondoperaio», XXXII, 6, giugno 1979, pp. 133-138

DeM 59 = *Pavese fu il mio lettore ideale*, intervista a Roberto De Monticelli, «Il Giorno», 18 agosto 1959

EP 74 = *Eremita a Parigi*, Edizioni Pantarei, Lugano 1974

Four 71 = *Calvino parla di Fourier*, «Libri – Paese sera», 28 maggio 1971

GAD 62 = Risposta all'inchiesta *La generazione degli anni difficili*, a cura di Ettore A. Albertoni, Ezio Antonini, Renato Palmieri, Laterza, Bari 1962

LET 69   = *Descrizioni di oggetti*, in *La lettura. Antologia per la scuola media*, a cura di Italo Calvino e Giambattista Salinari, con la collaborazione di Maria D'Angiolini, Melina Insolera, Mietta Penati, Isa Violante, vol. I, Zanichelli, Bologna 1969

Men 73   = *Presentazione* de *Il Menabò (1959-1967)*, a cura di Donatella Fiaccarini Marchi, Edizioni dell'Ateneo, Roma 1973

NA 73   = *Quattro risposte sull'estremismo*, «Nuovi Argomenti», n.s., 31, gennaio-febbraio 1973

Nasc 84 = *Sono un po' stanco di essere Calvino*, intervista a Giulio Nascimbeni, «Corriere della sera», 5 dicembre 1984

Par 60   = Risposta al questionario di un periodico milanese, «Il paradosso», rivista di cultura giovanile, V, 23-24, settembre-dicembre 1960, pp. 11-18

Pes 83   = *«Il gusto dei contemporanei». Quaderno numero tre. Italo Calvino*, Banca Popolare Pesarese, Pesaro 1987

RdM 80   = *Se una sera d'autunno uno scrittore*, intervista a Ludovica Ripa di Meana, «L'Europeo», XXXVI, 47, 17 novembre 1980, pp. 84-91

Rep 80   = *Quel giorno i carri armati uccisero le nostre speranze*, «la Repubblica», 13 dicembre 1980

Rep 84   = *L'irresistibile satira di un poeta stralunato*, «la Repubblica», 6 marzo 1984

Scalf 85 = *Quando avevamo diciotto anni...*, «la Repubblica», 20 settembre 1985

Scalf 89 = *Autoritratto di un artista da giovane*, «la Repubblica – Mercurio», 11 marzo 1989

Spr 86   = Paolo Spriano, *Le passioni di un decennio (1946-1956)*, Garzanti, Milano 1986.

Bibliografia essenziale

Monografie

G. Pescio Bottino, *Italo Calvino*, La Nuova Italia, Firenze 1967 (1976²).

G. Bonura, *Invito alla lettura di Italo Calvino*, Mursia, Milano 1972 (nuova ed. aggiornata, ivi 1985).

C. Calligaris, *Italo Calvino*, Mursia, Milano 1973 (nuova ed. aggiornata a cura di G. P. Bernasconi, ivi 1985).

F. Bernardini Napoletano, *I segni nuovi di Italo Calvino. Da «Le Cosmicomiche» a «Le città invisibili»*, Bulzoni, Roma 1977.

S. M. Adler, *Calvino. The writer as fablemaker*, José Porrùa Turanzas, Potomac 1979.

J. Cannon, *Italo Calvino: Writer and Critic*, Longo, Ravenna 1981.

A. Frasson-Marin, *Italo Calvino et l'imaginaire*, Slatkine, Genève-Paris 1986.

A. H. Carter III, *Italo Calvino. Metamorphoses of Fantasy*, UMI Research Press, Ann Arbor 1987.

G. Baroni, *Italo Calvino. Introduzione e guida allo studio dell'opera calviniana*, Le Monnier, Firenze 1988.

G. C. Ferretti, *Le capre di Bikini. Calvino giornalista e saggista 1945-1985*, Editori Riuniti, Roma 1989.

C. Benussi, *Introduzione a Calvino*, Laterza, Roma-Bari, 1989.

C. Milanini, *L'utopia discontinua. Saggio su Italo Calvino*, Garzanti, Milano 1990.

M. Belpoliti, *Storie del visibile. Lettura di Italo Calvino*, Luisè, Rimini 1990.

E. Mondello, *Italo Calvino*, Studio Tesi, Pordenone 1990.
K. Hume, *Calvino's Fictions: Cogito and Cosmos*, Clarendon Press, Oxford 1992.

Profili critici in libri e riviste

G. Almansi, *Il mondo binario di Italo Calvino*, «Paragone», agosto 1971 (ripreso in parte, col titolo *Il fattore Gnac*, in *La ragione comica*, Feltrinelli, Milano 1986).
G. Falaschi, *Italo Calvino*, «Belfagor», 30 settembre 1972.
F. Petroni, *Italo Calvino: dall'"impegno" all'Arcadia neocapitalistica*, «Studi novecenteschi», marzo-luglio 1976.
P. Briganti, *La vocazione combinatoria di Calvino*, «Studi e problemi di critica testuale» aprile 1982.
M. Barenghi, *Italo Calvino e i sentieri che s'interrompono*, «Quaderni piacentini», n.s., 15, 1984.
P. V. Mengaldo, *Aspetti della lingua di Calvino* [1987], in *La tradizione del Novecento. Terza serie*, Einaudi, Torino 1991.
V. Spinazzola, *L'io diviso di Italo Calvino* [1987], in *L'offerta letteraria*, Morano, Napoli 1990.
G. Ferroni, *Italo Calvino*, in *Storia della letteratura italiana*, vol. IV (*Il Novecento*), Einaudi, Torino 1991.
J. Starobinski, *Prefazione*, in Italo Calvino, *Romanzi e racconti*, ed. diretta da C. Milanini, a cura di M. Barenghi e B. Falcetto, vol. I, Mondadori, Milano 1991.
C. Milanini, *Introduzione*, in Italo Calvino, *Romanzi e racconti* cit., vol. I e vol. II, 1991 e 1992.

Atti di convegni e altri volumi collettanei

Narratori dell'invisibile. Simposio in memoria di Italo Calvino [convegno di Sassuolo, 21-23 febbraio 1986], a cura di B. Cottafavi e M. Magri, Mucchi editore, Modena 1987: P. Fabbri, P. Borroni, A. Ogliari, A. Sparzani, G. Gramigna e altri.

Italo Calvino la letteratura, la scienza, la città. Atti del convegno nazionale di studi di Sanremo [28-29 novembre 1986], a cura di G. Bertone, Marietti, Genova 1988: G. Bertone, N. Sapegno, E. Gioanola, V. Coletti, G. Conte, P. Ferrua, M. Quaini, F. Biamonti, G. Dossena, G. Celli, A. Oliverio, R. Pierantoni, G. Dematteis, G. Poletto, L. Berio, G. Einaudi, E. Sanguineti, E. Scalfari, D. Cossu, G. Napolitano, M. Biga Bestagno, S. Dian, L. Lodi, S. Perrella, L. Surdich.

Italo Calvino. Atti del Convegno internazionale (Firenze, 26-28 febbraio 1987), a cura di G. Falaschi, Garzanti, Milano 1988: L. Baldacci, G. Bàrberi Squarotti, C. Bernardini, G. R. Cardona, L. Caretti, C. Cases, Ph. Daros, D. Del Giudice, A. M. Di Nola, A. Faeti, G. Falaschi, G. C. Ferretti, F. Fortini, M. Fusco, J.-M. Gardair, E. Ghidetti, L. Malerba, P. V. Mengaldo, G. Nava, G. Pampaloni, L. Waage Petersen, R. Pierantoni, S. Romagnoli, A. Asor Rosa, J. Risset, G. C. Roscioni, A. Rossi, G. Sciloni, V. Spinazzola, C. Varese.

Calvino Revisited, edited by F. Ricci, Dovehouse Editions Inc., Ottawa 1989: R. Barilli, W. Weawer, J. R. Woodhouse, J. Cannon, R. Capozzi, K. Hume, P. Perron, W. F. Motte Jr., T. de Lauretis, W. Feinstein, G. P. Biasin, M. Schneider, F. Ricci, A. M. Jeannet.

L'avventura di uno spettatore. Italo Calvino e il cinema [convengo di San Giovanni Valdarno, 1987], a cura di L. Pellizzari, prefazione di S. Beccastrini, Lubrina editore, Bergamo 1990: G. Fofi, A. Costa, L. Pellizzari, M. Canosa, G. Fink, G. Bogani, L. Clerici, F. Maselli, C. di Carlo, L. Tornabuoni.

Numeri speciali di periodici

«Nuova civiltà delle macchine», 17, 1987; G. Giorello, A. Battistini, G. Gabbi, G. Bonura, L. Valdrè, G. Bàrberi Squarotti, R. Campagnoli (relazioni tenute al convegno «Scritture della ragione. Riflessioni su scienza e letteratura a partire da Italo Calvino», Forlì 8-10 ottobre 1986).

«Nuova Corrente», *Italo Calvino/1*, a cura di M. Boselli, gennaio-giugno 1987: B. Falcetto, C. Milanini, K. Hume, M. Carlino, L. Gabellone, F. Muzzioli, M. Barenghi, M. Boselli, E. Testa.

«Nuova Corrente», *Italo Calvino/2*, a cura di M. Boselli, luglio-dicembre 1987: G. Celati, A. Prete, S. Verdino, E. Gioanola, V. Coletti, G. Patrizi, G. Guglielmi, G. Gramigna, G. Terrone, R. West, G. L. Lucente, G. Almansi.

«Magazine littéraire» février 1990: J.-P. Manganaro, M. Corti, G. Bonaviri, F. Lucentini, D. Del Giudice, Ph. Daros, G. Manganelli, M. Benabou, M. Fusco, P. Citati, F. Camon.

Interviste, studi e recensioni su «Se una notte d'inverno un viaggiatore»

P. Dallamano, *Quasi un trattato di mistica laica*, «Paese Sera», 19 giugno 1979.

B. Valli, *«Signori, vi imbroglio per amor di verità»* (intervista), «la Repubblica», 19 giugno 1979.

A. Giuliani, *E il lettore gridò: fuori l'autore!*, «la Repubblica», 19 giugno 1979.

P. Citati, *Ecco il romanzo del lettore*, «Corriere della sera», 22 giugno 1979.

G. Raboni, *Calvino racconta al lettore un romanzo di tutti i romanzi*, «Tuttolibri», 30 giugno 1979.

C. Bo, *Se una notte un lettore*, «L'Europeo», 5 luglio 1979.

Cercavo un libro da leggere ne ho scritti dieci (intervista), «L'Europeo», 5 luglio 1979, p. 128.

P. Milano, *Dammi del tu, Lettore*, «L'Espresso», 8 luglio 1979.

G. Pampaloni, *Il padre dei racconti*, «Il Giornale», 11 luglio 1979.

V. Spinazzola, *Un uomo e una donna per dieci racconti* [1979] in *Dopo l'avanguardia*, Transeuropa, Ancona-Bologna 1989, pp. 27-30.

A. Raja e D. Starnone, «*Se una notte d'inverno un viaggiatore*», *l'ultimo Calvino*, «il manifesto», 5 agosto 1979.

R. Paris, *Auctor in fabula*, «il manifesto», 5 agosto 1979.

L. D'Eramo, intervento su *Se una notte d'inverno un viaggiatore* [e su altri libri], «il manifesto», 16 settembre 1979.

A. Guglielmi, *Domande per Italo Calvino*, «alfabeta», ottobre 1979.

C. Segre, *Se una notte d'inverno uno scrittore sognasse un aleph di dieci colori* [1979], in *Teatro e romanzo*, Eianudi, Torino 1984, pp. 135-73.

L. Toschi, *Se una notte d'inverno un viaggiatore*, «Belfagor», XXXV, 4, 31 luglio 1980, pp. 488-91.

A. Dolfi, *L'ultimo Calvino o il labirinto dell'identità*, «Italianistica», 2-3, 1983, pp. 363-79.

J. Updike, *Readers and Writers*, in *Hugging the Shore, Essays and Criticism*, Penguin Books, Harmondsworth 1985, pp. 470-75.

S. Rushdie, *Italo Calvino* [1981], in *Patrie immaginarie*, Mondadori, Milano 1991, pp. 276-84.

M. Polacco, *Se una notte d'inverno un viaggiatore: il testo e i suoi modelli*, «Annali della scuola normale superiore di Pisa», vol. XXI, 3-4, 1991, pp. 995-1029.

B. Falcetto, *Note e notizie sui testi. Se una notte d'inverno un viaggiatore*, in *Romanzi e racconti*, II, Mondadori, Milano 1992, pp. 1381-401.

SE UNA NOTTE D'INVERNO
UN VIAGGIATORE

A Daniele Ponchiroli

I

Stai per cominciare a leggere il nuovo romanzo *Se una notte d'inverno un viaggiatore* di Italo Calvino. Rilassati. Raccogliti. Allontana da te ogni altro pensiero. Lascia che il mondo che ti circonda sfumi nell'indistinto. La porta è meglio chiuderla; di là c'è sempre la televisione accesa. Dillo subito, agli altri: «No, non voglio vedere la televisione!» Alza la voce, se no non ti sentono: «Sto leggendo! Non voglio essere disturbato!» Forse non ti hanno sentito, con tutto quel chiasso; dillo più forte, grida: «Sto cominciando a leggere il nuovo romanzo di Italo Calvino!» O se non vuoi non dirlo; speriamo che ti lascino in pace.

Prendi la posizione più comoda: seduto, sdraiato, raggomitolato, coricato. Coricato sulla schiena, su un fianco, sulla pancia. In poltrona, sul divano, sulla sedia a dondolo, sulla sedia a sdraio, sul pouf. Sull'amaca, se hai un'amaca. Sul letto, naturalmente, o dentro il letto. Puoi anche metterti a testa in giù, in posizione yoga. Col libro capovolto, si capisce.

Certo, la posizione ideale per leggere non si riesce a trovarla. Una volta si leggeva in piedi, di fronte a un leggio. Si era abituati a stare fermi in piedi. Ci si riposava così quando si era stanchi d'andare a cavallo. A cavallo nessuno ha mai pensato di leggere; eppure ora l'idea di leggere stando in arcioni, il libro posato sulla criniera del cavallo, magari appeso alle orecchie del cavallo con un finimento speciale, ti sembra attraente. Coi piedi nelle staffe si dovrebbe stare molto comodi per leggere; tenere i piedi sollevati è la prima condizione per godere della lettura.

Bene, cosa aspetti? Distendi le gambe, allunga pure i piedi su un cuscino, su due cuscini, sui braccioli del divano, sugli orecchioni della poltrona, sul tavolino da tè, sulla scrivania, sul pianoforte, sul mappamondo. Togliti le scarpe, prima. Se vuoi tenere i piedi sollevati; se no, rimettitele. Adesso non restare lì con le scarpe in una mano e il libro nell'altra.

Regola la luce in modo che non ti stanchi la vista. Fallo adesso, perché appena sarai sprofondato nella lettura non ci sarà più verso di smuoverti. Fa' in modo che la pagina non resti in ombra, un addensarsi di lettere nere su sfondo grigio, uniformi come un branco di topi; ma sta' attento che non le batta addosso una luce troppo forte e non si rifletta sul bianco crudele della carta rosicchiando le ombre dei caratteri come in un mezzogiorno del Sud. Cerca di prevedere ora tutto ciò che può evitarti d'interrompere la lettura. Le sigarette a portata di mano, se fumi, il portacenere. Che c'è ancora? Devi far pipì? Bene, saprai tu.

Non che t'aspetti qualcosa di particolare da questo libro in particolare. Sei uno che per principio non s'aspetta più niente da niente. Ci sono tanti, più giovani di te o meno giovani, che vivono in attesa d'esperienze straordinarie; dai libri, dalle persone, dai viaggi, dagli avvenimenti, da quello che il domani tiene in

serbo. Tu no. Tu sai che il meglio che ci si può aspettare è di evitare il peggio. Questa è la conclusione a
cui sei arrivato, nella vita personale come nelle questioni generali e addirittura mondiali. E coi libri? Ecco, proprio perché lo hai escluso in ogni altro campo,
credi che sia giusto concederti ancora questo piacere
giovanile dell'aspettativa in un settore ben circoscritto
come quello dei libri, dove può andarti male o andarti
bene, ma il rischio della delusione non è grave.

Dunque, hai visto su un giornale che è uscito *Se
una notte d'inverno un viaggiatore*, nuovo libro di Italo
Calvino, che non ne pubblicava da vari anni. Sei passato in libreria e hai comprato il volume. Hai fatto
bene.

Già nella vetrina della libreria hai individuato la copertina col titolo che cercavi. Seguendo questa traccia
visiva ti sei fatto largo nel negozio attraverso il fitto
sbarramento dei Libri Che Non Hai Letto che ti guardavano accigliati dai banchi e dagli scaffali cercando
d'intimidirti. Ma tu sai che non devi lasciarti mettere
in soggezione, che tra loro s'estendono per ettari ed
ettari i Libri Che Puoi Fare A Meno Di Leggere, i Libri
Fatti Per Altri Usi Che La Lettura, i Libri Già Letti
Senza Nemmeno Bisogno D'Aprirli In Quanto Ap-
partenenti Alla Categoria Del Già Letto Prima Ancora
D'Essere Stato Scritto. E così superi la prima cinta dei
baluardi e ti piomba addosso la fanteria dei Libri Che
Se Tu Avessi Più Vite Da Vivere Certamente Anche
Questi Li Leggeresti Volentieri Ma Purtroppo I Giorni
Che Hai Da Vivere Sono Quelli Che Sono. Con rapi-
da mossa li scavalchi e ti porti in mezzo alle falangi
dei Libri Che Hai Intenzione Di Leggere Ma Prima Ne

Dovresti Leggere Degli Altri, dei Libri Troppo Cari Che Potresti Aspettare A Comprarli Quando Saranno Rivenduti A Metà Prezzo, dei Libri Idem Come Sopra Quando Verranno Ristampati Nei Tascabili, dei Libri Che Potresti Domandare A Qualcuno Se Te Li Presta, dei Libri Che Tutti Hanno Letto Dunque È Quasi Come Se Li Avessi Letti Anche Tu. Sventando questi assalti, ti porti sotto le torri del fortilizio, dove fanno resistenza

i Libri Che Da Tanto Tempo Hai In Programma Di Leggere,

i Libri Che Da Anni Cercavi Senza Trovarli,

i Libri Che Riguardano Qualcosa Di Cui Ti Occupi In Questo Momento,

i Libri Che Vuoi Avere Per Tenerli A Portata Di Mano In Ogni Evenienza,

i Libri Che Potresti Mettere Da Parte Per Leggerli Magari Quest'Estate,

i Libri Che Ti Mancano Per Affiancarli Ad Altri Libri Nel Tuo Scaffale,

i Libri Che Ti Ispirano Una Curiosità Improvvisa, Frenetica E Non Chiaramente Giustificabile.

Ecco che ti è stato possibile ridurre il numero illimitato di forze in campo a un insieme certo molto grande ma comunque calcolabile in un numero finito, anche se questo relativo sollievo ti viene insidiato dalle imboscate dei Libri Letti Tanto Tempo Fa Che Sarebbe Ora Di Rileggerli e dei Libri Che Hai Sempre Fatto Finta D'Averli Letti Mentre Sarebbe Ora Ti Decidessi A Leggerli Davvero.

Ti liberi con rapidi zig zag e penetri d'un balzo nella cittadella delle Novità Il Cui Autore O Argomento

Ti Attrae. Anche all'interno di questa roccaforte puoi praticare delle brecce tra le schiere dei difensori dividendole in Novità D'Autori O Argomenti Non Nuovi (per te o in assoluto) e Novità D'Autori O Argomenti Completamente Sconosciuti (almeno a te) e definire l'attrattiva che esse esercitano su di te in base ai tuoi desideri e bisogni di nuovo e di non nuovo (del nuovo che cerchi nel non nuovo e del non nuovo che cerchi nel nuovo).

Tutto questo per dire che, percorsi rapidamente con lo sguardo i titoli dei volumi esposti nella libreria, hai diretto i tuoi passi verso una pila di *Se una notte d'inverno un viaggiatore* freschi di stampa, ne hai afferrato una copia e l'hai portata alla cassa perché venisse stabilito il tuo diritto di proprietà su di essa.

Hai gettato ancora un'occhiata smarrita ai libri intorno (o meglio: erano i libri che ti guardavano con l'aria smarrita dei cani che dalle gabbie del canile municipale vedono un loro ex compagno allontanarsi al guinzaglio del padrone venuto a riscattarlo), e sei uscito.

È uno speciale piacere che ti dà il libro appena pubblicato, non è solo un libro che porti con te ma la sua novità, che potrebbe essere anche solo quella dell'oggetto uscito ora dalla fabbrica, la bellezza dell'asino di cui anche i libri s'adornano, che dura finché la copertina non comincia a ingiallire, un velo di smog a depositarsi sul taglio, il dorso a sdrucirsi agli angoli, nel rapido autunno delle biblioteche. No, tu speri sempre d'imbatterti nella novità vera, che essendo stata novità una volta continui a esserlo per sempre. Avendo letto il libro appena uscito, ti approprierai di questa novità dal primo istante, senza dover poi inseguirla, rincorrerla. Sarà questa la volta buona? Non si sa mai. Vediamo come comincia.

Forse è già in libreria che hai cominciato a sfogliare il libro. O non hai potuto perché era avviluppato nel suo bozzolo di cellophane? Ora sei in autobus, in piedi, tra la gente, appeso per un braccio a una maniglia, e cominci a svolgere il pacchetto con la mano libera, con gesti un po' da scimmia, una scimmia che vuole sbucciare una banana e nello stesso tempo tenersi aggrappata al ramo. Guarda che stai dando gomitate ai vicini; chiedi scusa, almeno.

O forse il libraio non ha impacchettato il volume; te l'ha dato in un sacchetto. Questo semplifica le cose. Sei al volante della tua macchina, fermo a un semaforo, tiri fuori il libro dal sacchetto, strappi l'involucro trasparente, ti metti a leggere le prime righe. Ti piove addosso una tempesta di strombettii; c'è il verde; stai ostruendo il traffico.

Sei al tuo tavolo di lavoro, tieni il libro posato come per caso tra le carte d'ufficio, a un certo momento sposti un dossier e ti trovi il libro sotto gli occhi, lo apri con aria distratta, appoggi i gomiti sul tavolo, appoggi le tempie alle mani piegate a pugno, sembra che tu sia concentrato nell'esame d'una pratica e invece stai esplorando le prime pagine del romanzo. A poco a poco adagi la schiena contro la spalliera, sollevi il libro all'altezza del naso, inclini la sedia in equilibrio sulle gambe posteriori, apri un cassetto laterale della scrivania per posarci i piedi, la posizione dei piedi durante la lettura è della massima importanza, allunghi le gambe sul piano del tavolo, sopra le pratiche inevase.

Ma non ti sembra una mancanza di rispetto? Di rispetto, s'intende, non verso il tuo lavoro (nessuno pretende di giudicare il tuo rendimento professionale; ammettiamo che le tue mansioni siano regolarmente inserite nel sistema delle attività improduttive che occupa tanta parte dell'economia nazionale e mondiale), ma verso il libro. Peggio ancora se invece tu appartieni – per forza o per amore – al numero di quelli per i quali lavorare vuol dire lavorare sul serio, compiere – intenzionalmente o senza farlo apposta – qualcosa di necessario o almeno di non inutile per gli altri oltre che per sé: allora il libro che ti sei portato dietro sul luogo di lavoro come una specie d'amuleto o talismano t'espone a tentazioni intermittenti, pochi secondi per volta sottratti all'oggetto principale della tua attenzione, sia esso un perforatore di schede elettroniche, i fornelli d'una cucina, le leve di comando d'un bulldozer, un paziente steso con le budella all'aria sul tavolo operatorio.

Insomma, è preferibile tu tenga a freno l'impazienza e aspetti ad aprire il libro quando sei a casa. Ora sì. Sei nella tua stanza, tranquillo, apri il libro alla prima pagina, no, all'ultima, per prima cosa vuoi vedere quant'è lungo. Non è troppo lungo, per fortuna. I romanzi lunghi scritti oggi forse sono un controsenso: la dimensione del tempo è andata in frantumi, non possiamo vivere o pensare se non spezzoni di tempo che s'allontanano ognuno lungo una sua traiettoria e subito spariscono. La continuità del tempo possiamo ritrovarla solo nei romanzi di quell'epoca in cui il tempo non appariva più come fermo e non ancora come esploso, un'epoca che è durata su per giù cent'anni, e poi basta.

Rigiri il libro tra le mani, scorri le frasi del retroco-pertina, del risvolto, frasi generiche, che non dicono molto. Meglio così, non c'è un discorso che pretenda di sovrapporsi indiscretamente al discorso che il libro dovrà comunicare lui direttamente, a ciò che dovrai tu spremere dal libro, poco o tanto che sia. Certo, an-che questo girare intorno al libro, leggerci intorno pri-ma di leggerci dentro, fa parte del piacere del libro nuovo, ma come tutti i piaceri preliminari ha una sua durata ottimale se si vuole che serva a spingere verso il piacere più consistente della consumazione dell'at-to, cioè della lettura del libro.

Ecco dunque ora sei pronto ad attaccare le prime ri-ghe della prima pagina. Ti prepari a riconoscere l'in-confondibile accento dell'autore. No. Non lo riconosci affatto. Ma, a pensarci bene, chi ha mai detto che questo autore ha un accento inconfondibile? Anzi, si sa che è un autore che cambia molto da libro a libro. E proprio in questi cambiamenti si riconosce che è lui. Qui però sembra che non c'entri proprio niente con tutto il resto che ha scritto, almeno a quanto tu ricor-di. È una delusione? Vediamo. Magari in principio provi un po' di disorientamento, come quando ti si presenta una persona che dal nome tu identificavi con una certa faccia, e cerchi di far collimare i linea-menti che vedi con quelli che ricordi, e non va. Ma poi prosegui e t'accorgi che il libro si fa leggere co-munque, indipendentemente da quel che t'aspettavi dall'autore, è il libro in sé che t'incuriosisce, anzi a pensarci bene preferisci che sia così, trovarti di fronte a qualcosa che ancora non sai bene cos'è.

Se una notte d'inverno un viaggiatore

Il romanzo comincia in una stazione ferroviaria, sbuffa una locomotiva, uno sfiatare di stantuffo copre l'apertura del capitolo, una nuvola di fumo nasconde parte del primo capoverso. Nell'odore di stazione passa una ventata d'odore di buffet della stazione. C'è qualcuno che sta guardando attraverso i vetri appannati, apre la porta a vetri del bar, tutto è nebbioso, anche dentro, come visto da occhi di miope, oppure occhi irritati da granelli di carbone. Sono le pagine del libro a essere appannate come i vetri d'un vecchio treno, è sulle frasi che si posa la nuvola di fumo. È una sera piovosa; l'uomo entra nel bar; si sbottona il soprabito umido; una nuvola di vapore l'avvolge; un fischio parte lungo i binari a perdita d'occhio lucidi di pioggia.

Un fischio come di locomotiva e un getto di vapore si levano dalla macchina del caffè che il vecchio barista mette sotto pressione come lanciasse un segnale, o almeno così sembra dalla successione delle frasi del secondo capoverso, in cui i giocatori ai tavoli richiudono il ventaglio delle carte contro il petto e si voltano verso il nuovo venuto con una tripla torsione del collo, delle spalle e delle sedie, mentre gli avventori al banco sollevano le tazzine e soffiano sulla superficie del caffè a labbra e occhi socchiusi, o sorbono il colmo dei boccali di birra con un'attenzione esagerata a non farli traboccare. Il gatto inarca il dorso, la cassiera chiude il registratore di cassa che fa dlìn. Tutti questi segni convergono nell'informare che si tratta d'una piccola stazione di provincia, dove chi arriva è subito notato.

Le stazioni si somigliano tutte; poco importa se le luci non riescono a rischiarare più in là del loro alone sbavato, tanto questo è un ambiente che tu conosci a memoria, con l'odore di treno che resta anche dopo che tutti i treni sono partiti, l'odore speciale delle stazioni dopo che è partito l'ultimo treno. Le luci della stazione e le frasi che stai leggendo sembra abbiano il compito di dissolvere più che di indicare le cose affioranti da un velo di buio e di nebbia. Io sono sbarcato in questa stazione stasera per la prima volta in vita mia e già mi sembra d'averci passato una vita, entrando e uscendo da questo bar, passando dall'odore della pensilina all'odore di segatura bagnata dei gabinetti, tutto mescolato in un unico odore che è quello dell'attesa, l'odore delle cabine telefoniche quando non resta che recuperare i gettoni perché il numero chiamato non dà segno di vita.

Io sono l'uomo che va e viene tra il bar e la cabina telefonica. Ossia: quell'uomo si chiama «io» e non sai altro di lui, così come questa stazione si chiama soltanto «stazione» e al di fuori di essa non esiste altro che il segnale senza risposta d'un telefono che suona in una stanza buia d'una città lontana. Riattacco il ricevitore, attendo lo scroscio di ferraglia giù per la gola metallica, ritorno a spingere la porta a vetri, a dirigermi verso le tazze ammucchiate ad asciugare in una nuvola di vapore.

Le macchine-espresso nei caffè delle stazioni ostentano una loro parentela con le locomotive, le macchine espresso di ieri e di oggi con le locomotive e i locomotori di ieri e di oggi. Ho un bell'andare e venire, girare e dar volta: sono preso in trappola, in quella trappola atemporale che le stazioni tendono immancabilmente. Un pulviscolo di carbone ancora aleggia nell'aria delle stazioni dopo tanti anni che le linee sono state tutte elettrificate, e un romanzo che parla di treni e stazioni non può non trasmettere quest'odore di fumo. È già da un paio di pagine che stai andando avanti a leggere e sarebbe ora che ti si dicesse chiaramente se questa a cui io sono sceso da un treno in ritardo è una stazione d'una volta o una stazione d'adesso; invece le frasi continuano a muoversi nell'indeterminato, nel grigio, in una specie di terra di nessuno dell'esperienza ridotta al minimo comune denominatore. Sta' attento: è certo un sistema per coinvolgerti a poco a poco, per catturarti nella vicenda senza che te ne renda conto: una trappola. O forse l'autore è ancora indeciso, come d'altronde anche tu lettore non sei ben sicuro di cosa ti farebbe più piacere leggere: se l'arrivo a una vecchia stazione che ti dia il senso d'un ritorno all'indietro, d'una rioccupazione dei tempi e dei luoghi perduti, oppure un balenare di luci e di suoni che ti dia il senso d'essere vivo oggi, nel modo in cui oggi si crede faccia piacere essere vivo. Questo bar (o «buffet della stazione» come viene pure chiamato) potrebbero esser stati i miei occhi, miopi o irritati, a vederlo sfocato e nebbioso mentre invece non è escluso che sia saturo di luce irradiata da tubi colore del lampo e riflessa da specchi in modo da colmare tutti gli anditi e gli interstizi, e lo spazio senza ombre straripi di musica a tutto volume che esplode da un vibrante apparecchio uccidi-silenzio, e i biliardini e gli altri giochi elettrici simulanti corse ippiche e cacce all'uomo siano tutti in azione, e ombre colorate nuotino nella trasparenza d'un televisore e in quella d'un acquario di pesci tropicali rallegrati da una corrente verticale di bollicine d'aria. E il mio braccio non regga una borsa a soffietto, gonfia e un po' logora, ma spinga una valigia quadrata di materia plastica rigida munita di piccole ruote, manovrabile con un bastone metallico cromato e pieghevole.

Tu lettore credevi che lì sotto la pensilina il mio sguardo si fosse appuntato sulle lancette traforate come alabarde d'un rotondo orologio di vecchia stazione, nel vano sforzo di farle girare all'indietro, di percorrere a ritroso il cimitero delle ore passate stese esanimi nel loro pantheon circolare. Ma chi ti dice che i numeri dell'orologio non s'affaccino da sportelli rettangolari e io veda ogni minuto cadermi addosso di scatto come la lama d'una ghigliottina? Il risultato comunque non cambierebbe molto: anche avanzando in un mondo levigato e scorrevole la mia mano contratta sul leggero timone della valigia a rotelle esprimerebbe pur sempre un rifiuto interiore, come se quel disinvolto bagaglio costituisse per me un peso ingrato ed estenuante.

Qualcosa mi dev'essere andata per storto: un disguido, un ritardo, una coincidenza perduta; forse arrivando avrei dovuto trovare un contatto, probabilmente in relazione a questa valigia che sembra preoccuparmi tanto, non è chiaro se per timore di perderla o perché non vedo l'ora di disfarmene. Quello che pare sicuro è che non è un bagaglio qualsiasi, da poterlo consegnare al deposito bagagli o far finta di dimenticarlo nella sala d'aspetto. È inutile che guardi l'orologio; se qualcuno era venuto ad aspettarmi ormai se n'è andato da un pezzo; è inutile che mi arrovelli nella smania di far girare all'indietro gli orologi e i calendari sperando di ritornare al momento precedente a quello in cui è successo qualcosa che non doveva succedere. Se in questa stazione dovevo incontrare qualcuno, che magari non aveva niente a che fare con questa stazione ma solo doveva scendere da un treno e ripartire su un altro treno, così come avrei dovuto fare io, e uno dei due doveva consegnare qualcosa all'altro, per esempio io dovevo affidare all'altro questa valigia a rotelle che invece è rimasta a me e mi brucia le mani, allora l'unica cosa da fare è cercare di ristabilire il contatto perduto.

Già un paio di volte ho attraversato il caffè e mi sono affacciato alla porta che dà sulla piazza invisibile e ogni volta il muro di buio mi ha ricacciato indietro in questa specie di limbo illuminato sospeso tra le due oscurità del fascio dei binari e della città nebbiosa. Uscire per andare dove? La città là fuori non ha ancora un nome, non sappiamo se resterà fuori del romanzo o se lo conterrà tutto nel suo nero d'inchiostro. So solo che questo primo capitolo tarda a staccarsi dalla stazione e dal bar: non è prudente che mi allontani di qui dove potrebbero ancora venirmi a cercare, né che mi faccia vedere da altre persone con questa valigia ingombrante. Perciò continuo a ingozzare di gettoni il telefono pubblico che me li risputa ogni volta: molti gettoni, come per una chiamata a lunga distanza: chissà dove si trovano, ora, quelli da cui devo ricevere istruzioni, diciamo pure prendere ordini, è chiaro che dipendo da altri, non ho l'aria d'uno che viaggia per una sua faccenda privata o che conduce degli affari in proprio: mi si direbbe piuttosto un esecutore, una pedina in una partita molto complicata, una piccola rotella d'un grosso ingranaggio, tanto piccola che non dovrebbe neppure vedersi: difatti era stabilito che passassi di qui senza lasciare tracce: e invece ogni minuto che passo qui lascio tracce: lascio tracce se non parlo con nessuno in quanto mi qualifico come uno che non vuole aprir bocca: lascio tracce se parlo in quanto ogni parola detta è una parola che resta e può tornare a saltar fuori in seguito, con le virgolette o senza le virgolette. Forse per questo l'autore accumula supposizioni su supposizioni in lunghi paragrafi senza dialoghi, uno spessore di piombo fitto e opaco in cui io possa passare inosservato, sparire.

Sono una persona che non dà affatto nell'occhio, una presenza anonima su uno sfondo ancora più anonimo, se tu lettore non hai potuto fare a meno di distinguermi tra la gente che scendeva dal treno e di continuare a seguirmi nei miei andirivieni tra il bar e il telefono è solo perché io mi chiamo «io» e questa è l'unica cosa che tu sai di me, ma già basta perché tu ti senta spinto a investire una parte di te stesso in questo io sconosciuto. Così come l'autore pur non avendo nessuna intenzione di parlare di se stesso, ed avendo deciso di chiamare «io» il personaggio quasi per sottrarlo alla vista, per non doverlo nominare o descrivere, perché qualsiasi altra denominazione o attributo l'avrebbe definito di più che questo spoglio pronome, pure per il solo fatto di scrivere «io» egli si sente spinto a mettere in questo «io» un po' di se stesso, di quel che lui sente o immagina di sentire. Niente di più facile che identificarsi con me, per adesso il mio comportamento esteriore è quello di un viaggiatore che ha perso una coincidenza, situazione che fa parte dell'esperienza di tutti; ma una situazione che si verifica all'inizio d'un romanzo rimanda sempre a qualcosa d'altro che è successo o che sta per succedere, ed è questo qualcosa d'altro che rende rischioso identificarsi con me, per te lettore e per lui autore; e quanto più grigio comune indeterminato e qualsiasi è l'inizio di questo romanzo tanto più tu e l'autore sentite un'ombra di pericolo crescere su quella frazione di «io» che avete sconsideratamente investita nell'«io» d'un personaggio che non sapete che storia si porti dietro, come quella valigia di cui vorrebbe tanto riuscire a disfarsi.

Il disfarmi della valigia doveva essere la prima condizione per ristabilire la situazione di prima: di prima che succedesse tutto quello che è successo in seguito. Questo intendo quando dico che vorrei risalire il corso del tempo: vorrei cancellare le conseguenze di certi avvenimenti e restaurare una condizione iniziale. Ma ogni momento della mia vita porta con sé un'accumulazione di fatti nuovi e ognuno di questi fatti nuovi porta con sé le sue conseguenze, cosicché più cerco di tornare al momento zero da cui sono partito più me ne allontano: pur essendo tutti i miei atti intesi a cancellare conseguenze d'atti precedenti e riuscendo anche a ottenere risultati apprezzabili in questa cancellazione, tali da aprirmi il cuore a speranze di sollievo immediato, devo però tener conto che ogni mia mossa per cancellare avvenimenti precedenti provoca una pioggia di nuovi avvenimenti che complicano la situazione peggio di prima e che dovrò cercare di cancellare a loro volta. Devo quindi calcolare bene ogni mossa in modo da ottenere il massimo di cancellazione col minimo di ricomplicazione.

Un uomo che non conosco doveva incontrarmi appena sceso dal treno, se tutto non andava per storto. Un uomo con una valigia a rotelle uguale alla mia, vuota. Le due valige si sarebbero scontrate come accidentalmente nel va e vieni dei viaggiatori sul marciapiede, tra un treno e l'altro. Un fatto che può capitare per caso, indistinguibile da ciò che avviene per caso; ma ci sarebbe stata una parola d'ordine che quell'uomo m'avrebbe detto, un commento al titolo del giornale che sporge dalla mia tasca, sull'arrivo delle corse dei cavalli. «Ah, ha vinto Zenone di Elea!» e intanto avremmo disincagliato le nostre valige armeggiando coi bastoni metallici, magari scambiandoci qualche battuta sui cavalli, i pronostici, le scommesse, e ci saremmo allontanati verso treni divergenti facendo scorrere ognuno la sua valigia nella sua direzione. Nessuno se ne sarebbe accorto, ma io sarei rimasto con la valigia dell'altro e la mia se la sarebbe portata via lui.

Un piano perfetto, tanto perfetto che era bastata

una complicazione da nulla per mandarlo all'aria. Ora sono qui senza saper più che fare, ultimo viaggiatore in attesa in questa stazione dove non parte né arriva più nessun treno prima di domani mattina. È l'ora in cui la piccola città di provincia si richiude nel suo guscio. Al bar della stazione sono rimaste solo persone del posto che si conoscono tutte tra loro, persone che non hanno niente a che fare con la stazione ma che si spingono fin qui attraverso la piazza buia forse perché non c'è un altro locale aperto qui intorno, o forse per l'attrattiva che le stazioni continuano a esercitare nelle città di provincia, quel tanto di novità che ci si può aspettare dalle stazioni, o forse solo il ricordo del tempo in cui la stazione era il solo punto di contatto col resto del mondo.

Ho un bel dirmi che non ci sono più città di provincia e forse non ci sono mai state: tutti i luoghi comunicano con tutti i luoghi istantaneamente, il senso d'isolamento lo si prova soltanto durante il tragitto da un luogo all'altro, cioè quando non si è in nessun luogo. Io appunto mi trovo qui senza un qui né un altrove, riconoscibile come estraneo dai non estranei almeno quanto i non estranei sono da me riconosciuti e invidiati. Sì, invidiati. Sto guardando dal di fuori la vita d'una sera qualsiasi in una piccola città qualsiasi, e mi rendo conto d'essere tagliato fuori dalle sere qualsiasi per chissà quanto tempo, e penso a migliaia di città come questa, a centinaia di migliaia di locali illuminati dove a quest'ora la gente lascia che scenda il buio della sera, e non ha per la testa nessuno dei pensieri che ho io, magari ne avrà altri che non saranno affatto invidiabili, ma in questo momento sarei pronto a fare il cambio con chiunque di loro. Per esempio uno di questi giovanotti che stanno facendo un giro tra gli esercenti a raccogliere firme per una petizione al Comune, riguardo alla tassa sulle insegne luminose, e ora la stanno leggendo al barista.

Il romanzo qui riporta brani di conversazione che sembra non abbiano altra funzione che di rappresentare la vita quotidiana d'una città di provincia. – E tu Armida l'hai già messa la firma? – chiedono a una donna che vedo solo di spalle, una martingala che pende da un soprabito lungo col bordo di pelliccia e il bavero alto, un filo di fumo che sale dalle dita attorno al gambo d'un calice. – E chi v'ha detto che voglio metterci il neon, al mio negozio? – risponde. – Se il Comune crede di risparmiare sui lampioni, non sarò certo io a illuminare le strade a mie spese! Tanto dov'è la pelletteria Armida tutti lo sanno. E quando ho tirato giù la saracinesca la via resta al buio e buonanotte.

– Proprio per questo dovresti firmare anche tu, – le dicono. Le dànno del tu; tutti si dànno del tu; parlano mezzo in dialetto; è gente abituata a vedersi tutti i giorni da chissà quanti anni; ogni discorso che fanno è la continuazione di vecchi discorsi. Si lanciano scherzi, anche pesanti: – Di' la verità, che il buio ti serve perché nessuno veda chi ti viene a trovare! Chi è che ricevi dal retrobottega quando chiudi la saracinesca?

Queste battute formano un brusio di voci indistinte dal quale potrebbe pure affiorare una parola o una frase decisiva per quel che vien dopo. Per leggere bene tu devi registrare tanto l'effetto brusio quanto l'effetto intenzione nascosta, che ancora non sei in grado (e io neppure) di cogliere. Leggendo devi dunque mantenerti insieme distratto e attentissimo, come me che sto assorto tendendo l'orecchio con un gomito sul banco del bar e la guancia sul pugno. E se adesso il romanzo comincia a uscire dalla sua imprecisione brumosa per dare qualche dettaglio sull'aspetto delle persone, la sensazione che ti vuole trasmettere è quella di facce viste per la prima volta ma anche che sembra d'aver visto migliaia di volte. Siamo in una città per le cui strade si incontrano sempre le stesse persone; le facce portano su di sé un peso d'abitudine che si comunica anche a chi come me, pur senza essere mai stato qui prima, capisce che queste sono le solite facce, lineamenti che lo specchio del bar ha visto inspessirsi o afflosciarsi, espressioni che sera per sera si sono gualcite o gonfiate. Questa donna forse è stata la bellezza della città; ancora adesso per me che la vedo per la prima volta può dirsi una donna attraente; ma se immagino di guardarla con gli occhi degli altri avventori del bar ecco che su di lei si deposita una specie di stanchezza, forse solo l'ombra della loro stanchezza (o della mia stanchezza, o della tua). Loro la conoscono da quand'era ragazza, ne sanno vita e miracoli, qualcuno di loro magari ci avrà avuto una storia, acqua passata, dimenticata, insomma c'è un velo d'altre immagini che si deposita sulla sua immagine e la rende sfocata, un peso di ricordi che m'impediscono di vederla come una persona vista per la prima volta, ricordi altrui che restano sospesi come il fumo sotto le lampade.

Il gran passatempo di questi avventori del bar sembra siano le scommesse: scommesse su avvenimenti minimi della vita quotidiana. Per esempio, uno dice: – Scommettiamo su chi arriva prima quest'oggi qui al bar: il dottor Marne o il commissario Gorin –. E un altro: – E il dottor Marne quando sarà qui, per non incontrarsi con la sua ex moglie, cosa farà: si metterà a giocare al biliardino o a riempire la schedina dei pronostici?

In un'esistenza come la mia previsioni non se ne potrebbero fare: non so mai cosa mi può capitare nella prossima mezz'ora, non so immaginarmi una vita tutta fatta di minime alternative ben circoscritte, su cui si possono fare scommesse: o così o così.

– Non so, – dico a bassa voce.

– Non so, cosa? – lei chiede.

È un pensiero che mi pare posso anche dirlo e non solo tenerlo per me come faccio con tutti i miei pensieri, dirlo alla donna che è qui accanto al banco del bar, quella del negozio di pelletteria, con cui da un po' ho voglia d'attaccare discorso. – È così, da voi?

– No, non è vero, – mi risponde e io sapevo che m'avrebbe risposto così. Sostiene che non si può prevedere niente, qui come altrove: certo tutte le sere a quest'ora il dottor Marne chiude l'ambulatorio e il commissario Gorin finisce il suo orario di servizio al commissariato di polizia, e passano sempre di qua, prima l'uno o prima l'altro, ma cosa vuol dire?

– Comunque, nessuno sembra dubitare del fatto che il dottore cercherà di evitare la ex signora Marne, – le dico.

– La ex signora Marne sono io, – risponde. – Non dia retta alle storie che dicono.

La tua attenzione di lettore ora è tutta rivolta alla donna, è già da qualche pagina che le giri intorno, che io, no, che l'autore gira intorno a questa presenza femminile, è da qualche pagina che tu t'aspetti che questo fantasma femminile prenda forma nel modo in cui prendono forma i fantasmi femminili sulla pagina scritta, ed è la tua attesa di lettore che spinge l'autore verso di lei, e anch'io che ho tutt'altri pensieri per il capo ecco che mi lascio andare a parlarle, ad attaccare una conversazione che dovrei troncare al più presto, per allontanarmi, sparire. Tu certo vorresti saperne di più di come è lei, ma invece solo pochi elementi affiorano dalla pagina scritta, il suo viso resta nascosto tra il fumo e i capelli, bisognerebbe capire al di là della piega amara della bocca cosa c'è che non è piega amara.

– Che storie dicono? – chiedo. – Io non so niente. So che lei ha un negozio, senza l'insegna luminosa. Ma non so nemmeno dov'è.

Me lo spiega. È un negozio di pellami, valige e articoli da viaggio. Non è sulla piazza della stazione ma in una via laterale, vicino al passaggio a livello dello scalo merci.

– Ma perché le interessa?

– Vorrei essere arrivato qui prima. Passerei per la strada buia, vedrei il suo negozio illuminato, entrerei, le direi: se vuole, l'aiuto a tirar giù la saracinesca.

Mi dice che la saracinesca l'ha già tirata giù, ma deve tornare in negozio per l'inventario, e ci resterà fino a tardi.

La gente del bar si scambia motteggi e manate sulle spalle. Una scommessa è già conclusa: il dottore sta entrando nel locale.

– Il commissario è in ritardo, stasera, chissà come mai.

Il dottore entra e fa un saluto circolare; il suo sguardo non si ferma sulla moglie ma certo ha registrato che c'è un uomo che parla con lei. Va avanti fino in fondo al locale, dando le spalle al bar; mette una moneta nel biliardino elettrico. Ecco che io che dovevo passare inosservato sono stato scrutato, fotografato da occhi cui non posso illudermi di esser sfuggito, occhi che non dimenticano nulla e nessuno che si riferisca all'oggetto della gelosia e del dolore. Bastano quegli occhi un po' pesanti e un po' acquosi a farmi capire che il dramma che c'è stato tra loro non è ancora finito: lui continua a venire ogni sera in questo caffè per vederla, per farsi riaprire la vecchia ferita, forse per sapere chi è che la accompagna a casa stasera; e lei viene ogni sera in questo caffè forse apposta per farlo soffrire, o forse sperando che l'abitudine a soffrire diventi per lui un'abitudine come un'altra, acquisti il sapore del niente che le impasta la bocca e la vita da anni.

– La cosa che vorrei di più al mondo, – le dico, perché ormai tanto vale che continui a parlarle, – è far girare indietro gli orologi.

La donna dà una risposta qualsiasi, come: – Basta muovere le lancette, – e io: – No, col pensiero, concentrandomi fino a far tornare indietro il tempo, – dico, ossia: non è chiaro se lo dico veramente o se vorrei dirlo o se l'autore interpreta così le mezze frasi che io sto borbottando. – Quando sono arrivato qui il mio primo pensiero è stato: forse ho fatto uno sforzo tale col pensiero che il tempo ha dato il giro completo: eccomi alla stazione da cui sono partito la prima volta, rimasta così come allora, senza nessun cambiamento. Tutte le vite che potrei aver avuto cominciano di qui: c'è la ragazza che avrebbe potuto essere la mia ragazza e non lo è stata, con gli stessi occhi, gli stessi capelli...

Lei si guarda intorno, con l'aria di prendermi in giro; io faccio un segno col mento verso di lei; lei alza gli angoli della bocca come per sorridere, poi si ferma: perché ha cambiato idea, o perché sorride solo così.

– Non so se è un complimento, comunque io lo prendo per un complimento. E poi?

– E poi sono qui, sono io di adesso, con questa valigia.

È la prima volta che nomino la valigia, anche se non smetto mai di pensarci.

E lei: – Questa è la sera delle valige quadrate a rotelle.

Io resto calmo, impassibile. Chiedo: – Cosa vuol dire?

– Ne ho venduta una oggi, di valigia così.

– A chi?

– Uno di fuori. Come lei. Andava alla stazione, partiva. Con la valigia vuota, appena comprata. Tal quale la sua.

– C'è qualcosa di strano? Lei non vende valige?

– Di queste, da tanto che le ho in negozio, qui nessuno ne compra. Non piacciono. O non servono. O non le conoscono. Eppure devono essere comode.

– Non per me. Per esempio, se mi viene da pensare

che stasera potrebbe essere per me una bellissima sera, mi ricordo che devo portarmi dietro questa valigia, e non riesco a pensare più a niente.

– E perché non la lascia da qualche parte?

– Magari in un negozio di valige, – le dico.

– Anche. Una più, una meno.

S'alza dallo sgabello, s'aggiusta allo specchio il bavero del soprabito, la cintura.

– Se più tardi passo di lì e picchio sulla saracinesca, mi sente?

– Provi.

Non saluta nessuno. È già fuori nella piazza.

Il dottor Marne lascia il biliardino e s'avanza verso il bar. Vuole guardarmi in faccia, forse cogliere qualche allusione da parte degli altri, o solo qualche sogghigno. Ma quelli parlano delle scommesse, delle scommesse su di lui, senza badare se lui ascolta. C'è un agitarsi d'allegria e di confidenza, di manate sulle spalle, che circonda il dottor Marne, una storia di vecchi scherzi e canzonature, ma al centro di questa baldoria c'è una zona di rispetto che non viene mai valicata, non solo perché Marne è medico, ufficiale sanitario o qualcosa di simile, ma anche perché è un amico, o forse perché è disgraziato e si porta addosso le sue disgrazie restando un amico.

– Il commissario Gorin oggi arriva più tardi di tutti i pronostici, – dice qualcuno, perché in quel momento il commissario entra nel bar.

Entra. – Buon giorno a tutta la compagnia! – Mi viene vicino, abbassa lo sguardo sulla valigia, sul giornale, sussurra tra i denti: – Zenone di Elea, – poi va al distributore di sigarette.

M'hanno dato in mano alla polizia? È un poliziotto che lavora per la nostra organizzazione? M'avvicino al distributore, come per prendere delle sigarette anch'io.

Dice: – Hanno ammazzato Jan. Va' via.

– E la valigia? – domando.

– Riportala via. Non vogliamo saperne, adesso. Prendi il rapido delle undici.

– Ma non ferma, qui...

– Fermerà. Va' al marciapiede sei. All'altezza dello scalo merci. Hai tre minuti.

– Ma...

– Fila, o devo arrestarti.

L'organizzazione è potente. Comanda alla polizia, alle ferrovie. Faccio scorrere la valigia sui passaggi attraverso i binari, fino al marciapiede numero sei. Cammino lungo il marciapiedi. Lo scalo merci è là in fondo, col passaggio a livello che dà sulla nebbia e sul buio. Il commissario è sulla porta del bar della stazione che mi tiene d'occhio. Il rapido arriva a tutta velocità. Rallenta, si ferma, mi cancella alla vista del commissario, riparte.

II

Hai già letto una trentina di pagine e ti stai appassionando alla vicenda. A un certo punto osservi: «Però questa frase non mi suona nuova. Tutto questo passaggio, anzi, mi sembra d'averlo già letto». È chiaro: sono motivi che ritornano, il testo è intessuto di questi andirivieni, che servono a esprimere il fluttuare del tempo. Sei un lettore sensibile a queste finezze, tu, pronto a captare le intenzioni dell'autore, nulla ti sfugge. Però, allo stesso tempo, provi anche un certo disappunto; proprio ora che cominciavi a interessarti davvero, ecco che l'autore si crede in dovere di sfoggiare uno dei soliti virtuosismi letterari moderni, ripetere un capoverso tal quale. Un capoverso, dici? Ma è una pagina intera, puoi fare il confronto, non cambia nemmeno una virgola. E andando avanti, cosa succede? Niente, la narrazione si ripete identica alle pagine che hai già letto!

Un momento, guarda il numero della pagina. Accidenti! Da pagina 32 sei ritornato a pagina 17! Quella che credevi una ricercatezza stilistica dell'autore non è altro che un errore della tipografia: hanno ripetuto due volte le stesse pagine. È nel rilegare il volume che è successo l'errore: un libro è fatto di «sedicesimi»;

ogni sedicesimo è un grande foglio su cui vengono
stampate sedici pagine e viene ripiegato in otto;
quando si rilegano insieme i sedicesimi può capitare
che in una copia vadano a finire due sedicesimi uguali; è un incidente che ogni tanto succede. Sfogli ansio-
samente le pagine che seguono per rintracciare la pagina 33, sempre che esista; un sedicesimo raddoppia-
to sarebbe un inconveniente da poco; il danno irreparabile è quando il sedicesimo giusto è sparito, finito in
un'altra copia dove magari sarà doppio quello e man-
cherà questo. Comunque sia, tu vuoi riprendere il filo
della lettura, non t'importa nient'altro, eri arrivato a
un punto in cui non puoi saltare neanche una pagina.

Ecco di nuovo pagina 31, 32... E poi cosa viene?
Ancora pagina 17, una terza volta! Ma che razza di libro t'hanno venduto? Hanno rilegato insieme tante
copie dello stesso sedicesimo, non c'è più una pagina
buona in tutto il libro.

Scagli il libro contro il pavimento, lo lanceresti fuori
dalla finestra, anche fuori dalla finestra chiusa, attraverso le lame delle persiane avvolgibili, che triturino i
suoi incongrui quinterni, le frasi le parole i morfemi i
fonemi zampillino senza potersi più ricomporre in discorso; attraverso i vetri, se sono vetri infrangibili meglio ancora, scaraventare il libro ridotto a fotoni, vibrazioni ondulatorie, spettri polarizzati; attraverso il
muro, che il libro si sbricioli in molecole e atomi passando tra atomo e atomo del cemento armato, scom-
ponendosi in elettroni neutroni neutrini particelle elementari sempre più minute; attraverso i fili del telefono, che si riduca in impulsi elettronici, in flusso d'informazione, squassato da ridondanze e rumori, e si

degradi in una vorticosa entropia. Vorresti gettarlo fuori della casa, fuori dell'isolato, fuori del quartiere, fuori del comprensorio urbano, fuori dell'assetto territoriale, fuori dell'amministrazione regionale, fuori della comunità nazionale, fuori del mercato comune, fuori della cultura occidentale, fuori della placca continentale, dall'atmosfera, dalla biosfera, dalla stratosfera, dal campo gravitazionale, dal sistema solare, dalla galassia, dal cumulo di galassie, riuscire a scagliarlo più in là del punto in cui le galassie sono arrivate nella loro espansione, là dove lo spazio-tempo non è ancora arrivato, dove lo accoglierebbe il non-essere, anzi il non essere mai stato né prima né poi, a perdersi nella negatività più assoluta garantita innegabile. Proprio come si merita, né più né meno.

Invece no: lo raccogli, lo spolveri; devi portarlo indietro al libraio perché te lo cambi. Sappiamo che sei piuttosto impulsivo, ma hai imparato a controllarti. La cosa che ti esaspera di più è trovarti alla mercé del fortuito, dell'aleatorio, del probabilistico, nelle cose e nelle azioni umane, la sbadataggine, l'approssimatività, l'imprecisione tua o altrui. In questi casi la passione che ti domina è l'impazienza di cancellare gli effetti perturbatori di quell'arbitrarietà o distrazione, di ristabilire il corso regolare degli avvenimenti. Non vedi l'ora di riavere in mano un esemplare non difettoso del libro che hai cominciato. Ti precipiteresti subito in libreria, se a quest'ora i negozi non fossero chiusi. Devi aspettare a domani.

Passi una notte agitata, il sonno è un flusso intermittente e ingorgato come la lettura del romanzo, con sogni che ti sembra siano la ripetizione d'un sogno

sempre uguale. Lotti coi sogni come con la vita senza
senso né forma, cercando un disegno, un percorso
che deve pur esserci, come quando si comincia a leggere un libro e non si sa ancora in quale direzione ti
porterà. Quello che vorresti è l'aprirsi d'uno spazio e
d'un tempo astratti e assoluti in cui muoverti seguendo una traiettoria esatta e tesa; ma quando ti sembra
di riuscirci t'accorgi d'essere fermo, bloccato, costretto a ripetere tutto da capo.

L'indomani, appena hai un momento libero, corri
alla libreria, entri nel negozio protendendo il libro già
spalancato e puntando un dito su una pagina, come
se quella da sola bastasse a rendere evidente lo scom-
paginamento generale. – Ma lo sa cosa mi ha venduto... Ma guardi... Proprio sul più bello...

Il libraio non si scompone. – Ah, anche a lei? Già
ho avuto diversi reclami. E proprio stamattina m'è arrivata una circolare dalla casa editrice. Vede? «Nella
distribuzione delle ultime novità del nostro listino,
una parte della tiratura del volume *Se una notte d'inverno un viaggiatore* di Italo Calvino risulta difettosa e
deve essere ritirata dalla circolazione. Per un errore
della legatoria, i fogli di stampa del suddetto volume
si sono mescolati con quelli d'un'altra novità, il romanzo polacco *Fuori dell'abitato di Malbork* di Tazio Bazakbal. Scusandosi dell'increscioso contrattempo, la
casa editrice provvederà al più presto a sostituire le
copie guaste, eccetera». Mi dica un po' se un povero
libraio deve andarci di mezzo per le negligenze degli
altri. È tutta la giornata che diventiamo matti. Abbiamo controllato i Calvino a uno a uno. Un certo numero di buoni ci sono, per fortuna, e possiamo subito

cambiare il *Viaggiatore* avariato con uno in perfetto stato e nuovo di zecca.

Un momento. Concentrati. Riordina nella mente l'insieme d'informazioni che ti sono piovute addosso tutte in una volta. Un romanzo polacco. Allora quello che ti eri messo a leggere con tanta partecipazione non era il libro che credevi ma un romanzo polacco. Il libro che ora hai urgenza di procurarti è quello. Non lasciarti mettere nel sacco. Spiega chiaramente come stanno le cose. – No, vede, ormai a me di quell'Italo Calvino lì non me ne importa proprio più niente. Ho cominciato il polacco e il polacco voglio continuare. Ce l'ha, questo Bazakbal?

– Come preferisce. Già un momento fa è venuta una cliente col suo stesso problema e ha voluto anche lei fare il cambio col polacco. Ecco lì sul banco una pila di Bazakbal, li vede proprio lì sotto il suo naso. Si serva.

– Ma sarà una copia buona?

– Senta, io a questo punto non metto più la mano sul fuoco. Se le case editrici più serie combinano di questi pasticci, non ci si può più fidare di niente. Come ho detto già alla signorina, così dico a lei. Se c'è ancora motivo di reclamo sarete rimborsati. Di più non posso fare.

La signorina, ti ha indicato una signorina. È lì tra due scaffali della libreria; sta cercando tra i Penguin Modern Classics, scorre un dito gentile e risoluto sulle coste color melanzana pallido. Occhi vasti e veloci, carnagione di buon tono e buon pigmento, capelli d'onda ricca e vaporosa.

Ecco dunque la Lettrice fa il suo felice ingresso nel

tuo campo visivo, Lettore, anzi nel campo della tua attenzione, anzi sei tu entrato in un campo magnetico di cui non puoi sfuggire l'attrazione. Non perdere tempo, allora, un buon argomento per attaccar discorso ce l'hai, un terreno comune, pensa un po', puoi far sfoggio delle tue vaste e varie letture, buttati avanti, cos'aspetti.

– Allora anche lei, ah ah, il polacco, – dici, tutto filato, – però quel libro che comincia e resta lì, che fregatura, perché anche lei mi hanno detto, e io tal quale, sa?, provare per provare, ho rinunciato a quello e prendo questo, ma che bella combinazione tutti e due.

Mah, forse potevi coordinare un po' meglio, comunque i concetti principali li hai espressi. Adesso tocca a lei.

Lei sorride. Ha fossette. Ti piace ancor di più.

Dice: – Ah, davvero, avevo tanta voglia di leggere un bel libro. Questo subito al principio no, ma poi cominciava a piacermi... Che rabbia quando ho visto che era interrotto. Poi non era quello l'autore. Già un po' mi sembrava che era diverso dagli altri suoi libri. Difatti era il Bazakbal. Bravo però questo Bazakbal. Non avevo mai letto niente di lui.

– Neanch'io, – puoi dire tu, rassicurato, rassicurante.

– Un po' troppo sfocato come modo di raccontare, per i miei gusti. A me il senso di smarrimento che dà un romanzo quando si comincia a leggerlo non dispiace affatto, ma se il primo effetto è quello della nebbia, temo che appena la nebbia si dirada anche il mio piacere di leggere si perda.

Tu scuoti il capo, pensoso. – Effettivamente, quel rischio lì c'è.

– Preferisco i romanzi, – aggiunge lei, – che mi fanno entrare subito in un mondo dove ogni cosa è precisa, concreta, ben specificata. Mi dà una soddisfazione speciale sapere che le cose sono fatte in quel determinato modo e non altrimenti, anche le cose qualsiasi che nella vita mi sembrano indifferenti.

Sei d'accordo? Diglielo, allora. – Eh, quei libri lì, sì che val la pena.

E lei: – Comunque, anche questo è un romanzo interessante, non lo nego.

Dài, non lasciar cadere la conversazione. Di' qualsiasi cosa, basta che parli. – Lei legge molti romanzi? Sì? Anch'io, qualcuno, per quanto io sia più per la saggistica... – Tutto lì quel che sai dire? E poi? Ti fermi? Buonasera! Ma non sei capace a chiederle: «E questo l'ha letto? E quest'altro? Quale le piace di più di questi due?» Ecco, ora avete da parlare per mezz'ora.

Il guaio è che lei di romanzi ne ha letti molti di più di te, specialmente stranieri, e ha una memoria minuziosa, allude a degli episodi precisi, ti domanda: – E ricorda cosa dice la zia di Henry quando... – e tu che avevi tirato fuori quel titolo perché conosci il titolo e basta, e ti piaceva lasciar credere che l'avevi letto, adesso devi barcamenarti con commenti generici, arrischi qualche giudizio poco compromettente come: – Per me è un po' lento, – oppure: – Mi piace perché è ironico, – e lei replica: – Ma davvero, lei trova? Non direi... – e tu ci resti male. Ti lanci a parlare d'un autore famoso, perché ne hai letto un libro, due al mas-

simo, e lei senza esitare prende d'infilata il resto del-
l'opera omnia, che si direbbe conosca alla perfezione,
e se ha qualche incertezza peggio ancora, perché ti
chiede: – E il famoso episodio della fotografia tagliata
è in quel libro o in quell'altro? Mi confondo sempre...
– Tu tiri a indovinare, visto che lei si confonde. E lei:
– Ma come, cosa dice? Non può essere... – Beh, diciamo che vi siete confusi tutti e due.

Meglio ripiegare sulla tua lettura di iersera, sul volume che ora entrambi stringete in mano e che dovrebbe risarcirvi della recente delusione. – Speriamo,
– dici, – d'aver preso una copia buona, stavolta, im-
paginata bene, che non restiamo interrotti sul più bello, come succede... – (Come succede quando? Cosa
vuoi dire?) – Insomma, speriamo d'arrivare fino in
fondo con soddisfazione.

– Oh sì, – risponde. Hai sentito? Ha detto: «Oh sì».
Tocca a te ora, di tentare un aggancio.

– Allora spero di tornare a incontrarla, visto che è
anche lei cliente qui, così ci scambieremo le impressioni di lettura –. E lei risponde: – Volentieri.

Tu sai dove vuoi arrivare, è una sottilissima rete
che stai tendendo. – Il più buffo sarebbe che come
credevamo di leggere Italo Calvino ed era Bazakbal,
adesso che vogliamo leggere Bazakbal apriamo il libro
e troviamo Italo Calvino.

– Ah no! Se è così facciamo causa all'editore!

– Senta, perché non ci scambiamo i nostri numeri
del telefono? – (Ecco dove volevi arrivare, o Lettore,
girandole intorno come un serpente a sonagli!) – Così
se uno di noi trova che nella sua copia c'è qualcosa
che non va, può chiedere aiuto all'altro... Tra tutt'e

due, avremo più probabilità di mettere insieme una copia completa.

Ecco, l'hai detto. Cosa c'è di più naturale che tra Lettore e Lettrice si stabilisca tramite il libro una solidarietà, una complicità, un legame?

Puoi uscire dalla libreria contento, uomo che credevi finita l'epoca in cui ci si può aspettare qualcosa dalla vita. Porti con te due aspettative diverse e che entrambe promettono giornate di gradevoli speranze: l'aspettativa contenuta nel libro – d'una lettura che sei impaziente di riprendere – e l'aspettativa contenuta in quel numero di telefono, – di riudire le vibrazioni ora acute ora velate di quella voce, quando risponderà alla prima tua chiamata, tra non molto, anzi, già domani, con la fragile scusa del libro, per chiederle se le piace o non le piace, per dirle quante pagine hai letto o non hai letto, per proporle di rivedervi...

Chi tu sia, Lettore, quale sia la tua età, lo stato civile, la professione, il reddito, sarebbe indiscreto chiederti. Fatti tuoi, veditela un po' tu. Quello che conta è lo stato d'animo con cui ora, nell'intimità della tua casa, cerchi di ristabilire la calma perfetta per immergerti nel libro, allunghi le gambe, le ritrai, le riallunghi. Ma qualcosa è cambiato, da ieri. La tua lettura non è più solitaria: pensi alla Lettrice che in questo stesso momento sta aprendo anche lei il libro, ed ecco che al romanzo da leggere si sovrappone un possibile romanzo da vivere, il seguito della tua storia con lei, o meglio: l'inizio d'una possibile storia. Ecco come sei già cambiato da ieri, tu che sostenevi di preferire un libro, cosa solida, che sta lì, ben definita, fruibile senza rischi, in confronto dell'esperienza vissuta, sempre sfuggente, discontinua, controversa. Vuol dire che il libro è diventato uno strumento, un canale di comunicazione, un luogo d'incontro? Non per ciò la lettura avrà meno presa su di te: anzi, qualcosa s'aggiunge ai suoi poteri.

Questo volume ha le pagine intonse: un primo ostacolo che si contrappone alla tua impazienza. Munito d'un buon tagliacarte t'accingi a penetrare i suoi segreti. Con una decisa sciabolata ti fai largo tra il frontespizio e l'inizio del primo capitolo. Ed ecco che...

Ecco che fin dalla prima pagina t'accorgi che il romanzo che hai in mano non ha niente a che fare con quello che stavi leggendo ieri.

Fuori dell'abitato di Malbork

Un odore di fritto aleggia ad apertura di pagina, anzi soffritto, soffritto di cipolla, un po' bruciaticcio, perché nella cipolla ci sono delle venature che diventano viola e poi brune, e soprattutto il bordo, il margine d'ogni pezzetto tagliuzzato di cipolla diventa nero prima che dorato, è il succo di cipolla che si carbonizza passando attraverso una serie di sfumature olfattive e cromatiche, tutte avvolte nell'odore dell'olio che frigge appena appena. Olio di colza, è specificato nel testo, dove è tutto molto preciso, le cose con la loro nomenclatura e le sensazioni che le cose trasmettono, tutte le vivande al fuoco allo stesso tempo sui fornelli della cucina, ognuna nel suo recipiente esattamente denominato, i tegami, le teglie, le marmitte, e così le operazioni che ogni preparazione comporta, infarinare, montare l'uovo, tagliare i cetrioli in lamelle sottili, infilare pezzetti di lardo nella pollastra da mettere arrosto. Qui tutto è molto concreto, corposo, designato con sicura competenza, o comunque l'impressione che dà a te, Lettore, è quella della competenza, sebbene ci siano delle vivande che non conosci, designate col loro nome che il traduttore ha creduto bene lasciare nella lingua originale, per esempio *schoëblintsjia*,

ma tu leggendo *schoëblintsjia* puoi giurare sull'esistenza della *schoëblintsjia*, puoi sentire distintamente il suo
sapore, anche se nel testo non è detto che sapore è,
un sapore acidulo, un po' perché la parola ti suggerisce col suo suono o solo con l'impressione visiva un
sapore acidulo, un po' perché nella sinfonia d'odori e
di sapori e di parole senti il bisogno d'una nota aci-
dula.

Nell'impastare la carne tritata sulla farina intrisa
d'uova le braccia rosse e sode di Brigd picchiettate di
lentiggini dorate si coprono d'una spolveratura bianca con appiccicati frammenti di carne cruda. A ogni
su e giù del busto di Brigd sul tavolo di marmo, le
sottane da dietro si sollevano di qualche centimetro e
mostrano l'incavo tra polpaccio e bicipite femorale
dove la pelle è più bianca, solcata da una sottile vena
celeste. I personaggi prendono corpo a poco a poco
dall'accumularsi di particolari minuziosi e di gesti
precisi, ma anche di battute, brandelli di conversazione come quando il vecchio Hunder dice: «Quello di
quest'anno non ti fa saltare quanto quello dell'anno
scorso», e dopo alcune righe capisci che si tratta del
peperone rosso, e «Sei tu che salti di meno ogni anno
che passa!», dice la zia Ugurd, assaggiando dalla pen-
tola con un cucchiaio di legno e aggiungendo una
manciata di cinnamomo.

Ogni momento scopri che c'è un personaggio nuovo, non si sa in quanti siano in questa nostra immensa cucina, è inutile contarci, eravamo sempre in tanti,
a Kudgiwa ad andare e venire: il conto non torna mai
perché nomi diversi possono appartenere allo stesso
personaggio, designato a seconda dei casi col nome di

battesimo, col nomignolo, col cognome o patronimi-co, e anche con appellativi come «la vedova di Jan», o «il garzone del magazzino delle pannocchie». Ma quello che conta sono i dettagli fisici che il romanzo sottolinea, le unghie rosicchiate di Bronko, la lanugi-ne sulle gote di Brigd, e anche i gesti, gli utensili ma-neggiati da questo o da quello, il batticarne, lo scoti-toio per il crescione, l'arricciaburro, di modo che ogni personaggio riceve già una prima definizione da que-sto gesto o attributo, non solo ma si desidera anche di saperne di più, come se l'arricciaburro già determi-nasse il carattere e il destino di chi nel primo capitolo si presenta maneggiando un arricciaburro, e già tu Lettore ti preparassi, ogni volta che nel corso del ro-manzo si ripresenterà quel personaggio, a esclamare: «Ah, è quello dell'arricciaburro!», impegnando così l'autore ad attribuirgli atti e accadimenti che s'intoni-no con quell'arricciaburro iniziale.

La nostra cucina di Kudgiwa sembrava fatta appo-sta perché a tutte le ore vi si ritrovassero molte perso-ne intente ognuna a cucinare qualcosa per conto suo, chi a sgranare ceci, chi a mettere le tinche in carpione, tutti condivano o cuocevano o mangiavano qualcosa, se ne andavano e ne venivano altri, dall'alba a tarda notte, e io quel mattino ero sceso così di buon'ora e già la cucina era in piena funzione perché era un gior-no diverso dagli altri: la sera prima era arrivato il si-gnor Kauderer in compagnia di suo figlio e sarebbe ri-partito stamane portando via me al suo posto. Era la prima volta che partivo di casa: dovevo passare tutta la stagione nella tenuta del signor Kauderer, nella provincia di Pëtkwo, fino al raccolto della segale, per

imparare il funzionamento delle nuove macchine es-
siccatrici importate dal Belgio, mentre per quel periodo Ponko, il più giovane dei Kauderer, sarebbe rimasto da noi a impratichirsi nelle tecniche dell'inne-
sto del sorbo.

Gli odori e i rumori abituali della casa mi si affol-
lavano intorno quel mattino come per un addio: tutto quel che avevo conosciuto fino allora stavo per
perderlo, per un periodo tanto lungo – così mi sembrava – che quando sarei tornato nulla sarebbe stato
come prima né io sarei stato lo stesso io. Perciò era
come un addio per sempre, il mio: dalla cucina, dalla casa, dai knödel della zia Ugurd; perciò questo
senso di concretezza che tu hai colto dalle prime righe porta in sé anche il senso della perdita, la vertigine della dissoluzione; e anche questo ti rendi conto d'averlo avvertito, da Lettore attento quale tu sei,
fin dalla prima pagina, quando pur compiacendoti
della precisione di questa scrittura avvertivi che a dir
la verità tutto ti sfuggiva tra le dita, forse anche per
colpa della traduzione, ti sei detto, che ha un bel-
l'essere fedele ma certo non restituisce la sostanza
corposa che quei termini devono avere nella lingua
originale, qualsiasi essa sia. Ogni frase insomma intende trasmetterti insieme la solidità del mio rapporto con la casa di Kudgiwa e il rimpianto della sua
perdita, non solo: anche – forse non te ne sei ancora
accorto ma se ci ripensi vedi che è proprio così – la
spinta a staccarmene, a correre verso l'ignoto, a voltar pagina, lontano dall'odore acidulo della *schoëblintsjia*, per cominciare un nuovo capitolo con nuovi
incontri negli interminabili tramonti sull'Aagd, nelle

domeniche a Pëtkwo, nelle feste al Palazzo del Sidro.

Il ritratto d'una ragazza coi capelli neri tagliati corti e il viso lungo era uscito per un attimo dal bauletto di Ponko, prontamente nascosto da lui sotto una blusa d'incerato. Nella camera sotto il colombaio che era stata finora la mia e sarebbe stata la sua d'ora in poi, Ponko stava tirando fuori la sua roba e disponendola nei cassetti che io avevo appena sgombrato. Lo guardavo in silenzio seduto sul mio bauletto già chiuso, ribattendo meccanicamente una borchia che sporgeva un po' per storto; non ci eravamo detti nulla se non un saluto borbottato tra i denti; lo seguivo in tutti i suoi movimenti cercando di rendermi ben conto di quel che stava succedendo: un estraneo stava prendendo il mio posto, diventava me, la mia gabbia con gli storni diventava sua, lo stereoscopio, il vero elmo da ulano appeso a un chiodo, tutte le cose mie che non potevo portare con me restavano a lui, ossia erano i miei rapporti con le cose i luoghi le persone che diventavano suoi, così come io stavo per diventare lui, per prendere il suo posto tra le cose e le persone della sua vita.

Quella ragazza... – Chi è quella ragazza? – chiesi e con un gesto inconsulto allungai la mano per scoprire e afferrare la fotografia nella sua cornice di legno intagliato. Era una ragazza diversa da quelle di qui che hanno tutte la faccia tonda e le trecce color semola. Fu solo in quel momento che pensai a Brigd, vidi in un lampo Ponko e Brigd che avrebbero ballato insieme alla festa di San Taddeo, Brigd che avrebbe rammendato a Ponko i guanti di lana, Ponko che avrebbe regalato a Brigd una martora catturata con la *mia* trappola. – Lascia quel ritratto! – aveva urlato Ponko e m'aveva afferrato entrambe le braccia con dita di ferro. – Lascia! Subito!

«Perché ti ricordi di Zwida Ozkart», feci in tempo a leggere sul ritratto. – Chi è Zwida Ozkart? – chiesi, e già un pugno m'arrivava in pieno viso, e già m'ero buttato a pugni chiusi contro Ponko e rotolavamo sull'impiantito cercando di torcerci le braccia, di colpirci coi ginocchi, di sfondarci le costole.

Il corpo di Ponko era pesante nelle ossa, braccia e gambe colpivano secco, i capelli che cercavo d'afferrare per rovesciarlo erano una spazzola dura come il pelo d'un cane. Mentre eravamo avvinghiati ebbi la sensazione che in quella lotta avvenisse la trasformazione, e quando ci fossimo rialzati lui sarebbe stato me e io lui, ma forse questo è solo adesso che lo penso, o sei solo tu Lettore che lo stai pensando, non io, anzi in quel momento lottare con lui significava tenermi stretto a me, al mio passato, perché non cadesse nelle sue mani, anche a costo di distruggerlo, era Brigd che volevo distruggere perché non cadesse nelle mani di Ponko, Brigd di cui non avevo mai pensato d'essere innamorato, e non lo pensavo neanche ora, ma con cui una volta, una volta sola, eravamo rotolati uno addosso all'altra quasi come ora con Ponko, mordendoci, sul mucchio di torba dietro la stufa, e ora sentivo che già allora stavo contendendola a un Ponko di là da venire, che gli contendevo Brigd e Zwida insieme, già allora cercavo di strappare qualcosa dal mio passato per non lasciarlo al rivale, al nuovo me stesso dai capelli di cane, o forse già allora cercavo di strappare dal passato di quel me stesso sconosciuto un segreto da annettere al mio passato o al mio futuro.

La pagina che stai leggendo dovrebbe rendere questo contatto violento, di colpi sordi e dolorosi, di risposte feroci e lancinanti, questa corposità dell'agire col proprio corpo su un corpo altrui, del plasmare il peso dei propri sforzi e la precisione della propria ricettività adattandoli all'immagine speculare che l'avversario ti rimanda come uno specchio. Ma se le sensazioni che la lettura evoca restano povere in confronto di qualsiasi sensazione vissuta è anche perché ciò che io sto provando mentre schiaccio il petto di Ponko sotto il mio petto o mentre resisto alla torsione d'un braccio dietro la schiena non è la sensazione di cui avrei bisogno per affermare ciò che voglio affermare, vale a dire il possesso amoroso di Brigd, della pienezza soda di quella carne di ragazza, così diversa dalla compattezza ossuta di Ponko, e anche il possesso amoroso di Zwida, della morbidezza struggente che immagino in Zwida, il possesso d'una Brigd che già sento perduta e d'una Zwida che ha solo la consistenza incorporea d'una fotografia sottovetro. Cerco inutilmente di stringere nel groviglio di membra maschili contrapposte e identiche, quei fantasmi femminili che svaniscono nella loro diversità irraggiungibile; e cerco nello stesso tempo di colpire me stesso, forse l'altro me stesso che sta per prendere il mio posto nella casa oppure il me stesso più mio che voglio sottrarre a quell'altro, ma ciò che sento premermi contro è soltanto l'estraneità dell'altro, come se già l'altro avesse preso il mio posto e qualsiasi altro posto, e io fossi cancellato dal mondo.

Estraneo m'appariva il mondo quando alla fine mi separai dall'avversario con una spinta furiosa e mi rialzai puntellandomi all'impiantito. Estranea la mia stanza, il bauletto del mio bagaglio, la vista dalla piccola finestra. Temevo di non poter più stabilire rapporti con nessuno e con niente. Volevo andare a cercare Brigd ma senza sapere cosa volessi dirle o farle, cosa volessi farmi dire o fare da lei. Mi dirigevo verso Brigd pensando a Zwida: quella che cercavo era una figura bifronte, una Brigd-Zwida, come ero bifronte anch'io che m'allontanavo da Ponko cercando inutilmente di nettarmi con la saliva una macchia di sangue sul vestito di velluto a coste – sangue mio o suo, dei miei denti o del naso di Ponko.

E bifronte com'ero ascoltai e vidi di là della porta della sala grande il signor Kauderer in piedi che misurava con un gran gesto orizzontale di fronte a sé e diceva: – Così me li sono visti davanti, Kauni e Pittö, ventidue e ventiquattro anni, con il petto squarciato dai pallettoni da lupo.

– Ma quando è stato? – disse mio nonno. – Noi non ne sapevamo niente.

– Prima di partire abbiamo assistito alla funzione dell'ottavo giorno.

– Noi credevamo che le cose si fossero aggiustate da un pezzo, tra voi e gli Ozkart. Che dopo tanti anni ci aveste messo una pietra sopra, sulle vostre vecchie storie maledette.

Gli occhi senza ciglia del signor Kauderer restavano fissi nel vuoto; nulla si muoveva nella sua faccia di guttaperca gialla. – Tra gli Ozkart e i Kauderer la pace dura solo da un funerale all'altro. E la pietra è sulla tomba dei nostri morti che la mettiamo, con su scritto: «Questo ci hanno fatto gli Ozkart».

– E voialtri, allora? – disse Bronko, che non aveva peli sulla lingua.

– Anche gli Ozkart scrivono sulle loro tombe: «Questo ci hanno fatto i Kauderer» –. Poi, passandosi un dito sui baffi: – Qui Ponko sarà al sicuro, finalmente.

Fu allora che mia madre giunse le mani e disse: – Vergine santa, ci sarà pericolo per il nostro Gritzvi? Non se la prenderanno con lui?

Il signor Kauderer scosse il capo ma non la guardò in viso: – Non è un Kauderer, lui! È per noi che c'è pericolo, sempre!

La porta s'aprì. Dall'orina calda dei cavalli nel cortile s'alzava una nuvola di vapore nell'aria di gelido vetro. Il garzone mise dentro la faccia paonazza e annunciò: – La vettura è pronta!

– Gritzvi! Dove sei? Presto! – gridò il nonno.

Io feci un passo innanzi, verso il signor Kauderer che s'abbottonava il pastrano di felpa.

III

I piaceri che riserva l'uso del tagliacarte sono tattili, auditivi, visivi e soprattutto mentali. L'avanzata nella lettura è preceduta da un gesto che attraversa la solidità materiale del libro per permetterti l'accesso alla sua sostanza incorporea. Penetrando dal basso tra le pagine, la lama risale d'impeto aprendo il taglio verticale in una scorrevole successione di fendenti che investono una a una le fibre e le falciano, – con un crepitio ilare e amico la buona carta accoglie quel primo visitatore, che preannuncia innumerevoli voltar di pagine mosse dal vento o dallo sguardo –; maggiore resistenza oppone la piega orizzontale, specie se doppia, perché esige una non agile azione di rovescio, – là il suono è quello d'una lacerazione soffocata, con note più cupe. Il margine dei fogli si frastaglia rivelandone il tessuto filamentoso; un truciolo sottile, – detto «riccio», – se ne distacca, gentile alla vista come schiuma d'onda sulla bàttima. L'aprirti un varco a fil di spada nella barriera dei fogli s'associa al pensiero di quanto la parola racchiude e nasconde: ti fai largo nella lettura come in un fitto bosco.

Il romanzo che stai leggendo vorrebbe presentarti un mondo corposo, denso, minuzioso. Immerso nella lettura, muovi macchinalmente il tagliacarte nello spessore del volume: a leggere non sei ancora alla fine del primo capitolo, ma a tagliare sei già molto avanti. Ed ecco che, nel momento in cui la tua attenzione è più sospesa, volti il foglio a metà d'una frase decisiva e ti trovi davanti due pagine bianche.

Resti attonito, contemplando quel bianco crudele come una ferita, quasi sperando che sia stato un abbacinamento della tua vista a proiettare una macchia di luce sul libro, dalla quale a poco a poco tornerà ad affiorare il rettangolo zebrato di caratteri d'inchiostro. No, è davvero un candore intatto che regna sulle due facciate che si fronteggiano. Volti ancora pagina e trovi due facciate stampate come si deve. Continui a sfogliare il libro; due pagine bianche s'alternano a due pagine stampate. Bianche; stampate; bianche; stampate: così via fino alla fine. I fogli di stampa sono stati impressi da una parte sola; poi piegati e legati come fossero completi.

Ecco che questo romanzo così fittamente intessuto di sensazioni tutt'a un tratto ti si presenta squarciato da voragini senza fondo, come se la pretesa di rendere la pienezza vitale rivelasse il vuoto che c'è sotto. Provi a saltare la lacuna, a riprendere la storia afferrandoti al lembo di prosa che vien dopo, sfrangiato come il margine dei fogli separati dal tagliacarte. Non ti ci ritrovi più: i personaggi sono cambiati, gli ambienti, non capisci di cosa si parla, trovi nomi di persone che non sai chi sono: Hela, Casimir. Ti viene il dubbio che si tratti d'un altro libro, forse il vero romanzo polacco *Fuori dell'abitato di Malbork*, mentre l'inizio che hai letto potrebbe appartenere a un altro libro ancora, chissà quale.

Già ti sembrava che i nomi non suonassero spicca-
tamente polacchi: Brigd, Gritzvi. Hai un buon atlante, molto dettagliato; vai a cercare nell'indice dei nomi: Pëtkwo, che dovrebb'essere un centro importante, e Aagd che potrebbe essere un fiume o un lago.
Li rintracci in una remota pianura del Nord che le
guerre e i trattati di pace hanno assegnato successivamente a stati diversi. Forse anche alla Polonia?
Consulti un'enciclopedia, un atlante storico; no, la
Polonia non c'entra; questa zona nel periodo tra le
due guerre costituiva uno stato indipendente: la
Cimmeria, capitale Örkko, lingua nazionale il cimmerio, appartenente al ceppo botno-ugrico. La voce
«Cimmeria» dell'enciclopedia termina con frasi poco
consolanti: «Nelle successive spartizioni territoriali
tra i suoi potenti vicini la giovane nazione non tardò
a essere cancellata dalla carta geografica; la popolazione autoctona fu dispersa; la lingua e la cultura
cimmerie non ebbero sviluppo».

Sei impaziente di rintracciare la Lettrice, di chiederle se anche la sua copia è come la tua, di comunicarle le tue congetture, le notizie che hai raccolto... Cerchi nel tuo taccuino il numero che hai segnato accanto al suo nome quando vi siete presentati.

– Pronto, Ludmilla? Ha visto che il romanzo è un
altro, ma anche questo, la mia copia, almeno...

La voce di là dal filo è dura, un po' ironica. – No,
guardi, non sono Ludmilla. Sono sua sorella, Lotaria –. (Già te l'aveva detto: «Se non rispondo io, ci
sarà mia sorella»). – Ludmilla non c'è. Perché? Cosa
voleva?

– Era solo per dirle d'un libro... Fa niente, richiamerò...

– Un romanzo? Ludmilla ha sempre un romanzo sotto il naso. Chi è l'autore?

– Be', sarebbe un romanzo polacco che lo sta leggendo pure lei, era per scambiarci le impressioni, il Bazakbal.

– Un polacco come?

– Mah, a me sembra non male...

No, non hai capito. Lotaria vuol sapere qual è la posizione dell'autore rispetto alle Tendenze del Pensiero Contemporaneo e ai Problemi Che Esigono Una Soluzione. Per facilitarti il compito ti suggerisce una lista di nomi di Grandi Maestri tra i quali dovresti situarlo.

Provi ancora la sensazione di quando il tagliacarte t'ha spalancato davanti agli occhi le pagine bianche.

– Non saprei dirle, esattamente. Vede, non sono nemmeno sicuro del titolo né dell'autore. Ludmilla le dirà: è una storia un po' complicata.

– Ludmilla legge un romanzo dietro l'altro ma non mette mai in evidenza i problemi. A me pare una gran perdita di tempo. Non le fa quest'impressione?

Se cominci a discutere non ti molla più. Già ti sta invitando a un seminario all'università, in cui i libri sono analizzati secondo tutti i Codici Consci e Inconsci, e in cui vengono rimossi tutti i Tabù, imposti dal Sesso, dalla Classe, dalla Cultura Dominanti.

– Ci va anche Ludmilla?

No, pare che Ludmilla non interferisca nelle attività della sorella. Invece, sulla tua partecipazione Lotaria ci conta.

Tu preferisci non comprometterti: – Vedrò, cercherò di fare un salto; non posso assicurarglielo. Intanto, se vuol dire per favore a sua sorella che ho telefonato... Se no, non importa, richiamerò io. Grazie mille –. Basta così, riattacca pure.

Ma Lotaria ti trattiene: – Guardi, è inutile che richiami qui, non è casa di Ludmilla, è casa mia. Ludmilla alle persone che conosce poco dà il mio numero di telefono, dice che io servo per tenere a distanza...

Ci rimani male. Un'altra doccia fredda: il libro che sembrava così promettente s'interrompe; quel numero di telefono che pure credevi l'inizio di qualcosa è una strada sbarrata, con questa Lotaria che pretende di farti l'esame...

– Ah, capisco... Scusi, allora.

– Pronto? Ah, è lei, quel signore che ho incontrato in libreria? – Una voce diversa, la *sua*, s'è impadronita del telefono. – Sì, sono Ludmilla. Anche lei le pagine bianche? C'era da aspettarselo. Una trappola pure questo. Proprio ora che cominciavo ad appassionarmici, che volevo andare avanti a leggere di Ponko, di Gritzvi...

Sei così contento che non sai più spiccicare parola. Dici: – Zwida...

– Come?

– Sì, Zwida Ozkart! Mi piacerebbe sapere cosa succede tra Gritzvi e Zwida Ozkart... È vero che era proprio un romanzo di quelli che piacciono a lei?

Una pausa. Poi la voce di Ludmilla riprende lentamente, come cercasse d'esprimere qualcosa di non ben definibile: – Sì, è così, mi piace molto... Però io vorrei che le cose che leggo non fossero tutte lì, massicce da poterle toccare, ma ci si senta intorno la presenza di qualcos'altro che ancora non si sa cos'è, il segno di non so cosa...

– Ecco, in quel senso lì, anch'io...

– Per quanto, non dico, anche qui, un elemento di mistero non manca...

E tu: – Bene, guardi, il mistero sarebbe questo, secondo me: è un romanzo cimmerio, sì, cim-me-rio, mica polacco, l'autore e il titolo non devono essere quelli. Non ha capito niente? Aspetti che le dico. La Cimmeria, 340 000 abitanti, capitale Örkko, risorse principali: torba e sottoprodotti, composti bituminosi. No, questo nel romanzo non c'è scritto...

Una pausa di silenzio, dalla tua parte e dalla sua. Forse Ludmilla ha coperto il trasmettitore con la mano e sta consultando la sorella. Capace d'avere già le sue idee sulla Cimmeria, quella là. Chissà con cosa verrà fuori; sta' attento.

– Pronto, Ludmilla...

– Pronto.

La tua voce si fa calda, suadente, incalzante: – Senta, Ludmilla, io devo vederla, dobbiamo parlare di questa cosa, di queste circostanze coincidenze discordanze. Vorrei vederla subito, lei dove sta, dove le è comodo che c'incontriamo, io in un salto sono lì.

E lei, sempre calma: – Conosco un professore che insegna letteratura cimmeria all'università. Potremmo andare a consultarlo. Aspetti che gli telefono per chiedergli quando può riceverci.

Eccoti all'Università. Ludmilla ha annunciato al professor Uzzi-Tuzii la vostra visita, al suo istituto. Al telefono il professore s'è dimostrato molto contento di mettersi a disposizione di chi s'interessa agli autori cimmeri.

Avresti preferito vederti prima da qualche parte con Ludmilla, magari andare a prenderla a casa per accompagnarla all'Università. Glie l'hai proposto, al telefono, ma lei ha detto di no, non c'è bisogno che ti disturbi, a quell'ora lei sarà già da quelle parti per altre faccende. Hai insistito che tu non sei pratico, che hai paura di perderti nei labirinti dell'Università; non sarebbe meglio incontrarvi in un caffè, un quarto d'ora prima? Neanche questo le andava: vi sareste visti direttamente lì, «a lingue botno-ugriche», tutti sanno dov'è, basta chiedere. Hai ormai capito che a Ludmilla, con tutta la sua aria soffice, le piace prendere in mano la situazione, e decidere tutto lei: non ti resta che seguirla.

Arrivi puntuale all'Università, ti fai largo tra giovani e ragazze seduti sulle scalinate, ti rigiri smarrito tra quelle austere mura che le mani degli studenti hanno istoriato di esorbitanti scritte maiuscole e di graffiti minuziosi così come i cavernicoli sentivano il bisogno di fare sulle fredde pareti delle grotte per padroneggiarne l'angosciosa estraneità minerale, familiarizzarle, rovesciarle nel proprio spazio interiore, annetterle alla fisicità del vissuto. Lettore, ti conosco troppo poco per sapere se ti muovi con sicurezza indifferente all'interno d'un'Università oppure se antichi traumi o scelte meditate fanno sì che un universo di discenti e di docenti appaia come un incubo al tuo animo sensibile e sensato. Comunque, l'Istituto che cerchi nessuno lo conosce, ti rimandano dal sottosuolo al quarto piano, ogni porta che apri è sbagliata, ti ritiri confuso, ti sembra d'esserti perduto nel libro dalle pagine bianche e di non riuscire a uscirne.

Un giovanotto viene avanti dinoccolato in un lungo pullover. Appena ti vede punta un dito verso di te e dice: – Tu aspetti Ludmilla!

– Come lo sa?

– L'ho capito. A me basta un'occhiata.

– È Ludmilla che la manda?

– No, ma io giro sempre dappertutto, incontro l'uno e incontro l'altro, sento e vedo una cosa qui e una là, e mi viene naturale collegarle.

– Sa anche dove devo andare?

– Se vuoi t'accompagno dall'Uzzi-Tuzii. Ludmilla o è già lì da un po' o arriverà in ritardo.

Questo giovane così estroverso e ben informato si chiama Irnerio. Puoi dargli del tu, visto che lui già lo fa.

– Sei un allievo del professore?

– Non sono un allievo di niente. So dov'è perché ci andavo a prendere Ludmilla.

– Allora è Ludmilla che frequenta l'Istituto?

– No, Ludmilla ha sempre cercato dei posti dove nascondersi.

– Da chi?

– Mah, da tutti.

Le risposte d'Irnerio sono sempre un po' evasive, ma parrebbe che sia soprattutto sua sorella che Ludmilla cerca d'evitare. Se non è venuta puntuale all'appuntamento è per non incontrarsi nei corridoi con Lotaria che ha il suo seminario a quell'ora.

A te invece risulta che questa incompatibilità tra le sorelle conosce delle eccezioni, almeno per quel che riguarda il telefono. Dovresti far parlare un po' di più questo Irnerio, vedere se la sa davvero tanto lunga.

– Ma tu sei amico di Ludmilla o di Lotaria?

– Di Ludmilla, certo. Ma io riesco a parlare anche con Lotaria.

– Non critica i libri che leggi?

– Io? Io non leggo libri! – dice Irnerio.

– Cosa leggi, allora?

– Niente. Mi sono abituato così bene a non leggere che non leggo neanche quello che mi capita sotto gli occhi per caso. Non è facile: ci insegnano a leggere da bambini e per tutta la vita si resta schiavi di tutta la roba scritta che ci buttano sotto gli occhi. Forse ho fatto un certo sforzo anch'io, i primi tempi, per imparare a non leggere, ma adesso mi viene proprio naturale. Il segreto è di non rifiutarsi di guardare le parole scritte, anzi, bisogna guardarle intensamente fino a che scompaiono.

Gli occhi d'Irnerio hanno una larga pupilla chiara e guizzante; sembrano occhi a cui nulla sfugge, come quelli d'un nativo della foresta dedito alla caccia e alla raccolta.

– Ma cosa ci vieni a fare all'Università, vuoi dirmi?

– E perché non dovrei venirci? C'è gente che va e viene, ci si incontra, ci si parla. Io ci vengo per quello, gli altri non so.

Cerchi di rappresentarti come può apparire il mondo, questo mondo fitto di scrittura che ci circonda da ogni parte, a uno che ha imparato a non leggere. E nello stesso tempo ti chiedi quale legame può esserci tra la Lettrice e il Non Lettore e improvvisamente ti sembra che proprio la loro distanza li tenga insieme, e non puoi reprimere un senso di gelosia.

Vorresti interrogare ancora Irnerio, ma siete arrivati, su per una scaletta secondaria, a un basso uscio col cartello «Istituto di lingue e letterature botno-ugriche». Irnerio bussa con forza, ti dice «Ciao» e ti lascia lì.

S'apre uno spiraglio, a fatica. Dalle macchie di calce sullo stipite, e dal berretto che s'affaccia sopra una giacca di fatica imbottita di pecora, hai l'impressione che il locale sia chiuso per restauri, e vi si trovi solo un imbianchino o un addetto alle pulizie.

– È qui il professor Uzzi-Tuzii?

Lo sguardo che annuisce di sotto il berretto è diverso da quello che ti potevi aspettare in un imbianchino: occhi di chi si prepara a saltare al di là d'un precipizio e si proietta mentalmente sull'altra sponda fissando davanti a sé ed evitando di guardare in basso e ai lati.

– È lei? – chiedi, pur avendo capito che non può essere altri che lui.

L'ometto non allarga lo spiraglio. – Che vuole?

– Scusi, era per un'informazione… Le avevamo telefonato… La signorina Ludmilla… È qui la signorina Ludmilla?

– Qui non c'è nessuna signorina Ludmilla… – dice il professore arretrando, e indica le scaffalature stipate alle pareti, i nomi e i titoli illeggibili sui dorsi e i frontespizi, come una siepe ispida senza spiragli. – Perché la cerca da me? – E mentre tu ricordi quel che diceva Irnerio, che questo era per Ludmilla un posto per nascondersi, Uzzi-Tuzii sembra accennare col gesto all'esiguità del suo studio come per dirti: «Cerca pure, se credi che ci sia», come se sentisse il bisogno di difendersi dal sospetto di tenere Ludmilla nascosta là dentro.

– Dovevamo venire insieme, – dici tu perché tutto sia chiaro.

– Allora perché non è con lei? – ribatte Uzzi-Tuzii e anche questa osservazione, peraltro logica, è fatta in un tono sospettoso.

– Non tarderà... – assicuri tu, ma lo dici con un accento quasi interrogativo, come se chiedessi conferma a Uzzi-Tuzii delle abitudini di Ludmilla, di cui tu non sai nulla mentre lui potrebbe ben saperne molto di più. – Lei professore conosce Ludmilla, vero?

– Conosco... Perché mi chiede... Cosa vuol sapere... – s'innervosisce. – Lei s'interessa di letteratura cimmeria o... – e sembra voglia dire: «... o di Ludmilla?», ma non finisce la frase; e tu per essere sincero dovresti rispondere che non sai più distinguere il tuo interesse per il romanzo cimmerio o quello per la Lettrice del romanzo. Ora poi le reazioni del professore al nome Ludmilla, aggiungendosi alle confidenze d'Irnerio, gettano dei lampi misteriosi, creano intorno alla Lettrice una curiosità apprensiva non dissimile a quella che ti lega a Zwida Ozkart, nel romanzo di cui stai cercando il seguito, e anche alla signora Marne nel romanzo che avevi cominciato a leggere il giorno prima e che hai temporaneamente messo da parte, ed eccoti lanciato all'inseguimento di queste ombre tutte insieme, quelle dell'immaginazione e quella della vita.

– Volevo... volevamo chiederle se c'è un autore cimmerio che...

– Si sieda, – dice il professore, improvvisamente placato, o meglio ripreso da un'ansia più stabile e ostinata che riemerge dissolvendo le ansie contingenti e labili.

L'ambiente è angusto, le pareti ricoperte da scaffali, più un altro scaffale che non avendo dove appoggiarsi sta in mezzo alla stanza segmentandone l'esiguo spazio, cosicché la scrivania del professore e la sedia su cui devi sederti sono separate da una specie di quinta, e per vedervi dovete sporgere il collo.

– Siamo confinati in questa specie di sottoscala... L'Università s'allarga e noi ci restringiamo... Siamo la cenerentola delle lingue viventi... Se ancora il cimmerio può considerarsi una lingua viva... Ma è proprio questo il suo valore! – esclama con uno scatto affermativo che subito si stempera, – il fatto d'essere una lingua moderna e una lingua morta nello stesso tempo... Condizione privilegiata, anche se nessuno se ne rende conto...

– Ha pochi studenti? – chiedi.

– Chi vuole che venga? Chi vuole che si ricordi più dei Cimmeri? Nel campo delle lingue represse adesso ce ne sono tante che attirano di più... Il basco... Il bretone... Lo zingaro... Tutti si iscrivono a quelle... Non che studino la lingua, quello non vuol farlo più nessuno... Vogliono problemi da dibattere, idee generali da collegare ad altre idee generali. I miei colleghi s'adattano, seguono la corrente, intitolano i loro corsi «Sociologia del gallese», «Psicolinguistica dell'occitano»... Col cimmerio non si può.

– Perché?

– I Cimmeri sono scomparsi, come se la terra li avesse inghiottiti –. Scuote il capo, come a raccogliere tutta la sua pazienza e ripetere una cosa ridetta cento volte. – Questo è un istituto morto d'una letteratura morta in una lingua morta. Perché dovrebbero studiare il cimmerio, oggi? Io sono il primo a capirlo, sono il primo a dirlo: se non volete venire non venite, per me l'istituto si potrebbe anche chiudere. Ma venire qui per fare... No, questo è troppo.

– Per fare cosa?

– Tutto. Tutto, mi tocca di vedere. Per settimane non viene nessuno, ma quando qualcuno viene è per fare cose che... Potreste ben restarvene lontani, dico io, cosa può interessarvi in questi libri scritti nella lingua dei morti? Invece lo fanno apposta, andiamo a lingue botno-ugriche, dicono, andiamo da Uzzi-Tuzii, e così io sono preso in mezzo, obbligato a vedere, a partecipare...

– ... A cosa? – indaghi tu, pensando a Ludmilla che veniva qui, che si nascondeva qui, forse con Irnerio, con altri...

– Tutto... Forse c'è qualcosa che li attira, questa incertezza tra vita e morte, forse è questo che sentono, senza capire. Vengono qui a fare quello che fanno, ma al corso non s'iscrivono, le lezioni non le frequentano, nessuno mai che s'interessi della letteratura dei Cimmeri, sepolta nei libri di questi scaffali come nelle tombe d'un cimitero...

– A me per l'appunto interessava... Ero venuto a chiederle se esiste un romanzo cimmerio che comincia... No, meglio dirle subito i nomi dei personaggi:

Gritzvi e Zwida, Ponko e Brigd; l'azione comincia a Kudgiwa, ma forse è solo il nome d'una fattoria, poi credo si sposti a Pëtkwo, sull'Aagd...

– Oh, è subito trovato! – esclama il professore, e in un secondo si libera dalle brume ipocondriache e s'illumina come una lampadina. – Si tratta senza dubbio di *Sporgendosi dalla costa scoscesa*, l'unico romanzo lasciatoci da uno dei più promettenti poeti cimmeri del primo quarto del secolo, Ukko Ahti... Eccolo! – e con un balzo da pesce che risale una rapida si dirige verso un punto preciso d'uno scaffale, ghermisce uno smilzo volume dalla rilegatura verde, lo sbatte per far volare la polvere. – Non è mai stato tradotto in nessun'altra lingua. Le difficoltà sono certo tali da scoraggiare chiunque. Senta: «Sto indirizzando la convinzione...» No: «Vado convincendo me stesso dell'atto di trasmettere...» Noterà che entrambi i verbi sono al frequentativo...

Una cosa ti risulta subito chiara, ed è che questo libro non ha niente a che fare con quello che avevi cominciato. Soltanto alcuni nomi propri sono identici, particolare certo molto strano, ma sul quale non ti soffermi a riflettere perché a poco a poco dalla faticosa traduzione estemporanea d'Uzzi-Tuzii prende forma il disegno d'una vicenda, dalla sua affannata decifrazione di grumi verbali emerge una narrazione distesa.

Sporgendosi dalla costa scoscesa

Mi sto convincendo che il mondo vuole dirmi qualcosa, mandarmi messaggi, avvisi, segnali. È da quando sono a Pëtkwo che me ne sono accorto. Tutte le mattine esco dalla Pensione Kudgiwa per la mia consueta passeggiata fino al porto. Passo davanti all'osservatorio meteorologico e penso alla fine del mondo che si approssima, anzi è in atto da molto tempo. Se la fine del mondo si potesse localizzare in un punto preciso, questo sarebbe l'osservatorio meteorologico di Pëtkwo: una tettoia di lamiera che poggia su quattro pali di legno un po' traballanti e ripara, allineati su una mensola, dei barometri registratori, degli igrometri, dei termografi, coi loro rotoli di carta graduata che girano con un lento ticchettio d'orologeria contro un pennino oscillante. La girandola d'un anemometro in cima a un'alta antenna e il tozzo imbuto d'un pluviometro completano la fragile attrezzatura dell'osservatorio, che isolato sul ciglio d'una scarpata nel giardino municipale, contro il cielo grigioperla uniforme e immobile, sembra una trappola per cicloni, un'esca messa lì per attirare le trombe d'aria dai remoti oceani tropicali, offrendosi già come relitto ideale alla furia degli uragani.

` Ci sono giorni in cui ogni cosa che vedo mi sembra carica di significati: messaggi che mi sarebbe difficile comunicare ad altri, definire, tradurre in parole, ma che appunto perciò mi si presentano come decisivi. Sono annunci o presagi che riguardano me e il mondo insieme: e di me non gli avvenimenti esteriori dell'esistenza ma ciò che accade dentro, nel fondo; e del mondo non qualche fatto particolare ma il modo d'essere generale di tutto. Comprenderete dunque la mia difficoltà a parlarne, se non per accenni.

Lunedì. Oggi ho visto una mano sporgersi da una finestra della prigione, verso mare. Camminavo sull'antemurale del porto, com'è mia abitudine, arrivando fin dietro la vecchia fortezza. La fortezza è tutta chiusa nelle sue mura oblique; le finestre, difese da inferriate doppie o triple, sembrano cieche. Pur sapendo che vi sono rinchiusi i carcerati, ho sempre visto la fortezza come un elemento della natura inerte, del regno minerale. Perciò l'apparizione della mano m'ha stupito come fosse uscita dalla roccia. La mano era in una posizione innaturale; suppongo che le finestre siano situate in alto nelle celle e incassate nella muraglia; il carcerato deve aver compiuto uno sforzo da acrobata, anzi da contorsionista, per far passare il braccio tra inferriata e inferriata in modo da far svettare la sua mano nell'aria libera. Non era un segno d'un carcerato a me, né ad alcun altro; comunque, io non l'ho preso per tale; anzi, sul momento ai carcerati non ho pensato affatto; dirò che la mano mi è parsa bianca e sottile, una mano non dissimile dalle mie, in cui nulla indicava la rozzezza che ci s'attende da un galeotto. Per me è stato come un segno che veniva dalla pietra: la pietra voleva avvertirmi che la nostra sostanza era comune e perciò qualcosa di quel che costituisce la mia persona sarebbe rimasto, non si sarebbe perso con la fine del mondo: una comunicazione sarà ancora possibile nel deserto privo di vita, privo della mia vita e d'ogni mio ricordo. Dico le prime impressioni registrate, che sono quelle che contano.

Oggi sono arrivato al belvedere sotto al quale si scorge un pezzetto di spiaggia, giù in basso, deserta di fronte al mare grigio. I seggioloni di vimini dalle alte spalliere ricurve, a cesto, per riparare dal vento, disposti in semicerchio, sembravano indicare un mondo in cui il genere umano è scomparso e le cose non sanno che parlare della sua assenza. Ho provato un senso di vertigine, come non facessi che precipitare da un mondo all'altro e in ognuno arrivassi poco dopo che la fine del mondo era avvenuta.

Sono ripassato dal belvedere dopo mezz'ora. Da un seggiolone che mi si presentava di schiena sventolava un nastro lilla. Sono sceso per il sentiero scosceso del promontorio, fino a un terrazzo da dove cambia l'angolo visuale: come m'aspettavo, seduta nel cesto, completamente nascosta dai ripari di vimini, c'era la signorina Zwida col cappello di paglia bianca, l'album da disegno aperto sulle ginocchia; stava copiando una conchiglia. Non sono stato contento d'averla vista; i segni contrari di stamani mi sconsigliavano d'attaccare discorso; già da una ventina di giorni la incontro sola nelle mie passeggiate sugli scogli e sulle dune, e non desidero altro che di poterle rivolgere la parola, anzi è con questo proposito che scendo dalla mia pensione ogni giorno, ma ogni giorno qualcosa mi dissuade.

La signorina Zwida soggiorna all'Albergo del Giglio Marino; ero stato a informarmi del suo nome dal portiere; forse lei l'ha saputo; i villeggianti di questa stagione sono pochissimi a Pëtkwo; i giovani poi si potrebbero contare sulle dita; incontrandomi tanto spesso lei forse s'aspetta che io un giorno le rivolga un saluto. Le ragioni che fanno da ostacolo a un possibile incontro tra noi sono più d'una. In primo luogo, la signorina Zwida raccoglie e disegna conchiglie; io ho avuto una bella collezione di conchiglie, anni fa, quando ero adolescente, ma poi ho lasciato perdere e ho dimenticato tutto: classificazioni, morfologia, distribuzione geografica delle varie specie; una conversazione con la signorina Zwida mi porterebbe inevitabilmente a parlare di conchiglie e non so decidermi sull'atteggiamento da tenere: se fingere un'incompetenza assoluta oppure far appello a un'esperienza lontana e rimasta nel vago; è il rapporto con la mia vita fatta di cose non portate a termine e semicancellate che il tema delle conchiglie mi obbliga a considerare; da qui il disagio che finisce per mettermi in fuga.

A ciò s'aggiunga il fatto che l'applicazione con cui questa ragazza si dedica a disegnare conchiglie indica in lei una ricerca della perfezione come forma che il mondo può e quindi deve raggiungere; io al contrario sono da tempo convinto che la perfezione non si produce che accessoriamente e per caso; quindi non merita interesse alcuno, la natura vera delle cose rivelandosi solo nello sfacelo; avvicinando la signorina Zwida dovrei manifestare qualche apprezzamento sui suoi disegni – di qualità peraltro finissima, a quanto ne ho potuto vedere, – e quindi almeno in un primo momento fingere di consentire a un ideale estetico e morale che rifiuto; oppure dichiarare di primo acchito il mio modo di sentire, col rischio di ferirla.

Terzo ostacolo, il mio stato di salute che sebbene molto migliorato per il soggiorno marino ordinatomi dai medici, condiziona la mia possibilità di uscire e incontrare estranei; sono ancora soggetto a crisi intermittenti, e soprattutto al riacutizzarsi d'un fastidioso eczema che m'allontana da ogni proposito di socievolezza.

Scambio ogni tanto qualche parola col meteorologo, il signor Kauderer, quando lo incontro all'osservatorio. Il signor Kauderer passa sempre a mezzogiorno, a rilevare i dati. È un uomo lungo e secco, dalla faccia scura, un po' come un indiano d'America. Viene avanti in bicicletta, guardando fisso davanti a sé, come se il tenersi in equilibrio sul sellino richiedesse tutta la sua concentrazione. Appoggia la sua bicicletta al capannone, sfibbia una borsa appesa alla canna e ne tira fuori un registro dalle pagine larghe e basse. Sale sui gradini della predella e segna le cifre fornite dagli strumenti, alcune a matita, altre con una grossa stilografica, senza allentare per un secondo la sua concentrazione. Porta i pantaloni alla zuava sotto un lungo soprabito; tutti i suoi indumenti sono grigi, o a quadratini bianchi e neri, anche il berretto a visiera. È solo quando ha portato a termine queste operazioni che s'accorge di me che sto a osservarlo e mi saluta affabilmente.

Mi sono reso conto che la presenza del signor Kauderer è importante per me: il fatto che qualcuno dimostri ancora tanto scrupolo e metodica attenzione, anche se so bene che tutto è inutile, ha su di me un effetto tranquillizzante, forse perché viene a compensare il mio modo di vivere impreciso, che – malgrado le conclusioni cui sono giunto, – continuo a sentire come una colpa. Perciò mi fermo a guardare il meteorologo, e perfino a discorrere con lui, sebbene non sia la conversazione in sé che m'interessa. Mi parla del tempo, naturalmente, in termini tecnici circostanziati, e degli effetti degli sbalzi di pressione sulla salute, ma anche dei tempi instabili in cui viviamo, citando come esempi episodi della vita locale o anche notizie lette sui giornali. In questi momenti rivela un carattere meno chiuso di quel che sembra a prima vista, anzi, tende a infervorarsi e a diventare verboso, soprattutto nel disapprovare il modo d'agire e di pensare dei più, perché è un uomo portato alla scontentezza.

Oggi il signor Kauderer mi ha detto che, avendo in progetto d'assentarsi per qualche giorno, dovrebbe trovare chi lo sostituisca nel rilevamento dei dati, ma non conosce nessuno di cui possa fidarsi. Così discorrendo è venuto a chiedermi se non m'interesserebbe imparare a leggere gli strumenti meteorologici, nel qual caso m'avrebbe insegnato. Non gli ho risposto né sì né no, o almeno non ho inteso dargli alcuna risposta precisa, ma mi sono trovato al suo fianco sulla predella mentre lui mi spiegava come stabilire la massima e la minima, l'andamento della pressione, la quantità delle precipitazioni, la velocità dei venti. In breve, senza quasi rendermene conto, mi ha affidato l'incarico di fare le sue veci nei prossimi giorni, a cominciare da domani alle dodici. Per quanto la mia accettazione sia stata un po' forzata, non essendomi stato lasciato il tempo di riflettere, né di far capire che non potevo decidere così su due piedi, questo impegno non mi è sgradito.

Martedì. Stamattina ho parlato per la prima volta con la signorina Zwida. L'incarico di rilevare i dati meteorologici ha avuto certo una parte nel farmi superare le mie incertezze. Nel senso che per la prima volta nelle mie giornate a Pëtkwo c'era qualcosa di fissato in precedenza a cui non potevo mancare; per cui comunque fosse andata la nostra conversazione, alle dodici meno un quarto avrei detto: «Ah, dimenticavo, bisogna che mi affretti all'osservatorio perché è l'ora dei rilevamenti». E mi sarei congedato, forse a malincuore, forse con sollievo, ma comunque con la sicurezza di non poter fare diversamente. Credo d'averlo capito confusamente già ieri, quando il signor Kauderer m'ha fatto la proposta, che questa incombenza m'avrebbe incoraggiato a parlare con la signorina Zwida: ma solo ora la cosa mi è chiara, ammesso che sia chiara.

La signorina Zwida stava disegnando un riccio di mare. Era seduta su uno sgabelletto pieghevole, sul molo. Il riccio era rovesciato su uno scoglio, aperto: contraeva le spine cercando inutilmente di raddrizzarsi. Il disegno della ragazza era uno studio della polpa umida del mollusco, nel suo dilatarsi e contrarsi, resa in chiaroscuro, e con una tratteggiatura fitta e irta tutt'intorno. Il discorso che avevo in mente, sulla forma delle conchiglie come armonia ingannevole, involucro che nasconde la vera sostanza della natura, non cadeva più a proposito. Tanto la vista del riccio quanto il disegno trasmettevano sensazioni sgradevoli e crudeli, come un viscere esposto agli sguardi. Ho attaccato discorso dicendo che non c'è nulla di più difficile da disegnare che i ricci di mare: sia l'involucro di spine visto dall'alto, sia il mollusco rovesciato, nonostante la simmetria raggiata della sua struttura, offrono pochi appigli a una rappresentazione lineare. Mi ha risposto che le interessava disegnarlo perché era un'immagine che tornava nei suoi sogni e voleva liberarsene. Accomiatandomi le ho chiesto se potevamo vederci domani mattina allo stesso posto. Ha detto che per domani ha altri impegni; ma che dopodomani uscirà di nuovo con l'album da disegno e mi sarà facile incontrarla.

Mentre controllavo i barometri, due uomini si sono avvicinati al capannone. Non li avevo mai visti: incappottati, nerovestiti, col bavero alzato. M'hanno chiesto se non c'era il signor Kauderer; poi: dov'era andato, se non sapevo il suo recapito, quando sarebbe tornato. Ho risposto che non sapevo e ho chiesto chi erano e perché me lo domandavano.

– Niente, non fa niente, – hanno detto, allontanandosi.

Mercoledì. Sono andato a portare un mazzo di violette all'Albergo per la signorina Zwida. Il portiere m'ha detto che è uscita per tempo. Ho girato a lungo, sperando d'incontrarla per caso. Sul piazzale della fortezza c'era la coda dei parenti dei carcerati: oggi alla prigione è il giorno delle visite. In mezzo alle donnette con i fazzoletti in testa e i bambini che piangono ho visto la signorina Zwida. Il viso era coperto da una veletta nera sotto le tese del cappello, ma il suo portamento era inconfondibile: stava a testa alta, il collo diritto e come fiero.

In un angolo del piazzale, come sorvegliando la coda alla porta della prigione, c'erano i due uomini neri che m'avevano interpellato ieri all'osservatorio.

Il riccio, la veletta, i due sconosciuti: il colore nero continua ad apparirmi in circostanze tali da imporsi alla mia attenzione: messaggi che interpreto come un richiamo della notte. Mi sono reso conto che da molto tempo tendo a ridurre la presenza del buio nella mia vita. La proibizione dei medici d'uscire dopo il tramonto m'ha costretto da mesi nei confini del mondo diurno. Ma non è soltanto questo: è che trovo nella luce del giorno, in questa luminosità diffusa, pallida, quasi senz'ombre, una oscurità più densa che quella della notte.

Mercoledì sera. Ogni sera trascorro le prime ore d'oscurità vergando queste pagine che non so se qualcuno leggerà mai. Il globo di pasta di vetro della mia stanza alla Pensione Kudgiwa illumina lo scorrere della mia scrittura forse troppo nervosa perché un futuro lettore possa decifrarla. Forse questo diario tornerà alla luce molti e molti anni dopo la mia morte, quando la nostra lingua avrà subito chissà quali trasformazioni e alcuni dei vocaboli e giri di frase da me usati correntemente suoneranno desueti e di significato incerto. Comunque, chi troverà questo mio diario avrà un sicuro vantaggio su di me: d'una lingua scritta è sempre possibile desumere un vocabolario e una grammatica, isolare le frasi, trascriverle o parafrasarle in un'altra lingua, mentre io sto cercando di leggere nella successione delle cose che mi si presentano ogni giorno le intenzioni del mondo nei miei riguardi, e vado a tentoni, sapendo che non può esistere alcun vocabolario che traduca in parole il peso di oscure allusioni che incombe nelle cose. Vorrei che questo aleggiare di presentimenti e di dubbi arrivasse a chi mi leggerà non come un ostacolo accidentale alla comprensione di ciò che scrivo ma come la sua sostanza stessa; e se il procedere dei miei pensieri apparirà sfuggente a chi cercherà di seguirlo partendo da abitudini mentali radicalmente mutate, l'importante è che gli venga trasmesso lo sforzo che sto compiendo per leggere tra le righe delle cose il senso elusivo di ciò che m'aspetta.

Giovedì. – Grazie a un permesso speciale della direzione, – m'ha spiegato la signorina Zwida, – posso entrare nella prigione i giorni di visita e sedermi al tavolo del parlatorio coi miei fogli da disegno e il carboncino. La semplice umanità dei parenti dei carcerati offre soggetti interessanti per degli studi dal vero.

Io non le avevo fatto nessuna domanda, ma essendosi accorta che l'avevo vista ieri sul piazzale, s'era creduta in dovere di giustificare la sua presenza in quel luogo. Avrei preferito che non mi dicesse niente, perché non provo alcuna attrazione per i disegni di figure umane e non avrei saputo commentarli se lei me li avesse mostrati, cosa che comunque non avvenne. Pensai che forse questi disegni erano contenuti in una cartella speciale, che la signorina lasciava negli uffici della prigione da una volta all'altra, dato che lei ieri – lo ricordavo bene – non aveva con sé l'inseparabile album rilegato né l'astuccio delle matite.

– Se sapessi disegnare, m'applicherei solamente a studiare la forma degli oggetti inanimati, – dissi con una certa perentorietà, perché volevo cambiar discorso e anche perché davvero un'inclinazione naturale mi porta a riconoscere i miei stati d'animo nell'immobile sofferenza delle cose.

La signorina Zwida si mostrò subito d'accordo: l'oggetto che avrebbe disegnato più volentieri, disse, era una di quelle ancorette a quattro marre dette «grappini», che usano i battelli da pesca. Me ne indicò alcune passando accanto alle barche attraccate al molo, e mi spiegò le difficoltà che presentavano i quattro ganci a disegnarli nelle varie inclinazioni e prospettive. Compresi che l'oggetto racchiudeva un messaggio per me, e dovevo decifrarlo: l'àncora, un'esortazione a fissarmi, ad aggrapparmi, a dar fondo, ponendo fine al mio stato fluttuante, al mio tenermi alla superficie. Ma quest'interpretazione poteva lasciar adito a dubbi: poteva essere pure un invito a salpare, a buttarmi verso il largo. Qualcosa nella forma del grappino, i quattro denti rincagnati, le quattro braccia di ferro consumate dallo strisciare contro la roccia dei fondali, m'ammonivano che ogni decisione non sarebbe stata senza strappi e sofferenze. A mio sollievo restava il fatto che non si trattava d'una pesante àncora d'alto mare, ma d'un'agile ancoretta: non mi si chiedeva dunque di rinunciare alla disponibilità della giovinezza, ma solo di sostare un

momento, di riflettere, di sondare l'oscurità di me
stesso.

– Per disegnare a mio agio quest'oggetto da tutti i
punti di vista, – disse Zwida, – dovrei averne uno da
tenere con me in modo d'entrare in confidenza. Crede che potrei comprarne uno da un pescatore?

– Si può chiedere, – dissi.

– Perché non prova lei ad acquistarne uno? Non
oso farlo io stessa perché una signorina di città che
s'interessa a un rozzo attrezzo da pescatori suscite-
rebbe certo stupore.

Vidi me stesso nell'atto di presentarle il grappino di
ferro come fosse un mazzo di fiori: l'immagine nella
sua incongruità aveva qualcosa di stridente e di feroce. Certo vi si nascondeva un significato che mi sfuggiva; e ripromettendomi di meditarvi sopra con calma
risposi di sì.

– Vorrei che al grappino fosse assicurato il suo cavo
d'ormeggio, – precisò Zwida. – Posso passare delle
ore senza stancarmi a disegnare un mucchio di funi
arrotolate. Per questo, prenda pure una fune molto
lunga: dieci, anzi dodici metri.

Giovedì sera. I medici m'hanno dato il permesso
d'un uso moderato di bevande alcoliche. Per festeg-
giare la notizia, al tramonto sono entrato nell'osteria
«La Stella della Svezia», a prendere una tazza di rum
caldo. Attorno al banco c'erano pescatori, doganieri,
uomini di fatica. Su tutte le voci dominava quella
d'un uomo anziano in uniforme da guardia carceraria, che vaneggiava ebriamente in un mare di chiac-
chiere: – E ogni mercoledì la damigella profumata mi

dà un biglietto da cento corone perché la lasci sola col detenuto. E al giovedì le cento corone se ne sono già andate in tanta birra. E quand'è finita l'ora della visita la damigella esce col puzzo della galera sulle sue vesti eleganti; e il detenuto torna in cella col profumo della damigella sui suoi panni da galeotto. E io resto con l'odore di birra. La vita non è altro che uno scambiarsi d'odori.

– La vita e anche la morte, puoi dire, – interloquì un altro ubriaco, che di professione faceva, come appresi subito, il becchino. – Io con l'odore di birra cerco di togliermi di dosso l'odore di morto. E solo l'odore di morto ti toglierà di dosso l'odore di birra, come a tutti i bevitori cui mi tocca di scavare la fossa.

Ho preso questo dialogo come un ammonimento a stare in guardia: il mondo si va disfacendo e tenta d'attrarmi nella sua dissoluzione.

Venerdì. Il pescatore era diventato diffidente tutt'a un tratto: – E per cosa le serve? Cosa se ne fa lei d'un'àncora a grappino?

Erano domande indiscrete; avrei dovuto rispondere: «Per disegnarla» ma sapevo la ritrosia della signorina Zwida a esibire la sua attività artistica in un ambiente che non è in grado d'apprezzarla; poi, la risposta giusta, per parte mia, sarebbe stata: «Per pensarla», e figuriamoci se sarei stato capito.

– Affari miei, – risposi. Avevamo cominciato a discorrere affabilmente, dato che c'eravamo conosciuti ieri sera all'osteria, ma d'improvviso il nostro dialogo s'era fatto brusco.

– Vada a una bottega di forniture nautiche, – tagliò corto il pescatore. – Io la mia roba non la vendo.

Col negoziante mi successe la stessa cosa: appena ebbi fatto la mia domanda s'oscurò in viso. – Non possiamo vendere queste cose ai forestieri, – disse. – Non vogliamo storie con la polizia. E con una fune di dodici metri, per giunta... Non che io sospetti di lei, ma non sarebbe la prima volta che qualcuno lancia un grappino fin su alle inferriate delle prigioni per far evadere un carcerato...

La parola «evadere» è una di quelle che non posso sentire senza lasciarmi andare a un lavorio della mente senza fine. La ricerca dell'àncora in cui sono impegnato pare indicarmi la via d'un'evasione, forse d'una metamorfosi, d'una resurrezione. Con un brivido allontano il pensiero che la prigione sia il mio corpo mortale e l'evasione che m'attende sia il distacco dell'anima, l'inizio d'una vita ultraterrena.

Sabato. Era la mia prima uscita notturna dopo molti mesi e questo mi dava non poca apprensione, soprattutto per i raffreddori di testa cui vado soggetto; tanto che, prima d'uscire, calzai un passamontagna e sopra un berretto di lana e, sopra ancora, il cappello di feltro. Così imbacuccato, e in più con la sciarpa attorno al collo e quella attorno alle reni, il giaccone di lana, il giaccone di pelo e il giaccone di cuoio, gli stivali imbottiti, potevo ritrovare una certa sicurezza. La notte, come potei poi constatare, era mite e serena. Ma continuavo a non capire perché il signor Kauderer avesse bisogno di fissarmi un appuntamento al cimitero in piena notte, con un biglietto misterioso, recapitatomi in gran segreto. Se era tornato, perché non potevamo vederci come tutti i giorni? E se non era tornato, chi andavo a incontrare, al cimitero?

Ad aprirmi il cancello c'era il becchino che avevo già conosciuto all'osteria «La Stella della Svezia». – Cerco il signor Kauderer, – gli dissi.

Rispose: – Il signor Kauderer non c'è. Ma siccome il cimitero è la casa di quelli che non ci sono, entri pure.

Avanzavo tra le lapidi, quando mi sfiorò un'ombra veloce e frusciante; frenò e scese di sella. – Signor Kauderer! – esclamai, meravigliato di vederlo girare in bicicletta tra le tombe a fanale spento.

– Ssst! – mi zittì. – Lei commette delle gravi imprudenze. Quando le ho affidato l'osservatorio non supponevo che lei si sarebbe compromesso in un tentativo d'evasione. Sappia che noi alle evasioni individuali siamo contrari. Bisogna dar tempo al tempo. Abbiamo un piano più generale da portare avanti, a più lunga scadenza.

Sentendolo dire «noi» con un largo gesto intorno, pensai che parlasse a nome dei morti. Erano i morti, di cui il signor Kauderer era evidentemente il portavoce, che dichiaravano di non volermi accettare ancora tra loro. Provai un indubbio sollievo.

– Anche per colpa sua dovrò prolungare la mia assenza, – aggiunse. – Domani o dopo lei sarà chiamato dal commissario di polizia, che l'interrogherà a proposito dell'àncora a grappino. Stia bene attento a non mescolarmi in questa faccenda; tenga conto che le domande del commissario tenderanno tutte a farle ammettere qualcosa che riguardi la mia persona. Lei di me non sa nulla, tranne che sono in viaggio e non ho detto quando sarei tornato. Può dire che l'ho pregato di sostituirmi nel rilevamento dei dati solo per pochi giorni. Del resto, da domani lei è dispensato dal recarsi all'osservatorio.

– No, questo no! – esclamai, preso da una disperazione improvvisa, come se in quel momento mi rendessi conto che solo il controllo degli strumenti meteorologici mi metteva in grado di padroneggiare le forze dell'universo e di riconoscervi un ordine.

Domenica. Di prima mattina sono andato all'osservatorio meteorologico, sono salito sulla predella e sono rimasto lì in piedi ad ascoltare il ticchettio degli strumenti registratori come la musica delle sfere celesti. Il vento correva il cielo mattutino trasportando soffici nuvole; le nuvole si disponevano in festoni di cirri, poi in cumuli; verso le nove e mezzo ci fu uno scroscio di pioggia e il pluviometro ne conservò pochi centilitri; seguì un arcobaleno parziale, di breve durata; il cielo tornò poi a oscurarsi, il pennino del barografo scese tracciando una linea quasi verticale; rombò il tuono e scrosciò la grandine. Io di lassù in cima sentivo d'avere in mano le schiarite e le tempeste, i fulmini e le foschie: non come un dio, no, non credetemi pazzo, non mi sentivo Zeus tonante, ma un po' come un direttore d'orchestra che ha davanti una partitura già scritta e sa che i suoni che salgono dagli strumenti rispondono a un disegno di cui egli è il principale custode e depositario. La tettoia di lamiera risuonava come un tamburo sotto gli scrosci; l'anemometro vorticava; quell'universo tutto schianti e sbalzi era traducibile in cifre da incolonnare nel mio registro; una calma sovrana presiedeva alla trama dei cataclismi.

In quel momento d'armonia e pienezza uno scricchiolio mi fece abbassare lo sguardo. Rannicchiato tra i gradini della predella e i pali di sostegno del capannone c'era un uomo barbuto, vestito d'una rozza giubba a strisce fradicia di pioggia. Mi guardava con fermi occhi chiari.

– Sono evaso, – disse. – Non mi tradisca. Dovrebbe andare ad avvertire una persona. Vuole? Sta all'Albergo del Giglio Marino.

Sentii subito che nell'ordine perfetto dell'universo s'era aperta una breccia, uno squarcio irreparabile.

IV

Ascoltare qualcuno che legge ad alta voce è molto diverso da leggere in silenzio. Quando leggi, puoi fermarti o sorvolare sulle frasi: il tempo sei tu che lo decidi. Quando è un altro che legge è difficile far coincidere la tua attenzione col tempo della sua lettura: la voce va o troppo svelta o troppo piano.

Ascoltare poi uno che sta traducendo da un'altra lingua implica un fluttuare d'esitazione intorno alle parole, un margine d'indeterminatezza e di provvisorietà. Il testo, che quando sei tu che lo leggi è qualcosa che è lì, contro cui sei obbligato a scontrarti, quando te lo traducono a voce è qualcosa che c'è e non c'è, che non riesci a toccare.

Per di più, la sua traduzione orale il professor Uzzi-Tuzii l'aveva cominciata come se non fosse ben sicuro di far stare le parole una con l'altra, ritornando su ogni periodo per ravviarne le spettinature sintattiche, manipolando le frasi finché non si sgualcivano completamente, spiegazzandole, cincischiandole, fermandosi su ogni vocabolo per illustrarne gli usi idiomatici e le connotazioni, accompagnandosi con gesti avvolgenti come per invitare ad accontentarsi d'equivalenti approssimativi, interrompendosi per enunciare regole grammaticali, derivazioni etimologiche, citazioni di classici. Ma quando ti sei convinto che al professore la filologia e l'erudizione stanno più a cuore di ciò che la storia racconta, t'accorgi che è vero il contrario: quell'involucro accademico serve solo per proteggere quanto il racconto dice e non dice, un suo afflato interiore sempre lì lì per disperdersi al contatto dell'aria, l'eco d'un sapere scomparso che si rivela nella penombra e nelle allusioni sottaciute.

Combattuto tra la necessità d'intervenire coi suoi lumi interpretativi per aiutare il testo a esplicitare la molteplicità dei suoi significati, e la consapevolezza che ogni interpretazione esercita sul testo una violenza e un arbitrio, il professore, di fronte ai passaggi più ingarbugliati, non trovava di meglio per facilitarti la comprensione che attaccare a leggerli nell'originale. La pronuncia di quella lingua sconosciuta, dedotta da regole teoriche, non trasmessa dall'ascolto di voci con le loro inflessioni individuali, non marcata dalle tracce dell'uso che plasma e trasforma, acquistava l'assolutezza dei suoni che non attendono risposta, come il verso dell'ultimo uccello d'una specie estinta o il rombo stridente d'un aviogetto appena inventato che si disgrega nel cielo al primo volo di prova.

Poi, a poco a poco, qualcosa aveva preso a muoversi e a scorrere tra le frasi di questa dizione stravolta. La prosa del romanzo s'era imposta alle incertezze della voce; era diventata fluida, trasparente, continua; Uzzi-Tuzii ci nuotava dentro come un pesce, accompagnandosi col gesto (teneva le mani aperte come pinne), col moto delle labbra (che lasciavano uscire le parole come bollicine d'aria), con lo sguardo (i suoi occhi percorrevano la pagina come occhi di pesce un fondale, ma anche come occhi di visitatore d'un acquario che segue i movimenti d'un pesce in una vasca illuminata).

Ora intorno a te non c'è più la stanza dell'Istituto, gli scaffali, il professore: sei entrato dentro il romanzo, vedi quella nordica spiaggia, segui i passi del delicato signore. Sei tanto assorto che tardi ad accorgerti d'una presenza al tuo fianco. Con la coda dell'occhio scorgi Ludmilla. È lì, seduta su una pila di volumi infolio, anche lei tutta protesa ad ascoltare il seguito del romanzo.

È arrivata in questo momento o ha sentito la lettura dall'inizio? È entrata in silenzio, senza bussare? Era già qui, nascosta tra questi scaffali? (Veniva a nascondersi qui, aveva detto Irnerio. Vengono qui a fare cose innominabili, aveva detto Uzzi-Tuzii). O è un'apparizione evocata dall'incantesimo che si sprigiona dalle parole del professore-stregone?

Continua nella sua recitazione, Uzzi-Tuzii, e non dà segno di stupirsi della presenza della nuova ascoltatrice, come se fosse sempre stata lì. Né trasale quando lei, sentendolo fare una pausa più lunga delle altre, gli chiede: – E poi?

Il professore chiude il libro di scatto. – E poi niente. *Sporgendosi dalla costa scoscesa* s'interrompe qui. Scritte queste prime pagine del suo romanzo, Ukko Ahti è entrato nella crisi depressiva che l'ha portato nel giro di pochi anni a tre tentativi di suicidio falliti e a uno riuscito. Il frammento è stato pubblicato nella raccolta dei suoi scritti postumi, insieme a versi sparsi, a un diario intimo e agli appunti per un saggio sulle incarnazioni di Budda. Purtroppo non è stato possibile rintracciare nessun piano o abbozzo che spieghi come Ahti intendesse sviluppare la vicenda. Quantunque mutilo, o forse proprio per questo, *Sporgendosi dalla costa scoscesa* è il testo più rappresentativo della prosa cimmeria, per quel che manifesta e ancor più per quel che occulta, per il suo sottrarsi, venir meno, sparire...

La voce del professore sembra stia per spegnersi. Sporgi il collo per assicurarti che sia sempre lì, oltre la paratia degli scaffali che lo separa dalla tua vista, ma non riesci più a scorgerlo, forse sgusciato nella siepe di pubblicazioni accademiche e annate di riviste, assottigliandosi al punto di potersi infilare negli interstizi avidi di polvere, forse travolto dal destino cancellatore che incombe sull'oggetto dei suoi studi, forse inghiottito dal baratro vuoto della brusca interruzione del romanzo. Sull'orlo di questo baratro tu vorresti puntellarti, sostenendo Ludmilla o aggrappandoti a lei, le tue mani cercano d'afferrare le sue mani...

– Non chiedete dov'è il seguito di questo libro! – È uno strillo acuto che parte da un punto imprecisato tra gli scaffali. – Tutti i libri continuano al di là... – La voce del professore va su e giù; dove s'è cacciato? Forse sta rotolandosi sotto la scrivania, forse si sta impiccando alla lampada del soffitto.

– Continuano dove? – chiedete voi, abbarbicati al ciglio del precipizio. – Al di là di che cosa?

– I libri sono i gradini della soglia... Tutti gli autori cimmeri l'hanno passata... Poi comincia la lingua senza parole dei morti che dice le cose che solo la lingua dei morti può dire. Il cimmerio è l'ultima lingua dei vivi... e la lingua della soglia! Qui si viene per tendere l'orecchio al di là... Ascoltate...

Non state ascoltando più nulla, invece, voi due. Siete spariti anche voi, appiattiti in un angolo, stretti l'uno all'altra. È questa la vostra risposta? Volete dimostrare che anche i vivi hanno una lingua senza parole, con cui non si possono scrivere libri ma che si può solo vivere, secondo per secondo, non registrare né ricordare? Prima viene questa lingua senza parole dei corpi vivi, – è questa la premessa di cui vorreste che Uzzi-Tuzii tenesse conto? – poi le parole con cui si scrivono i libri e si cerca inutilmente di tradurre quella prima lingua, poi...

– I libri cimmeri sono tutti incompiuti... – sospira Uzzi-Tuzii, – perché è di là che continuano... nell'altra lingua, nella lingua silenziosa a cui rimandano tutte le parole dei libri che crediamo di leggere...

– Crediamo... Perché: crediamo? A me piace leggere, leggere davvero... – È Ludmilla che parla così, con convinzione e calore. È seduta di fronte al professore, vestita in modo semplice ed elegante, di colori chiari. Il suo modo di stare al mondo, piena d'interesse per ciò che il mondo può darle, allontana l'abisso egocentrico del romanzo suicida che finisce per sprofondare dentro se stesso. Nella sua voce, cerchi la conferma del tuo bisogno d'attaccarti alle cose che ci sono, di leggere quel che c'è scritto e basta, allontanando i fantasmi che sfuggono tra le mani. (Anche se il vostro abbraccio – confessalo – è avvenuto solo nella tua immaginazione, è pur sempre un abbraccio che può realizzarsi da un momento all'altro...)

Ma Ludmilla è sempre d'un passo almeno più avanti di te. – Mi piace sapere che esistono libri che potrò ancora leggere... – dice, sicura che alla forza del suo desiderio devono corrispondere oggetti esistenti, concreti, anche se sconosciuti. Come potrai tenerle dietro, a questa donna che legge sempre un altro libro, in più di quello che ha sotto gli occhi, un libro che non c'è ancora ma che, dato che lei lo vuole, non potrà non esserci?

Il professore è lì alla sua scrivania; nel cono di luce d'una lampada da tavolo affiorano le sue mani sospese o posate appena sul volume chiuso, come in una carezza triste.

– Leggere, – egli dice, – è sempre questo: c'è una cosa che è lì, una cosa fatta di scrittura, un oggetto solido, materiale, che non si può cambiare, e attraverso questa cosa ci si confronta con qualcos'altro che non è presente, qualcos'altro che fa parte del mondo immateriale, invisibile, perché è solo pensabile, immaginabile, o perché c'è stato e non c'è più, passato, perduto, irraggiungibile, nel paese dei morti...

– ... O che non è presente perché non c'è ancora, qualcosa di desiderato, di temuto, possibile o impossibile, – dice Ludmilla, – leggere è andare incontro a qualcosa che sta per essere e ancora nessuno sa cosa sarà... – (Ecco ora vedi la Lettrice protesa a scrutare oltre il margine della pagina stampata lo spuntare all'orizzonte delle navi dei salvatori o degli invasori, le tempeste...) – Il libro che ora avrei voglia di leggere è un romanzo in cui si senta la storia che arriva, come un tuono ancora confuso, la storia quella storica insieme al destino delle persone, un romanzo che dia il senso di stare vivendo uno sconvolgimento che ancora non ha un nome, non ha preso forma...

– Brava, sorellina, vedo che fai progressi! – Tra gli scaffali è apparsa una ragazza dal collo lungo e dal viso da uccello, lo sguardo fermo e occhialuto, la grande ala dei capelli ricciuti, vestita d'una larga blusa e stretti pantaloni. – Venivo ad annunciarti che ho trovato il romanzo che cercavi, ed è proprio quello che serve al nostro seminario sulla rivoluzione femminile, dove sei invitata, se vuoi sentirci analizzarlo e discuterlo!

– Lotaria, non mi dirai, – esclama Ludmilla, – che sei arrivata anche tu a *Sporgendosi dalla costa scoscesa*, romanzo incompiuto di Ukko Ahti, scrittore cimmerio!

– Sei male informata, Ludmilla, il romanzo è proprio quello, però non è incompiuto ma portato a termine, non è scritto in cimmerio ma in cimbro, il titolo è stato in seguito cambiato in *Senza temere il vento e la vertigine* e l'autore l'ha firmato con uno pseudonimo diverso, Vorts Viljandi.

– È un falso! – grida il professor Uzzi-Tuzii. – È un noto caso di contraffazione! Si tratta di materiali apocrifi, diffusi dai nazionalisti cimbri durante la campagna di propaganda anticimmeria alla fine della Prima Guerra Mondiale!

Dietro a Lotaria premono gli avamposti d'una falange di giovinette dagli occhi limpidi e tranquilli, occhi un po' allarmanti forse perché troppo limpidi e tranquilli. Tra loro si fa largo un uomo pallido e barbuto, dallo sguardo sarcastico e dalla piega delle labbra sistematicamente disillusa.

– Desolato di contraddire un illustre collega, – dice, – ma l'autenticità di questo testo è stata provata dal ritrovamento dei manoscritti che i Cimmeri avevano occultato!

– Mi stupisce, Galligani, – geme Uzzi-Tuzii, – che tu presti l'autorità della tua cattedra di lingue e letterature erulo-altaiche a una mistificazione grossolana! E per di più legata a rivendicazioni territoriali che nulla hanno a che fare con la letteratura!

– Uzzi-Tuzii, ti prego, – ribatte il professor Galligani, – non abbassare la polemica a questo livello. Sai bene che il nazionalismo cimbro è lontano dai miei interessi, come spero che lo sciovinismo cimmerio lo sia dai tuoi. Confrontando lo spirito delle due letterature la domanda che mi pongo è: chi va più lontano nella negazione dei valori?

La polemica cimbro-cimmeria sembra non sfiorare Ludmilla, ormai occupata da un solo pensiero: la possibilità che il romanzo interrotto continui. – Sarà vero quel che dice Lotaria? – ti chiede sottovoce. – Stavolta vorrei che avesse ragione, che l'inizio che ci ha letto il professore avesse un seguito, non importa in che lingua...

– Ludmilla, – fa Lotaria, – noi andiamo al nostro collettivo di studio. Se vuoi assistere alla discussione sul romanzo di Viljandi, vieni. Puoi invitare anche il tuo amico, se gli interessa.

Eccoti arruolato sotto le bandiere di Lotaria. Il gruppo s'installa in una sala, intorno a un tavolo. Tu e Ludmilla vorreste mettervi il più vicino possibile allo scartafaccio che Lotaria tiene davanti a sé e che pare contenga il romanzo in questione.

– Dobbiamo ringraziare il professor Galligani, di letteratura cimbrica, – esordisce Lotaria, – per averci volenterosamente messo a disposizione un raro esemplare di *Senza temere il vento e la vertigine*, e per aver voluto intervenire di persona al nostro seminario. Voglio sottolineare questo atteggiamento d'apertura tanto più apprezzabile se confrontato all'incomprensione d'altri docenti di discipline affini... – e Lotaria lancia un'occhiata alla sorella perché non le sfugga l'allusione polemica a Uzzi-Tuzii.

Per inquadrare il testo, il professor Galligani viene pregato di fornire qualche cenno storico. – Mi limiterò a ricordare, – dice, – come le province che formavano lo Stato cimmerio, siano entrate, dopo la Seconda Guerra Mondiale, a far parte della Repubblica Popolare Cimbrica. Riordinando i documenti degli archivi cimmeri sconvolti dal passaggio del fronte, i Cimbri hanno potuto rivalutare la complessa personalità d'uno scrittore come Vorts Viljandi, che ha scritto tanto in cimmerio quanto in cimbro, ma del quale i Cimmeri avevano pubblicato solo la produzione nella loro lingua, peraltro esigua. Ben più importante per quantità e qualità erano gli scritti in lingua cimbrica, tenuti nascosti dai Cimmeri, a cominciare dal vasto romanzo *Senza temere il vento e la vertigine*, del cui inizio pare esistesse anche una prima stesura in cimmerio, firmata con lo pseudonimo Ukko Ahti. È indubbio comunque che per questo romanzo, solo dopo aver definitivamente optato per la lingua cimbrica l'autore ha trovato la genuina ispirazione...

– Non sto a farvi la storia, – continua il professore, – dell'alterna fortuna di questo libro nella Repubblica Popolare Cimbrica. Pubblicato dapprima come un classico, tradotto anche in tedesco per poterlo diffondere all'estero (è di questa traduzione che ci serviamo ora), ha fatto in seguito le spese delle campagne di rettifica ideologica ed è stato ritirato dalla circolazione e perfino dalle biblioteche. Noi crediamo invece che il suo contenuto rivoluzionario sia dei più avanzati...

Siete impazienti, tu e Ludmilla, di veder risorgere dalle ceneri questo libro perduto, ma dovete aspettare che le ragazze e i giovani del collettivo si distribuiscano i compiti: durante la lettura ci dovrà essere chi sottolinea i riflessi del modo di produzione, chi i processi di reificazione, chi la sublimazione del rimosso, chi i codici semantici del sesso, chi i metalinguaggi del corpo, chi la trasgressione dei ruoli, nel politico e nel privato.

Ed ecco Lotaria apre il suo scartafaccio, comincia a leggere. Le siepi di filo spinato si disfano come ragnatele. Tutti seguono in silenzio, voi e gli altri.

Vi rendete subito conto di stare ascoltando qualcosa che non ha nessun punto d'incontro possibile né con *Sporgendosi dalla costa scoscesa* né con *Fuori dell'abitato di Malbork* e neppure con *Se una notte d'inverno un viaggiatore*. Vi lanciate un'occhiata, tu e Ludmilla, anzi due occhiate: prima interrogativa e poi d'intesa. Sia come sia, è un romanzo in cui, una volta entrati, vorreste andare avanti senza fermarvi.

Senza temere il vento e la vertigine

Alle cinque del mattino la città era attraversata da carriaggi militari; davanti agli spacci di alimentari cominciavano a formarsi le code di donnette con le lanterne di sego; sui muri era ancora umida la vernice delle scritte di propaganda tracciate nella notte dalle squadre delle varie correnti del Consiglio Provvisorio.

Quando gli orchestrali rimettevano gli strumenti negli astucci e uscivano dal sotterraneo, l'aria era verde. Per un tratto di strada i frequentatori del «Nuovo Titania» camminavano in gruppo dietro i suonatori, come non volessero rompere l'intesa che s'era formata nel locale durante la notte tra le persone radunate lì dal caso o dall'abitudine, e andavano avanti in un'unica comitiva, gli uomini dentro i baveri alzati dei pastrani assumendo un'aria cadaverica, come mummie estratte all'aria aperta dai sarcofaghi conservati per quattromila anni che in un momento vanno in polvere, mentre invece una ventata d'eccitazione contagiava le donne, che cantavano ognuna per conto suo, senza chiudere i mantelli sulla scollatura degli abiti da sera, ciondolando le gonne lunghe nelle pozzanghere in incerti passi di danza, per quel processo proprio all'ubriachezza che fa sbocciare una nuova euforia sull'accasciarsi e ottundersi dell'euforia precedente, e sembrava che in tutti loro restasse la speranza che la festa non fosse ancora finita, che gli orchestrali a un certo punto si sarebbero fermati in mezzo alla via, avrebbero riaperto gli astucci e tirato fuori di nuovo i sassofoni e i contrabbassi.

Di fronte alla ex banca Levinson sorvegliata dalle pattuglie della guardia popolare con le baionette inastate e la coccarda sul berretto, la comitiva dei nottambuli, come si fossero passati parola, si disperdeva e ognuno seguiva la sua strada senza salutare nessuno. Restavamo insieme noi tre: Valeriano e io prendevamo sottobraccio Irina uno da una parte uno dall'altra, io sempre alla destra di Irina per lasciare spazio alla fondina della pesante pistola che portavo appesa al cinturone, mentre Valeriano, che vestiva abiti civili perché faceva parte del Commissariato all'Industria Pesante, se aveva indosso una pistola – e io credo che l'avesse – era certamente una di quelle piatte che si tengono in tasca. Irina a quell'ora diventava silenziosa, quasi cupa, e in noi s'insinuava una specie di timore, – parlo di me, ma sono sicuro che Valeriano condividesse il mio stato d'animo, anche se non ci siamo mai fatte confidenze in proposito, – perché sentivamo che era allora che lei prendeva veramente possesso di noi due, e per quanto folli fossero state le cose che ci avrebbe condotto a fare una volta che il suo cerchio magico si fosse chiuso imprigionandoci, sarebbero state nulla in confronto a quello che lei stava costruendo ora nella sua fantasia, senza fermarsi davanti a nessun eccesso, nella esplorazione dei sensi, nell'esaltazione mentale, nella crudeltà. La verità è che eravamo tutti molto giovani, troppo giovani per tutto quello che stavamo vivendo; dico noi uomini, perché Irina aveva la precocità delle donne del suo tipo, nonostante che come anni fosse la più giovane dei tre, e ci faceva fare quel che voleva.

Prese a fischiettare silenziosamente, Irina, con un sorriso tutto negli occhi come pregustasse un'idea che le era venuta; poi il suo fischio diventò sonoro, era una marcia buffa da un'operetta allora in voga, e noi sempre un po' timorosi di cosa ci stava preparando ci mettemmo a seguirla col nostro fischio, e marciavamo al passo come d'un'irresistibile fanfara, sentendoci insieme vittime e trionfatori.

Fu al passare davanti alla chiesa di Sant'Apollonia, trasformata allora in lazzaretto dei colerosi, con le casse da morto esposte fuori sui cavalletti circondati da grandi cerchi di calce perché la gente non s'avvicinasse, in attesa dei carri per il cimitero. C'era una vecchia che pregava inginocchiata sul sagrato e noi incedendo al suono della nostra marcia travolgente quasi la calpestammo. Alzò contro di noi un piccolo pugno secco e giallo, rugoso come una castagna, con l'altro pugno puntellandosi al selciato, e gridò: – Maledetti i signori! – anzi: – Maledetti! Signori! – quasi fossero due imprecazioni, in crescendo, e chiamandoci signori ci considerasse maledetti due volte, e poi una parola nel dialetto di qui che vuol dire «Gente da bordello», e anche qualcosa come: – Finirà... – ma in quel momento s'accorse della mia uniforme, e tacque, e chinò il capo.

Racconto quest'incidente in tutti i particolari perché – non subito, ma in seguito, – fu considerato una premonizione per tutto quello che doveva succedere, e anche perché tutte queste immagini dell'epoca devono traversare la pagina così come i carriaggi la città (anche se la parola carriaggi evoca immagini un po' approssimative, ma una certa indeterminatezza non è male che resti nell'aria, come propria alla confusione dell'epoca), come gli striscioni di tela tesi tra un palazzo e l'altro per invitare la popolazione a sottoscrivere al prestito nazionale, come i cortei di operai i cui percorsi non devono coincidere perché organizzati da centrali sindacali rivali, gli uni manifestando per la continuazione a oltranza dello sciopero nelle fabbriche di munizioni Kauderer, gli altri per la cessazione dello sciopero a sostegno dell'armamento popolare contro gli eserciti controrivoluzionari che stanno per accerchiare la città. Tutte queste linee oblique incrociandosi dovrebbero delimitare lo spazio dove ci muoviamo io e Valeriano e Irina, dove la nostra storia possa affiorare dal nulla, trovare un punto di partenza, una direzione, un disegno.

Irina io l'avevo conosciuta il giorno in cui il fronte aveva ceduto a meno di dodici chilometri dalla Porta Orientale. Mentre la milizia cittadina – ragazzi sotto i diciott'anni e anziani della riserva – s'attestava attorno ai bassi edifici del Macello Bovino, – luogo che già a nominarlo suonava di malaugurio, ma ancora non si sapeva per chi – una fiumana di gente ripiegava in città per il Ponte di Ferro. Contadine con sul capo una cesta da cui spuntava un'oca, maiali isterici che scappavano tra le gambe della folla, inseguiti da ragazzi urlanti, (la speranza di metter qualcosa in salvo dalle requisizioni militari spingeva le famiglie delle campagne a sparpagliare il più possibile figli e animali, mandandoli alla ventura), soldati a piedi o a cavallo che disertavano dai loro reparti o cercavano di raggiungere il grosso delle forze disperse, anziane nobildonne alla testa di carovane di serve e fagotti, portaferiti con le barelle, ammalati dimessi dagli ospedali, merciai ambulanti, funzionari, monaci, zingari, pupille dell'ex Collegio delle Figlie degli Ufficiali nell'uniforme da viaggio: tutti s'incanalavano tra le griglie del ponte come trascinati dal vento umido e gelido che pareva soffiare dagli strappi della carta geografica, dalle brecce che laceravano fronti e frontiere. Erano in molti in quei giorni a cercare rifugio in città: chi temeva l'espandersi di rivolte e saccheggi e chi invece aveva buone ragioni per non volersi trovare sul cammino delle armate restauratrici; chi cercava protezione sotto la fragile legalità del Consiglio Provvisorio e chi voleva solo nascondersi nella confusione per agire indisturbato contro la legge, vecchia o nuova che fosse. Ognuno sentiva che la sua sopravvivenza individuale era in gioco, e proprio dove parlare di solidarietà sarebbe parso più fuor di luogo, perché ciò che contava era farsi largo con le unghie e coi denti, pure si stabiliva una sorta di comunanza e d'intesa, per cui di fronte agli ostacoli gli sforzi s'univano e ci si capiva senza troppe parole.

Sarà stato quello, o sarà stato che nello scompiglio generale la giovinezza riconosce se stessa e ne gode: fatto sta che attraversando il Ponte di Ferro in mezzo alla folla quel mattino mi sentivo contento e leggero, in armonia con gli altri, con me stesso e col mondo, come non mi succedeva da tempo. (Non vorrei aver usato la parola sbagliata; dirò meglio: mi sentivo in armonia con la disarmonia degli altri e di me stesso e del mondo). Già ero alla fine del ponte, dove una rampa di gradini raggiunge la riva e il flusso della gente rallentava e s'ingorgava obbligando a contro-spinte all'indietro per non essere spinti addosso a quelli che scendevano più lentamente – mutilati senza gambe che si puntellano prima su una stampella e poi sull'altra, cavalli tenuti per il morso e condotti in dia-gonale perché il ferro degli zoccoli non scivoli sull'or-lo dei gradini di ferro, motociclette col side-car che bi-sogna sollevare di peso, (avrebbero fatto meglio a prendere il Ponte dei Carri, costoro, come non man-cavano d'inveirgli contro gli appiedati, ma questo vo-leva dire allungare il cammino d'un buon miglio), – quando m'accorsi della donna che scendeva al mio fianco.

Portava un mantello con un risvolto di pelliccia sul-l'orlo del fondo e sui polsi, un cappello a campana con un velo e una rosa: elegante, insomma, oltre che giovane e piacente, come constatai subito dopo. Men-tre stavo guardandola di profilo, la vidi sbarrare gli occhi, portare la mano guantata alla bocca spalancata in un grido di terrore e lasciarsi andare all'indietro. Sarebbe certo caduta, calpestata da quella folla avan-zante come un branco d'elefanti, se non fossi stato svelto ad afferrarla per un braccio.

– Si sente male? – le dico. – Si appoggi pure a me. Vedrà che non è niente.

Era rigida, non riusciva più a fare un passo.

– Il vuoto, il vuoto, là sotto, – diceva, – aiuto, la vertigine...

Nulla di ciò che si vedeva pareva giustificare una vertigine, ma la donna era davvero nel panico.

– Non abbassi lo sguardo e si tenga al mio braccio; segua gli altri; siamo già alla fine del ponte, – le dico, sperando che questi siano gli argomenti giusti per tranquillizzarla.

E lei: – Sento tutti questi passi staccarsi da un gradino e avanzare nel vuoto, precipitare, una folla che precipita... – dice, sempre impuntandosi.

Guardo attraverso gli intervalli tra i gradini di ferro la corrente incolore del fiume là in fondo che trasporta frammenti di ghiaccio come nuvole bianche. In un turbamento che dura un istante, mi pare di stare sentendo quel che lei sente: che ogni vuoto continua nel vuoto, ogni strapiombo anche minimo dà su un altro strapiombo, ogni voragine sbocca nell'abisso infinito. Le cingo col braccio le spalle; cerco di resistere alle spinte di quelli che vogliono scendere e ci imprecano contro: – Ehi, lasciate passare! Andate ad abbracciarvi da un'altra parte, svergognati! – ma l'unico modo di sottrarci alla frana umana che c'investe sarebbe allungare i nostri passi nell'aria, volare... Ecco, anch'io mi sento sospeso come su di un precipizio...

Forse è questo racconto che è un ponte sul vuoto, e procede buttando avanti notizie e sensazioni e emozioni per creare uno sfondo di rivolgimenti sia collettivi che individuali in mezzo al quale ci si possa aprire un cammino pur restando all'oscuro di molte circostanze sia storiche che geografiche. Mi faccio largo nella profusione di dettagli che coprono il vuoto di cui non voglio accorgermi e avanzo di slancio, mentre invece il personaggio femminile si blocca sull'orlo d'un gradino tra la folla che spinge, finché io non riesco a trasportarla giù quasi di peso, gradino per gradino, a poggiare i piedi sul selciato del lungo-fiume.

Si ricompone; alza davanti a sé uno sguardo altero; riprende il cammino senza fermarsi; il suo passo non esita; s'avvia verso la Via dei Mulini; io quasi stento a tenerle dietro.

Anche il racconto deve sforzarsi di tenerci dietro, di riferire un dialogo costruito sul vuoto, battuta per battuta. Per il racconto il ponte non è finito: sotto ogni parola c'è il nulla.

– È passato? – le chiedo.

– Non è niente. Le vertigini mi prendono quando meno me l'aspetto, anche se non c'è nessun pericolo in vista... L'alto e il basso non contano... Se guardo il cielo, la notte, e penso alla distanza delle stelle... O anche di giorno... Se mi sdraiassi qui, per esempio, con gli occhi verso l'alto, mi verrebbe il capogiro... – e indica le nuvole che passano veloci spinte dal vento. Parla del capogiro come d'una tentazione che in qualche modo l'attrae.

Sono un po' deluso che non m'abbia detto una parola di ringraziamento. Osservo: – Non è un buon posto per sdraiarsi a guardare il cielo, qui, né di giorno né di notte. Dia retta a me che un po' me ne intendo.

Come tra i gradini di ferro del ponte, nel dialogo intervalli di vuoto s'aprono tra una battuta e l'altra.

– Se ne intende di guardare il cielo? Perché? Fa l'astronomo?

– No, un altro genere d'osservatorio –. E le indico

sul colletto della mia uniforme le mostrine dell'artiglieria. – Giornate sotto i bombardamenti a guardare volare gli shrapnels.

Il suo sguardo dalle mostrine passa alle spalline che non ho, poi alle poco vistose insegne del grado cucite sulle mie maniche. – Viene dal fronte, tenente?

– Alex Zinnober, – mi presento. – Non so se posso esser chiamato tenente. Nel nostro reggimento i gradi sono stati aboliti, ma le disposizioni cambiano continuamente. Per ora sono un militare con due strisce sulla manica, ecco tutto.

– Io sono Irina Piperin, e lo ero anche prima della rivoluzione. In futuro, non so. Disegnavo tessuti, e finché i tessuti continueranno a mancare farò dei disegni per aria.

– Con la rivoluzione ci sono persone che cambiano tanto da diventare irriconoscibili e persone che si sentono uguali a se stesse più di prima. Dovrebb'essere il segno che erano già pronte per i tempi nuovi. È così?

Non replica nulla. Aggiungo: – A meno che non sia il loro rifiuto assoluto a preservarle dai cambiamenti. È il suo caso?

– Io... Mi dica lei, prima, quanto crede d'esser cambiato.

– Non di molto. M'accorgo che ho conservato certi punti d'onore d'un tempo: sorreggere una donna che cade, per esempio, anche se ora nessuno dice più grazie.

– Tutti abbiamo momenti di debolezza, donne e uomini, e non è detto, tenente, che non avrò occasione di contraccambiare la sua cortesia di poc'anzi –.

Nella sua voce c'è una punta d'asprezza, quasi di risentimento.

A questo punto il dialogo – che ha concentrato su di sé l'attenzione facendo quasi dimenticare la visione stravolta della città – potrebbe interrompersi: i soliti carriaggi militari attraversano la piazza e la pagina, separandoci, oppure le solite code di donne davanti ai negozi o i soliti cortei d'operai con cartelli. Irina è lontana, ormai, il cappello con la rosa veleggia su un mare di berretti grigi, d'elmetti, di fazzoletti da testa; cerco d'inseguirla ma lei non si volta.

Seguono alcuni paragrafi fitti di nomi di generali e di deputati, a proposito di cannoneggiamenti e di ritirate sul fronte, di scissioni e unificazioni nei partiti rappresentati al Consiglio, inframmezzati da notazioni climatiche: acquazzoni, brinate, corse di nuvole, bufere di tramontana. Tutto questo comunque solo come contorno dei miei stati d'animo: ora d'abbandono festoso all'onda degli avvenimenti, ora di ripiegamento in me stesso come concentrandomi in un disegno ossessivo, come se tutto quello che succede intorno non servisse che a mascherarmi, a nascondermi, come le difese di sacchetti di sabbia che si vanno alzando un po' dappertutto (la città sembra prepararsi a combattere strada per strada), le palizzate che ogni notte gli attacchini delle varie tendenze ricoprono di manifesti subito inzuppati di pioggia e illeggibili per la carta spugnosa e l'inchiostro scadente.

Ogni volta che passo davanti al palazzo che ospita il Commissariato all'Industria Pesante mi dico: «Ora andrò a trovare il mio amico Valeriano». È dal giorno che sono arrivato che me lo ripeto. Valeriano è l'amico più affezionato che ho qui in città. Ma ogni volta rimando per qualche importante incombenza che devo sbrigare. E dire che io sembro godere d'una libertà insolita per un militare in servizio: quali siano le mie mansioni non è ben chiaro; vado e vengo tra vari uffici di Stati maggiori; raramente mi si vede in caserma, come se non fossi inserito nell'organico di nessun reparto, né mi si vede d'altronde inchiodato a una scrivania.

A differenza di Valeriano, che dalla sua scrivania non si muove. Anche il giorno che salgo a cercarlo lo trovo lì, ma non pare intento a mansioni di governo: sta pulendo una rivoltella a tamburo. Ridacchia nella barba malrasa, vedendomi. Dice: – Allora, sei venuto a metterti in trappola anche tu, insieme a noi.

– O a intrappolare gli altri, – rispondo.

– Le trappole sono una dentro l'altra, e scattano tutte insieme –. Sembra voglia avvertirmi di qualcosa.

Il palazzo in cui sono installati gli uffici del Commissariato era la residenza d'una famiglia d'arricchiti di guerra, confiscata dalla rivoluzione. Parte dell'arredamento d'un lusso pacchiano è rimasto a mescolarsi con le tetre suppellettili burocratiche; l'ufficio di Valeriano è ingombro di cineserie da boudoir: vasi con draghi, scrigni laccati, un paravento di seta.

– E chi vuoi intrappolare in questa pagoda? Una regina orientale?

Da dietro il paravento esce una donna: capelli corti, vestito di seta grigia, calze color latte.

– I sogni maschili non cambiano, con la rivoluzione, – dice, ed è dal sarcasmo aggressivo della sua voce che riconosco la passante incontrata sul Ponte di Ferro.

– Vedi? Ci sono orecchi che ascoltano ogni nostra parola... – mi fa Valeriano, ridendo.

– La rivoluzione non fa il processo ai sogni, Irina Piperin, – le rispondo.

– Né ci salva dagli incubi, – lei ribatte.

Valeriano interviene: – Non sapevo che vi conosceste.

– Ci siamo incontrati in un sogno, – dico io. – Stavamo precipitando da un ponte.

E lei: – No. Ognuno ha un sogno diverso.

– E c'è anche a chi capita di svegliarsi in un posto sicuro come questo, al riparo da qualsiasi vertigine... – insisto.

– Le vertigini sono dappertutto, – e prende la rivoltella che Valeriano ha finito di rimontare, la apre, appoggia l'occhio alla canna come per vedere se è ben pulita, fa girare il tamburo, infila un proiettile in uno dei fori, alza il cane, tiene l'arma puntata contro l'occhio facendo girare il tamburo. – Sembra un pozzo senza fondo. Si sente il richiamo del nulla, la tentazione di precipitare, raggiungere il buio che chiama...

– Ehi, non si scherza con le armi! – faccio, e avanzo una mano ma lei mi punta la rivoltella contro.

– Perché? – dice. – Le donne no, e voi sì? La vera rivoluzione sarà quando le armi le avranno le donne.

– E gli uomini resteranno disarmati? Ti sembra giusto, compagna? Le donne armate per fare cosa?

– Per prendere il vostro posto. Noi sopra e voi sotto. A provare un po' voi cosa si sente, quando si è donna. Via, muoviti, passa dall'altra parte, va' vicino al tuo amico, – ordina, sempre puntandomi contro l'arma.

– Irina ha della costanza nelle sue idee, – m'avverte Valeriano. – Contraddirla non serve.

– E adesso? – chiedo e guardo Valeriano aspettandomi che intervenga per far cessare lo scherzo.

Valeriano sta guardando Irina, ma il suo è uno sguardo perduto, come in trance, come di resa assoluta, come chi aspetta il piacere soltanto dalla sottomissione all'arbitrio di lei.

Entra un motociclista del Comando Militare con un fascio d'incartamenti. La porta aprendosi nasconde Irina che scompare. Valeriano come niente fosse sbriga le sue pratiche.

– Ma di'… – gli chiedo, appena possiamo parlare, – ti sembrano scherzi da fare?

– Irina non scherza, – dice, senza alzare lo sguardo dai fogli, – vedrai.

Ecco che da quel momento il tempo cambia di forma, la notte si dilata, le notti diventano un'unica notte nella città attraversata dal nostro terzetto ormai inseparabile, un'unica notte che culmina nella stanza d'Irina, in una scena che dev'essere d'intimità ma anche d'esibizione e di sfida, la cerimonia di quel culto segreto e sacrificale di cui Irina è insieme l'officiante e la divinità e la profanatrice e la vittima. Il racconto riprende il cammino interrotto, ora lo spazio che deve percorrere è sovraccarico, denso, non lascia nessuno spiraglio all'orrore del vuoto, tra i tendaggi a disegni geometrici, i cuscini, l'atmosfera impregnata dall'odore dei nostri corpi nudi, i seni di Irina appena rilevati sulla magra cassa toracica, le areole brune che sarebbero meglio proporzionate su un seno più florido, il pube stretto e acuto a forma di triangolo isoscele, (la parola «isoscele» per averla una volta associata al pube d'Irina si carica per me d'una sensualità tale che non posso pronunciarla senza battere i denti). Avvicinandosi al centro della scena le linee tendono a contorcersi, a diventare sinuose come il fumo del braciere dove bruciano i poveri aromi superstiti d'una drogheria armena cui la fama usurpata di fumeria d'oppio aveva valso il saccheggio da parte della folla vendicatrice dei buoni costumi, ad attorcigliarsi – sempre le linee – come la corda invisibile che ci tiene legati, noi tre, e che più ci divincoliamo per scioglierci più stringe i suoi nodi incidendoli nella nostra carne. Al centro di questo groviglio, nel cuore del dramma di questo nostro sodalizio segreto c'è il segreto che io porto dentro di me e che non posso svelare a nessuno, meno che mai a Irina e a Valeriano, la missione segreta che mi è stata affidata: scoprire chi è la spia infiltrata nel Comitato rivoluzionario che sta per far cadere la città in mano ai Bianchi.

In mezzo alle rivoluzioni che quell'inverno ventoso spazzavano le vie delle capitali come raffiche di tramontana, stava nascendo la rivoluzione segreta che avrebbe trasformato i poteri dei corpi e dei sessi: questo Irina credeva ed era riuscita a far credere non solamente a Valeriano, che, figlio d'un giudice distrettuale, diplomato in economia politica, seguace di santoni indiani e di teosofi svizzeri, era l'adepto predestinato d'ogni dottrina ai limiti del pensabile, ma anche a me che venivo da una scuola tanto più dura, a me che sapevo che l'avvenire si giocava a breve scadenza tra il

Tribunale rivoluzionario e la Corte marziale dei Bianchi, e che due plotoni d'esecuzione, da una parte e dall'altra, aspettavano coi fucili a pied'arm.

Cercavo di sfuggire addentrandomi con movimenti striscianti verso il centro della spirale dove le linee sgusciavano come serpenti seguendo il contorcersi delle membra d'Irina, snodate e inquiete, in una lenta danza in cui non è il ritmo che importa ma l'annodarsi e lo sciogliersi di linee serpentine. Sono due teste di serpente che Irina afferra con ambe le mani, e che reagiscono alla sua stretta esasperando la propria attitudine alla penetrazione rettilinea, mentre lei pretendeva al contrario che il massimo di forza contenuta corrispondesse a una duttilità di rettile che si pieghi a raggiungerla in contorcimenti impossibili.

Perché questo era il primo articolo di fede del culto che Irina aveva istituito: che noi abdicassimo al partito preso della verticalità, della linea retta, il superstite malriposto orgoglio maschile che ancora ci aveva seguito pur nell'accettare la nostra condizione di schiavi d'una donna che non ammetteva tra noi gelosie o supremazie d'alcun genere. – Giù, – diceva Irina e la sua mano premeva la testa di Valeriano all'occipite, affondando le dita nei capelli lanosi d'un color rosso stoppa del giovane economista, senza lasciare che sollevasse il viso dall'altezza del suo grembo, – giù ancora! – e intanto guardava me con occhi di diamante, e voleva che io guardassi, voleva che i nostri sguardi procedessero anch'essi per vie serpentine e continue. Sentivo il suo sguardo che non m'abbandonava un istante, e intanto sentivo su di me un altro sguardo che mi seguiva in ogni momento e ogni luogo, lo sguardo d'un potere invisibile che aspettava da me solo una cosa: la morte, non importa se quella che dovevo portare agli altri o la mia.

Aspettavo l'attimo in cui il laccio dello sguardo di Irina si sarebbe allentato. Eccola che socchiude gli occhi, ecco che io striscio nell'ombra, dietro i cuscini i divani il braciere, là dove Valeriano ha lasciato i suoi vestiti piegati in perfetto ordine come sua abitudine, striscio nell'ombra delle ciglia di Irina abbassate, frugo nelle tasche, nel portafogli di Valeriano, mi nascondo nel buio delle palpebre serrate di lei, nel buio del grido che esce dalla sua gola, trovo il foglio piegato in quattro col mio nome scritto con pennino d'acciaio, sotto la formula delle condanne a morte per tradimento, firmata e controfirmata sotto i timbri regolamentari.

V

A questo punto viene aperta la discussione. Vicende personaggi ambienti sensazioni vengono spinti via per lasciare il posto ai concetti generali.

– Il desiderio polimorfo-perverso...

– Le leggi dell'economia di mercato...

– Le omologie delle strutture significanti...

– La devianza e le istituzioni...

– La castrazione...

Solo tu sei rimasto lì sospeso, tu e Ludmilla, mentre più nessuno pensa a riprendere la lettura.

T'avvicini a Lotaria, allunghi una mano verso le carte squadernate davanti a lei, chiedi: – Permesso? –, cerchi d'impadronirti del romanzo. Ma non è un libro, è un quinterno strappato. E il resto?

– Scusa, cercavo le altre pagine, il seguito, – dici.

– Il seguito?... Oh, qui c'è già da discutere per un mese. Non ti basta?

– Non era per discutere, era per leggere... – fai tu.

– Senti, i gruppi di studio sono tanti, la biblioteca dell'Istituto erulo-altaico aveva una copia sola; allora ce la siamo divisa, è stata una spartizione un po' contrastata, il libro è andato in pezzi, ma credo proprio d'essermi conquistata il pezzo migliore.

Seduti al tavolino d'un caffè, fate il bilancio della situazione, tu e Ludmilla. – Riassumendo: *Senza temere il vento e la vertigine* non è *Sporgendosi dalla costa scoscesa* che a sua volta non è *Fuori dell'abitato di Malbork*, il quale è tutt'altra cosa da *Se una notte d'inverno un viaggiatore*. Non ci resta che risalire alle origini di tutta questa confusione.

– Sì. È la casa editrice che ci ha sottoposto a queste frustrazioni, dunque è la casa editrice che ci deve una riparazione. Bisogna andare a chiederlo a loro.

– Se Ahti e Viljandi sono la stessa persona?

– Prima di tutto, chiedere di *Se una notte d'inverno un viaggiatore*, farcene dare una copia completa, e così una copia completa di *Fuori dell'abitato di Malbork*. Voglio dire: dei romanzi che abbiamo cominciato a leggere credendo che avessero quel titolo; se poi i loro veri titoli e autori sono altri, ce lo dicano, e ci spieghino che mistero c'è sotto queste pagine che passano da un volume all'altro.

– E per questa via, – aggiungi tu, – forse troveremo una traccia che porti a *Sporgendosi dalla costa scoscesa*, incompiuto o portato a termine che sia...

– Non posso negare, – dice Ludmilla, – che alla notizia del ritrovamento del seguito m'ero lasciata illudere.

– ... e a *Senza temere il vento e la vertigine*, che è quello che sarei ora più impaziente di continuare...

– Sì, anch'io, sebbene deva dire che non è il mio romanzo ideale...

Ecco, siamo alle solite. Appena ti sembra d'essere sulla strada giusta, subito ti trovi bloccato da un'interruzione o da una svolta: nelle letture, nella caccia al libro perduto, nell'individuazione dei gusti di Ludmilla.

– Il romanzo che più vorrei leggere in questo momento, – spiega Ludmilla, – dovrebbe avere come forza motrice solo la voglia di raccontare, d'accumulare storie su storie, senza pretendere d'importi una visione del mondo, ma solo di farti assistere alla propria crescita, come una pianta, un aggrovigliarsi come di rami e di foglie...

In questo ti trovi subito d'accordo con lei: lasciandoti alle spalle le pagine lacerate dalle analisi intellettuali, sogni di ritrovare una condizione di lettura naturale, innocente, primitiva...

– Occorre ritrovare il filo che abbiamo perduto, – dici. – Andiamo subito alla casa editrice.

E lei: – Non c'è bisogno che ci presentiamo in due. Andrai tu e mi riferirai.

Ci resti male. Questa caccia t'appassiona perché la fai insieme a lei, perché potete viverla insieme e commentarla mentre la state vivendo. Proprio ora che ti sembrava d'aver raggiunto un'intesa, una confidenza, non tanto perché ora anche voi vi date del tu, ma perché vi sentite come complici in un'impresa che forse nessun altro può capire.

– E perché tu non vuoi venire?

– Per principio.

– Cosa vuoi dire?

– C'è una linea di confine: da una parte ci sono quelli che fanno i libri, dall'altra quelli che li leggono. Io voglio restare una di quelli che li leggono, perciò sto attenta a tenermi sempre al di qua di quella linea. Se no, il piacere disinteressato di leggere finisce, o comunque si trasforma in un'altra cosa, che non è quello che voglio io. È una linea di confine approssimativa, che tende a cancellarsi: il mondo di quelli che hanno a che fare coi libri professionalmente è sempre più popolato e tende a identificarsi col mondo dei lettori. Certo, anche i lettori diventano più numerosi, ma si direbbe che quelli che usano i libri per produrre altri libri crescono di più di quelli che i libri amano leggerli e basta. So che se scavalco quel confine, anche occasionalmente, per caso, rischio di confondermi con questa marea che avanza; per questo mi rifiuto di metter piede in una casa editrice, anche per pochi minuti.

– E io, allora? – obietti.

– Tu non so. Vedi tu. Ognuno ha un modo di reagire diverso.

Non c'è verso di farle cambiare idea, a questa donna. Compirai da solo la tua spedizione, e vi ritroverete qui, in questo caffè, alle sei.

– Lei è venuto per il manoscritto? È in lettura, no, sbagliavo, è stato letto con interesse, certo che mi ricordo!, notevole impasto linguistico, sofferta denuncia, non l'ha ricevuta la lettera?, ci dispiace pertanto doverle annunciare, nella lettera c'è spiegato tutto, è già un po' che l'abbiamo mandata, le poste tardano sempre, la riceverà senz'altro, i programmi editoriali troppo carichi, la congiuntura non favorevole, vede che l'ha ricevuta?, e cosa diceva più?, ringraziandola d'avercelo fatto leggere sarà nostra premura restituirle, ah lei veniva per ritirare il manoscritto?, no, non l'abbiamo mica ritrovato, abbia pazienza ancora un po', salterà fuori, non abbia paura, qua non si perde mai niente, proprio adesso abbiamo ritrovato dei manoscritti che era da dieci anni che li cercavamo, oh, non tra dieci anni, il suo lo ritroveremo anche prima, almeno speriamo, ne abbiamo tanti di manoscritti, delle cataste alte così, se vuole le facciamo vedere, si capisce che lei vuole il suo, mica un altro, ci mancherebbe, volevo dire che teniamo lì tanti manoscritti che non ce ne importa niente, figuriamoci se buttiamo via il suo che ci teniamo tanto, no, non per pubblicarlo, ci teniamo per darglielo indietro.

Chi parla così è un omino rinsecchito e ingobbito che sembra rinsecchirsi e ingobbirsi sempre di più ogni volta che qualcuno lo chiama, lo tira per una manica, gli sottopone un problema, gli scarica tra le braccia una pila di bozze, «Dottor Cavedagna!», «Senta, dottor Cavedagna!», «Chiediamolo al dottor Cavedagna!», e lui ogni volta si concentra sul quesito dell'ultimo interlocutore, gli occhi fissi, il mento che vibra, il collo che si torce sotto lo sforzo di tenere in sospeso e in evidenza tutte le altre questioni non risolte, con la pazienza sconsolata delle persone troppo nervose e il nervosismo ultrasonico delle persone troppo pazienti.

Quando sei entrato nella sede della casa editrice e hai esposto agli uscieri il problema dei volumi male impaginati che vorresti cambiare, t'hanno detto dapprima di rivolgerti all'Ufficio Commerciale; poi, dato che hai aggiunto che non era solo il cambio dei volumi che t'interessava ma una spiegazione dell'accaduto, t'hanno indirizzato all'Ufficio Tecnico; e quando hai precisato che ciò che ti sta a cuore è il seguito dei romanzi che si interrompono, – Allora è meglio che lei parli col dottor Cavedagna, – hanno concluso. – S'accomodi in anticamera; ci sono già altri che aspettano; verrà il suo turno.

Così, facendoti largo tra gli altri visitatori, hai sentito il dottor Cavedagna ricominciare più volte il discorso del manoscritto che non si trova, rivolgendosi ogni volta a persone diverse, te compreso, ogni volta interrotto prima di rendersi conto dell'equivoco, da visitatori o da altri redattori e impiegati. Capisci subito che il dottor Cavedagna è quel personaggio indispensabile in ogni organico aziendale sulle cui spalle i colleghi tendono istintivamente a scaricare tutti gli incarichi più complicati e spinosi. Appena stai per parlargli arriva qualcuno che gli porta il piano di lavorazione dei prossimi cinque anni da aggiornare, o un indice dei nomi a cui bisogna cambiare tutti i numeri delle pagine, o un'edizione di Dostojevskij da ricomporre da cima a fondo perché ogni volta che c'è scritto Maria adesso bisogna scrivere Mar'ja e ogni volta che c'è scritto Pjotr va corretto in Pëtr. Lui dà retta a tutti, pur sempre angustiato al pensiero d'aver lasciato a mezzo la conversazione con un altro postulante, e appena può cerca di rabbonire i più impazienti assicurandoli che non li ha dimenticati, che ha presente il loro problema: – Abbiamo vivamente apprezzato l'atmosfera fantastica... (– Come? – sussulta uno storico delle scissioni trotzkiste in Nuova Zelanda). – Forse lei dovrebbe attenuare le immagini scatologiche... (– Ma che dice! – protesta uno studioso di macroeconomia degli oligopoli).

Improvvisamente il dottor Cavedagna sparisce. I

corridoi della casa editrice sono pieni d'insidie: vi si aggirano collettivi teatrali d'ospedali psichiatrici, gruppi dediti alla psicoanalisi di gruppo, commandos di femministe. Il dottor Cavedagna rischia a ogni passo d'essere catturato, assediato, inghiottito.

Sei capitato qui in un momento in cui a gravitare intorno alle case editrici non sono più come una volta soprattutto gli aspiranti poeti o romanzieri, le candidate poetesse o scrittrici; questo è il momento (nella storia della cultura occidentale) in cui a cercare la propria realizzazione sulla carta non sono tanto degli individui isolati quanto delle collettività: seminari di studio, gruppi operativi, équipes di ricerca, come se il lavoro intellettuale fosse troppo desolante per essere affrontato in solitudine. La figura dell'autore è diventata plurima e si sposta sempre in gruppo, perché nessuno può essere delegato a rappresentare nessuno: quattro ex carcerati di cui uno evaso, tre ex ricoverati con l'infermiere e manoscritto dell'infermiere. Oppure sono delle coppie, non necessariamente ma tendenzialmente marito e moglie, come se la vita in coppia non avesse miglior conforto che la produzione di manoscritti.

Ognuno di questi personaggi ha chiesto di parlare col responsabile d'un dato settore o il competente d'una data branca, ma finiscono tutti per essere ricevuti dal dottor Cavedagna. Ondate di discorsi in cui affluiscono i lessici delle discipline e delle scuole di pensiero più specializzate e più esclusive si riversano su questo anziano redattore che a una prima occhiata hai definito «omino rinsecchito e ingobbito» non perché sia più omino, più rinsecchito, più ingobbito di tanti altri, né perché le parole «omino rinsecchito e ingobbito» facciano parte del suo modo d'esprimersi, ma perché sembra venuto da un mondo in cui ancora – no: sembra uscito da un libro in cui ancora s'incontrano – ecco: sembra venuto da un mondo in cui si leggono ancora libri in cui s'incontrano «omini rinsecchiti e ingobbiti».

Senza farsi frastornare, lascia che le problematiche scorrano sulla sua calvizie, scuote il capo, e cerca di delimitare la questione nei suoi aspetti più pratici: – Ma non potrebbe mica, scusi sa?, le note a piè di pagina farle entrare tutte nel testo, e il testo concentrarlo un tantino, e magari, veda un po' lei, metterlo come nota a piè di pagina?

– Io sono un lettore, solo un lettore, non un autore, – t'affretti a dichiarare, come chi si lancia al soccorso d'uno che sta per mettere il piede in fallo.

– Ah sì? Bravo, bravo, sono proprio contento! – E l'occhiata che ti rivolge è davvero di simpatia e di gratitudine. – Mi fa piacere. Di lettori davvero, io ne incontro sempre meno...

Una vena confidenziale lo prende; si lascia trasportare; dimentica le altre incombenze; ti chiama in disparte: – Da tanti anni lavoro in casa editrice... mi passano per le mani tanti libri... ma posso dire che leggo? Non è questo che io chiamo leggere... Al mio paese c'erano pochi libri, ma io leggevo, allora sì che leggevo... Penso sempre che quando andrò in pensione tornerò al mio paese e mi rimetterò a leggere come prima. Ogni tanto metto da parte un libro, questo me lo leggerò quando vado in pensione, dico, ma poi penso che non sarà più la stessa cosa... Stanotte ho fatto un sogno, ero al mio paese, nel pollaio di casa mia, cercavo, cercavo qualcosa nel pollaio, nel cesto dove le galline fanno le uova, e cosa ho trovato?, un libro, uno dei libri che ho letto quand'ero ragazzo, un'edizione popolare, le pagine tutte sbrindellate, le incisioni in bianco e nero colorate da me, coi pastelli... Sa? Da ragazzo per leggere mi nascondevo nel pollaio...

Fai per spiegargli il motivo della tua visita. Lo capisce al volo, tanto che non ti lascia neppure continuare: – Anche lei, anche lei, i sedicesimi mescolati, lo sappiamo bene, i libri che cominciano e non continuano, tutta l'ultima produzione della casa è sottosopra, ci capisce qualcosa, lei? noi non capiamo più un accidente di niente, caro signore.

Tiene tra le braccia una pila di bozze; la posa delicatamente come se la minima oscillazione potesse sconvolgere l'ordine dei caratteri tipografici. – Una casa editrice è un organismo fragile, caro signore, – dice, – basta che in un punto qualsiasi qualcosa vada fuori posto e il disordine s'estende, il caos s'apre sotto i nostri piedi. Scusi, sa?, quando ci penso mi vengono le vertigini –. E si tappa gli occhi, come perseguitato dalla visione di miliardi di pagine, di righe, di parole che vorticano in un pulviscolo.

– Su, su, dottor Cavedagna, non la prenda su questo tono! – Ecco che tocca a te consolarlo. – Era una semplice curiosità di lettore, la mia... Ma se lei non può dirmi niente...

– Quello che so, glie lo dico volentieri, – dice il redattore. – Stia a sentire. Tutto è cominciato quando s'è presentato in casa editrice un giovanotto che pre-

tendeva d'essere un traduttore dal coso, dal comesi-
chiama...

– Polacco?

– No, altro che polacco! Una lingua difficile, che
non ce n'è tanti che la sappiano...

– Cimmerio?

– Mica cimmerio, più in là, come si dice? Questo si
faceva passare per un poliglotta straordinario, non
c'era lingua che non conoscesse, perfino il coso, il
cimbro, sì, il cimbro. Ci porta un libro scritto in quella
lingua lì, un romanzo bello grosso, spesso, il comesi-
chiama, il *Viaggiatore*, no: il *Viaggiatore* è di quell'altro,
il *Fuori dell'abitato*...

– Di Tazio Bazakbal?

– No, Bazakbal no, questo era la *Costa scoscesa*, di
coso...

– Ahti?

– Bravo, proprio quello, l'Ukko Ahti.

– Ma, mi scusi, Ukko Ahti non è autore cimmerio?

– Bè, si sa che prima era cimmerio, l'Ahti; però sa
cos'è successo, nella guerra, dopo la guerra, gli ag-
giustamenti dei confini, la cortina di ferro, fatto sta
che adesso dov'era prima la Cimmeria c'è la Cimbria
e la Cimmeria l'hanno spostata più in là. Così anche
la letteratura cimmeria se la sono presa i Cimbri, nelle
riparazioni di guerra...

– Questa è la tesi del professor Galligani che il professor Uzzi-Tuzii smentisce...

– Ma si figuri, all'università, le rivalità tra istituti,
due cattedre in concorrenza, due professori che non
si possono vedere, figuriamoci se l'Uzzi-Tuzii ammet-
te che il capolavoro della sua lingua bisogna andarse-
lo a leggere nella lingua del collega...

– Resta il fatto, – insisti – che *Sporgendosi dalla costa scoscesa* è un romanzo incompiuto, anzi, appena incominciato... Ho visto l'originale...

– *Sporgendosi*... Adesso non mi faccia confondere, è un titolo che gli assomiglia ma non è quello, è qualcosa con la *Vertigine*, ecco, è la *Vertigine* del Viljandi.

– *Senza temere il vento e la vertigine*? Mi dica: è stato tradotto? L'avete pubblicato?

– Aspetti. Il traduttore, un certo Ermes Marana, sembrava uno con tutte le carte in regola: ci passa un saggio di traduzione, noi mettiamo già il titolo in programma, lui è puntuale nel consegnarci le pagine della traduzione, a cento per volta, intasca gli anticipi, noi cominciamo a passare la traduzione in tipografia, a far comporre, per non perdere tempo... Ed ecco che nel correggere le bozze notiamo dei controsensi, delle stranezze... Chiamiamo il Marana, gli facciamo delle domande, lui si confonde, si contraddice... Lo mettiamo alle strette, gli apriamo il testo originale sotto gli occhi e gli chiediamo di tradurci un pezzo a voce... Confessa che di cimbro lui non sa neanche una parola!

– E la traduzione che vi aveva consegnato?

– I nomi propri li aveva messi in cimbro, no: in cimmerio, non so più, ma il testo l'aveva tradotto da un altro romanzo...

– Quale romanzo?

– Quale romanzo? gli chiediamo. E lui: un romanzo polacco (ecco il polacco!) di Tazio Bazakbal...

– *Fuori dell'abitato di Malbork*...

– Bravo. Ma aspetti. Questo lo diceva lui, e noi lì per lì gli crediamo; il libro era già in stampa. Facciamo fermare tutto, cambiare frontespizio, copertina. Era un danno grosso, per noi, ma a ogni modo, con un titolo o con un altro, d'un autore o d'un altro, il romanzo c'era, tradotto, composto, stampato... Non calcolavamo che tutto questo leva e metti in tipografia, in legatoria, la sostituzione di tutti i primi sedicesimi col frontespizio fasullo per metterci quelli col frontespizio nuovo, insomma ne è nata una confusione che s'è estesa a tutte le novità che avevamo in lavorazione, intere tirature da mandare al macero, volumi già in distribuzione da ritirare dalle librerie...

– Non ho capito una cosa: ora lei sta parlando di quale romanzo? Quello della stazione o quello del ragazzo che parte dalla fattoria? Oppure...

– Abbia pazienza. Quel che le ho raccontato non è ancora niente. Perché intanto, è naturale, noi di questo signore ormai non ci fidavamo più, e volevamo vederci chiaro, confrontare la traduzione con l'originale. Cosa salta fuori? Non era nemmeno il Bazakbal, era un romanzo tradotto dal francese, d'un autore belga poco conosciuto, Bertrand Vandervelde, intitolato... Aspetti che le faccio vedere.

Cavedagna s'allontana e quando ricompare ti porge un fascicoletto di fotocopie: – Ecco, si chiama *Guarda in basso dove l'ombra s'addensa*. Abbiamo qui il testo francese delle prime pagine. Veda lei coi suoi occhi, giudichi un po' che truffa! Ermes Marana traduceva questo romanzetto da due soldi, parola per parola, e ce lo faceva passare per cimmerio, per cimbro, per polacco...

Sfogli le fotocopie e fin dalla prima occhiata capisci che questo *Regarde en bas dans l'épaisseur des ombres* di

Bertrand Vandervelde non ha niente a che vedere con nessuno dei quattro romanzi che hai dovuto interrompere. Vorresti subito avvertire il Cavedagna ma lui sta tirando fuori un foglio allegato al fascicolo, che ci tiene a mostrarti: – Vuol vedere cos'ha avuto il coraggio di rispondere il Marana quando gli abbiamo contestato le sue mistificazioni? Qui c'è la sua lettera... – E t'indica un capoverso perché tu lo legga.

«Che importa il nome dell'autore in copertina? Trasportiamoci col pensiero di qui a tremila anni. Chissà quali libri della nostra epoca si saranno salvati, e di chissà quali autori si ricorderà ancora il nome. Ci saranno libri che resteranno famosi ma che saranno considerati opere anonime come per noi l'epopea di Ghilgamesh; ci saranno autori di cui sarà sempre famoso il nome ma di cui non resterà nessuna opera, come è successo a Socrate; o forse tutti i libri superstiti saranno attribuiti a un unico autore misterioso, come Omero».

– Ha sentito che bel ragionamento? – esclama Cavedagna; poi soggiunge: – E potrebbe anche aver ragione, questo è il bello...

Scuote il capo, come preso da un suo pensiero; un po' ridacchia un po' sospira. Questo suo pensiero forse tu Lettore puoi leggerglielo in fronte. Da tanti anni Cavedagna sta dietro ai libri mentre si fanno, pezzo a pezzo, vede libri nascere e morire tutti i giorni, eppure i veri libri per lui restano altri, quelli del tempo in cui erano per lui come messaggi d'altri mondi. Così gli autori: lui ha a che fare con loro tutti i giorni, conosce le loro fissazioni, irresolutezze, suscettibilità, i loro egocentrismi, eppure gli autori veri restano quelli che per lui erano solo un nome sulla copertina, una parola che faceva tutt'uno col titolo, autori che avevano la stessa realtà dei loro personaggi e dei luoghi nominati nei libri, che esistevano e non esistevano allo stesso tempo, come quei personaggi e quei paesi. L'autore era un punto invisibile da cui venivano i libri, un vuoto percorso da fantasmi, un tunnel sotterraneo che metteva in comunicazione gli altri mondi col pollaio della sua infanzia...

Lo chiamano. Esita un momento se riprendersi le fotocopie o lasciartele. – Guardi che questo è un documento importante, non può uscire di qui, è il corpo del reato, può venirne fuori un processo per plagio. Se vuole esaminarlo si sieda qui, a questa scrivania, e poi si ricordi di restituirlo a me, anche se io me ne dimentico, guai se si perde...

Potresti dirgli che non fa niente, che non è il romanzo che cercavi, ma sia perché l'attacco non ti dispiace, sia perché il dottor Cavedagna, sempre più preoccupato, è stato risucchiato dal turbine delle sue attività editoriali, non ti resta che metterti a leggere *Guarda in basso dove l'ombra s'addensa*.

Guarda in basso dove l'ombra s'addensa

L'imboccatura del sacco di plastica avevo un bel tirarla su: arrivava appena al collo di Jojo e la testa restava fuori. L'altro sistema era insaccarlo per la testa, che però non mi risolveva il problema perché rimanevano fuori i piedi. La soluzione sarebbe stata fargli piegare i ginocchi, ma per quanto cercassi d'aiutarlo a forza di calci, le gambe diventate rigide resistevano, e quando alla fine ci sono riuscito si sono piegate gambe e sacco insieme, così era ancora più difficile da trasportare e la testa sporgeva più di prima.

– Quando riuscirò a liberarmi davvero di te, Jojo? – gli dicevo, e ogni volta che lo rigiravo mi trovavo davanti quella sua faccia melensa, i baffetti da rubacuori, i capelli saldati con la brillantina, il nodo della cravatta che s'affacciava dal sacco come da un pullover, dico un pullover degli anni di cui lui aveva continuato a seguire la moda. Forse alla moda di quegli anni Jojo c'era arrivato in ritardo, quando già non era più di moda in nessun posto, ma lui avendo invidiato da giovane dei tipi vestiti e pettinati così, dalla brillantina alle scarpe di vernice nera con mascherina di velluto, aveva identificato quell'aspetto con la fortuna, e una volta che c'era arrivato era troppo preso dal suo successo per guardarsi attorno e accorgersi che adesso quelli cui lui voleva assomigliare avevano un aspetto completamente diverso.

La brillantina reggeva bene; anche a comprimergli il cranio per affondarlo nel sacco, la calotta dei capelli restava sferica e solo si segmentava in strisce compatte che si sollevavano ad arco. Il nodo della cravatta era andato un po' fuori posto; mi venne istintivo il gesto di raddrizzarlo, come se un cadavere con la cravatta storta potesse dare più nell'occhio d'un cadavere in ordine.

– Ci vuole un secondo sacco per infilarglielo in testa, – disse Bernadette, e ancora una volta dovetti riconoscere che l'intelligenza di quella ragazza era superiore a quel che ci si poteva aspettare dalla sua condizione sociale.

Il guaio era che un altro sacco di plastica della misura grande non riuscivamo a trovarlo. Ce n'era solo uno da pattumiera di cucina, un sacchetto arancione che poteva benissimo servire a nascondergli la testa, ma non a nascondere che si trattava di un corpo umano involto in un sacco e con la testa involta in un sacco più piccolo.

Ma tant'è, in quel sotterraneo non potevamo mica restare più a lungo, di Jojo dovevamo sbarazzarcene prima di giorno, era già un paio d'ore che lo portavamo in giro come fosse vivo, un terzo passeggero nella mia macchina decappottabile, e avevamo già dato nell'occhio a troppe persone. Come quei due agenti in bicicletta che s'erano avvicinati zitti zitti e s'erano fermati a guardarci mentre stavamo per ribaltarlo nel fiume, (il Ponte di Bercy un momento prima c'era

sembrato deserto), e subito io e Bernadette ci mettiamo a battergli manate sulla schiena, a Jojo accasciato
testa e mani penzoloni dal parapetto, e io: – Vomita
pure anche l'anima, mon vieux, che ti si schiariranno
le idee! – esclamo, e reggendolo in due, le sue braccia
sulle nostre spalle, lo trasportiamo fino alla macchina.
In quel momento il gas che si gonfia nel ventre dei ca-
daveri uscì fuori rumorosamente; i due poliziotti, giù
a ridere. Pensai che Jojo da morto aveva tutt'altro carattere che da vivo, con le sue maniere delicate; né sarebbe stato tanto generoso da venire in soccorso di
due amici che rischiavano la ghigliottina per il suo as-
sassinio.

Allora ci siamo messi in cerca del sacco di plastica e
della tanica di benzina, e ormai non ci restava che trovare il posto. Pare impossibile, in una metropoli come
Parigi, un posto adatto per bruciare un cadavere puoi
perdere delle ore a cercarlo. – A Fontainebleau non
c'è una foresta? – dico mettendo in moto, a Bernadette che era tornata a sedersi al mio fianco, – spiegami
la strada, tu che sei pratica –. E pensavo che forse
quando il sole avrebbe tinto di grigio il cielo saremmo
rientrati in città in fila con i camion della verdura, e di
Jojo non sarebbe rimasto che un rimasuglio bruciac-
chiato e mefitico in una radura tra i carpini, e così il
mio passato, – così, dico, questa fosse la volta buona
per potermi convincere che tutti i miei passati erano
bruciati e dimenticati, come se non fossero mai esi-
stiti.

Quante volte, quando m'accorgevo che il mio passato cominciava a pesarmi, che c'era troppa gente che
credeva d'avere un credito aperto con me, materiale e

morale, per esempio a Macao i genitori delle ragazze del «Giardino di Giada», dico quelli perché non c'è niente di peggio delle parentele cinesi per non potertele togliere di torno, – eppure io quando ingaggiavo le ragazze facevo patti chiari, con loro e con le famiglie, e pagavo in contanti, pur di non vedermeli tornare sempre lì, madri e padri striminziti, in calze bianche, con la cestina di bambù odorosa di pesce, con quell'aria spaesata come venissero d'in campagna, mentre poi abitavano tutti nel quartiere del porto, – insomma quante volte, quando il passato mi pesava troppo addosso, non m'aveva preso quella speranza del taglio netto: cambiare mestiere, moglie, città, continente, – un continente dopo l'altro, fino a far tutto il giro, – consuetudini, amici, affari, clientela. Era un errore, quando me ne sono accorto era tardi.

Perché a questa maniera non ho fatto altro che accumulare passati su passati dietro le mie spalle, moltiplicarli, i passati, e se una vita mi riusciva troppo fitta e ramificata e ingarbugliata per portarmela sempre dietro, figuriamoci tante vite, ognuna col suo passato e i passati delle altre vite che continuano ad annodarsi gli uni agli altri. Avevo un bel dire ogni volta: che sollievo, rimetto il contachilometri a zero, passo la spugna sulla lavagna: l'indomani del giorno in cui ero arrivato in un paese nuovo già questo zero era diventato un numero di tante cifre che non stava più sui rulli, che occupava la lavagna da un capo all'altro, persone, posti, simpatie, antipatie, passi falsi. Come quella notte che cercavamo il posto buono per carbonizzare Jojo, coi fari che frugavano tra i tronchi e le rocce, e Bernadette indicando il cruscotto: – Senti, non mi dirai che siamo senza benzina –. Era vero. Con tutto quel che avevo per la testa non m'ero ricordato di fare il pieno e adesso rischiavamo di trovarci lontano dall'abitato con la macchina in panne, a un'ora in cui i distributori son chiusi. Per fortuna Jojo non l'avevamo ancora dato alle fiamme: pensa un po' fossimo rimasti bloccati a poca distanza dal rogo, e nemmeno avremmo potuto scappare via a piedi lasciando lì una macchina riconoscibile come la mia. Insomma, non ci restava che versare nel serbatoio la tanica di benzina destinata a inzuppare il completo blu di Jojo, la sua camicia di seta con le iniziali, e tornarcene in città al più presto cercando di farci venire un'altra idea per sbarazzarci di lui.

Avevo un bel dire che da tutti i pasticci in cui mi sono trovato invischiato mi sono sempre tolto, da tutte le fortune come da tutte le disgrazie. Il passato è come un verme solitario sempre più lungo che mi porto dentro arrotolato e non perde gli anelli per tanto che mi sforzi a svuotarmi le trippe in tutti i gabinetti all'inglese o alla turca o nei buglioli delle prigioni o nei vasi degli ospedali o nelle fosse degli accampamenti, o semplicemente nei cespugli, guardando bene prima che non ne salti fuori un serpente, come quella volta in Venezuela. Il passato non te lo puoi cambiare come non puoi cambiarti il nome, che per quanti passaporti io abbia avuto, con nomi che nemmeno me li ricordo, tutti m'hanno sempre chiamato Ruedi lo Svizzero: da qualsiasi parte andassi e comunque mi presentassi c'era sempre qualcuno che sapeva chi ero e cos'avevo fatto, anche se il mio aspetto è cambiato molto col passare degli anni, specie da quando il mio cranio è diventato calvo e giallo come un pompelmo, e questo è successo nell'epidemia di tifo a bordo della *Stjärna*, quando per via del carico che avevamo non potevamo avvicinarci a riva e nemmeno chiedere soccorso via radio.

Tanto la conclusione a cui portano tutte le storie è che la vita che uno ha vissuto è una e una sola, uniforme e compatta come una coperta infeltrita dove non si possono separare i fili di cui è intessuta. E così se per caso mi viene da soffermarmi su un particolare qualsiasi d'una giornata qualsiasi, la visita d'un cingalese che vuol vendermi una covata di coccodrilli neonati in una vaschetta di zinco, posso star sicuro che anche in questo minimo insignificante episodio è implicito tutto quel che ho vissuto, tutto il passato, i passati molteplici che inutilmente ho cercato di lasciarmi dietro le spalle, le vite che alla fine si saldano in una vita globale, la mia vita che continua anche in questo posto dal quale ho deciso di non dovermi più muovere, questa casetta con giardino interno nella banlieue parigina dove ho installato il mio vivaio di pesci tropicali, un commercio tranquillo, che mi obbliga a una vita stabile quanto altre mai, perché i pesci non puoi trascurarli neanche per un giorno, e con le donne alla mia età si ha pure il diritto di non volersi più mettere in nuovi pasticci.

Bernadette è una storia completamente diversa: con lei potevo dire d'aver portato avanti le cose senza neanche un errore: appena avevo saputo che Jojo era rientrato a Parigi ed era sulle mie tracce, non ho tardato un momento a mettermi io sulle tracce sue, e così avevo scoperto Bernadette, e avevo saputo tirarla dalla mia parte, e avevamo combinato il colpo insieme, senza che lui sospettasse di niente. Al momento giusto ho scostato la tenda e la prima cosa che ho visto di lui – dopo anni che c'eravamo persi di vista, – è stato il movimento a stantuffo del suo grosso sedere peloso stretto tra le ginocchia bianche di lei; poi l'occipite ben pettinato, sul guanciale, a fianco del viso di lei un po' slavato che si spostava di novanta gradi per lasciarmi libero di colpire. Tutto è avvenuto nella maniera più rapida e più pulita, senza dargli il tempo di voltarsi e di riconoscermi, di sapere chi era arrivato a guastargli la festa, forse nemmeno d'accorgersi del passaggio di frontiera tra l'inferno dei vivi e l'inferno dei morti.

È stato meglio così, che lo rivedessi in faccia solo da morto. – La partita è chiusa, vecchio bastardo, – mi è venuto da dirgli con voce quasi affettuosa, mentre Bernadette lo rivestiva di tutto punto comprese le scarpe di vernice nera e velluto, perché dovevamo portarlo fuori fingendo che fosse ubriaco da non reggersi in piedi. E mi è venuto di pensare al nostro primo incontro di tanti anni fa a Chicago, nel retrobottega della vecchia Mikonikos pieno di busti di Socrate, quando mi sono reso conto che il ricavato dell'assicurazione dell'incendio doloso l'avevo investito nelle sue slot-machines arrugginite e che tra lui e quella vecchia paralitica e ninfomane mi tenevano in mano come volevano. Il giorno prima, guardando dalle dune il lago gelato avevo assaporato la libertà come non m'accadeva da anni, e nel giro di ventiquattr'ore lo spazio intorno a me era tornato a richiudersi, e tutto si decideva in un blocco di case puzzolenti tra il quartiere greco e il quartiere polacco. Di svolte di questo genere la mia vita ne ha conosciute a decine, in un senso e nell'altro, ma è stato da allora che ho continuato a cercare di prendere la mia rivincita su di lui, e da allora il conto delle mie perdite non aveva fatto che allungarsi. Anche adesso che l'odor di cadavere cominciava ad affiorare attraverso il suo profumo di cattiva Colonia, mi rendevo conto che la partita con lui non era ancora finita, che Jojo morto poteva rovinarmi ancora una volta come m'aveva rovinato tante volte da vivo.

Sto tirando fuori troppe storie alla volta perché quello che voglio è che intorno al racconto si senta una saturazione d'altre storie che potrei raccontare e forse racconterò o chissà non abbia già raccontato in altra occasione, uno spazio pieno di storie che forse non è altro che il tempo della mia vita, in cui ci si può muovere in tutte le direzioni come nello spazio trovando sempre storie che per raccontarle bisognerebbe prima raccontarne delle altre, cosicché partendo da un qualsiasi momento o luogo s'incontra la stessa densità di materiale da raccontare. Anzi, guardando in prospettiva a tutto quello che lascio fuori dalla narrazione principale, vedo come una foresta che s'estende da tutte le parti e non lascia passare la luce tanto è folta, insomma un materiale molto più ricco di quello che ho scelto di mettere in primo piano stavolta, per cui non è escluso che chi segue il mio racconto si senta un po' defraudato vedendo che la corrente si disperde in tanti rigagnoli e dei fatti essenziali gli arrivano solo gli ultimi echi e riverberi, ma non è escluso che proprio questo sia l'effetto che mi proponevo mettendomi a raccontare, o diciamo un espediente dell'arte di raccontare che sto cercando d'adottare, una norma di discrezione che consiste nel tenermi un poco al di sotto delle possibilità di raccontare di cui dispongo.

Il che poi se vai a vedere è il segno d'una vera ricchezza solida e estesa, nel senso che se io per ipotesi avessi solo una storia da raccontare mi darei da fare smodatamente intorno a questa storia e finirei per bruciarla nella smania di metterla nel giusto valore, mentre avendo da parte un deposito praticamente illimitato di sostanza raccontabile sono in grado di maneggiarla con distacco e senza fretta, lasciando trasparire persino un certo fastidio e concedendomi il lusso di dilungarmi in episodi secondari e dettagli insignificanti.

Ogni volta che cigola il cancelletto, – io sto nella rimessa con le vasche in fondo al giardino, – mi chiedo da quale dei miei passati arrivi la persona che mi viene a cercare fin qui: magari è solo il passato di ieri e di questo stesso sobborgo, lo spazzino arabo basso di statura che comincia in ottobre il giro delle mance casa per casa col biglietto d'auguri per l'anno nuovo, perché dice che le mance di dicembre i suoi colleghi se le tengono per loro e a lui non tocca neanche un soldo, – ma possono essere anche i passati più lontani che corrono dietro al vecchio Ruedi e rintracciano il cancelletto nell'Impasse: contrabbandieri del Vallese, mercenari del Katanga, croupiers del casinò di Varadero dei tempi di Fulgencio Batista.

Bernadette non aveva niente a che fare con nessuno dei miei passati; delle vecchie storie tra Jojo e me che m'avevano obbligato a toglierlo di mezzo a quel modo, lei non ne sapeva niente, magari credeva che l'avessi fatto per lei, per quel che lei m'aveva detto della vita a cui lui la obbligava. E per i soldi, naturalmente, che non erano pochi, anche se ancora non potevo dire di sentirmeli in tasca. Era l'interesse comune che ci teneva insieme: Bernadette è una ragazza che capisce al volo le situazioni; da questo pasticcio o riuscivamo a sbrogliarci insieme o ci lasciavamo le penne tutt'e due. Ma certo Bernadette aveva un'altra idea in testa: una ragazza come lei per muoversi nel mondo deve poter contare su qualcuno che sa il fatto suo; se m'aveva chiamato per sbarazzarla di Jojo era per mettere me al suo posto. Di storie di questo genere nel mio passato ce n'erano state anche troppe e non una s'era mai chiusa all'attivo; per questo m'ero ritirato dagli affari e non volevo rientrarci.

Così, quando stavamo per cominciare i nostri andirivieni notturni, con lui rivestito di tutto punto e seduto dietro per bene nella decappottabile, e lei seduta davanti al mio fianco che doveva allungare un braccio all'indietro per tenerlo fermo, mentre stavo per mettere in moto ecco che lei lancia la gamba sinistra sopra la leva del cambio e la sistema a cavalcioni della mia gamba destra. – Bernadette! – esclamo, – cosa fai? Ti pare questo il momento? – E lei a spiegarmi che quando avevo fatto irruzione nella stanza l'avevo interrotta in un momento in cui non si poteva interromperla; non importa se con l'uno o con l'altro, ma lei doveva riprendere da quel punto preciso e andare avanti fino alla fine. Intanto con una mano reggeva il morto e con l'altra mi stava sbottonando, schiacciati tutti e tre in quella macchina piccolissima, in un parcheggio pubblico del Faubourg Saint-Antoine. Divincolando le gambe in contorsioni – devo dire – armoniose, s'installa a cavallo dei miei ginocchi e quasi mi soffoca nel suo seno come in una slavina. Jojo intanto ci stava cascando addosso ma lei stava attenta a scostarlo, la sua faccia a pochi centimetri dalla faccia del morto, che la guardava col bianco degli occhi sbarrati. Quanto a me, preso così di sorpresa, con le reazioni fisiche che andavano per conto loro preferendo evidentemente d'obbedire a lei piuttosto che al mio animo esterrefatto, senz'avere neanche bisogno di muovermi perché era lei che ci pensava, ebbene, ho capito in quel momento che quello che stavamo facendo era una cerimonia a cui lei dava uno speciale significato, lì sotto gli occhi del morto, e ho sentito che la morbida tenacissima morsa si serrava e non potevo sfuggirle.

«Ti sbagli, ragazza, – avrei voluto dirle, – quel morto è morto per un'altra storia, non la tua, una storia che non è ancora chiusa». Avrei voluto dirle che c'era un'altra donna, tra me e Jojo, in quella storia non ancora chiusa, e se continuo a saltare da una storia all'altra è perché continuo a girare intorno a quella storia e a fuggire, come fosse il primo giorno della mia fuga appena ho saputo che quella donna e Jojo s'erano messi insieme per rovinarmi. È una storia che prima o poi finirò anche per raccontarla, ma in mezzo a tutte le altre, senza darle più importanza che a un'altra, senza metterci dentro nessuna passione particolare che non sia il piacere di raccontare e di ricordare, perché anche ricordare il male può essere un piacere quando il male è mescolato non dico al bene ma al vario, al mutevole, al movimentato, insomma a quello che posso pure chiamare il bene e che è il piacere di vedere le cose a distanza e di raccontarle come ciò che è passato.

– Anche questa sarà bella da raccontare quando ne saremo fuori, – dicevo a Bernadette salendo in quell'ascensore con Jojo nel sacco di plastica. Il nostro progetto era di sbatterlo giù dal terrazzo dell'ultimo piano in un cortiletto strettissimo, dove l'indomani chi l'avesse trovato avrebbe pensato a un suicidio oppure a un passo falso durante un'impresa ladresca. E se qualcuno fosse salito sull'ascensore a un piano intermedio e ci avesse visto col sacco? Avrei detto che l'ascensore era stato fatto risalire mentre stavo portando giù l'immondizia. Difatti tra poco era l'alba.

– Tu sai prevedere tutte le situazioni possibili, – dice Bernadette. E come avrei fatto altrimenti a cavarmela, vorrei dirle, per tanti anni dovendo guardarmi dalla banda di Jojo che ha i suoi uomini in tutti i centri di grande traffico? Ma avrei dovuto spiegarle tutti i retroscena di Jojo e di quell'altra, che non hanno mai rinunciato a pretendere che gli faccia recuperare la roba che dicono d'avere perduta per colpa mia, a pretendere di rimettermi sul collo quella catena di ricatti che ancora mi costringe a passare la notte cercando una sistemazione per un vecchio amico in un sacco di plastica.

Anche col cingalese ho pensato che ci fosse sotto qualcosa. – Non prendo coccodrilli, jeune homme, – gli ho detto. – Va' al giardino zoologico, io tratto altri articoli, rifornisco i negozi del centro, acquari da appartamento, pesci esotici, tutt'al più tartarughe. Mi chiedono delle iguane, ogni tanto, ma io non le tengo, troppo delicate.

Il ragazzo – avrà avuto diciott'anni – restava lì, coi baffi e le ciglia che parevano piume nere sulle gote d'arancio.

– Chi t'ha mandato da me?, toglimi la curiosità, – gli ho chiesto, perché quando c'è di mezzo il Sud-Est asiatico io sempre diffido, e ho le mie buone ragioni al riguardo.

– Mademoiselle Sibylle, – fa lui.

– Cosa c'entra mia figlia coi coccodrilli? – esclamo, perché va bene che lei da un pezzo vive per conto suo, ma ogni volta che m'arriva una notizia di lei mi sento inquieto. Non so perché, il pensiero dei figli m'ha sempre comunicato una specie di rimorso.

Così apprendo che in una boîte di Place Clichy Sibylle fa un numero coi caimani; lì per lì la cosa m'ha fatto un così brutto effetto che non ho chiesto altri particolari. Sapevo che lavorava nei locali notturni, ma questa di prodursi in pubblico con un coccodrillo mi pare sia l'ultima cosa che un padre possa augurarsi come avvenire dell'unica figlia femmina; almeno per uno come me che ha avuto un'educazione protestante.

– Come si chiama, questo bel locale? – dico, livido. – Voglio proprio andarci a dare un'occhiata.

M'allunga un cartoncino pubblicitario e subito mi viene un sudore freddo alla schiena perché quel nome, il «Nuovo Titania» mi suona conosciuto, fin troppo conosciuto, anche se si tratta di ricordi d'un'altra parte del globo.

– E chi è che lo gestisce? – chiedo. – Sì il direttore, il padrone!

– Ah, Madame Tatarescu, volete dire… – e rialza la tinozza di zinco per riportarsi via la nidiata.

Io fissavo quell'agitarsi di squame verdi, di zampe, di code, di bocche spalancate ed era come se mi fosse stata data una randellata sul cranio, gli orecchi non trasmettevano più che un ronzio cupo, un rombo, la tromba dell'aldilà, appena avevo sentito il nome di quella donna alla cui influenza devastatrice ero riuscito a strappare Sibylle facendo perdere le nostre tracce attraverso due oceani, costruendo per la ragazza e per me una vita tranquilla e silenziosa. Tutto inutile: Vlada aveva raggiunto sua figlia e attraverso Sibylle m'aveva di nuovo in sua mano, con la capacità che solo lei aveva di risvegliare in me l'avversione più feroce e l'attrazione più oscura. Già mi mandava un messaggio in cui potevo riconoscerla: quello smaniare di rettili, a ricordarmi che il male era il solo elemento vitale per lei, che il mondo era un pozzo di coccodrilli a cui non potevo sfuggire.

Allo stesso modo guardavo sporgendomi dal terrazzo verso il fondo di quel cortile lebbroso. Il cielo già stava schiarendo ma laggiù era ancora oscurità fitta e potevo distinguere appena quella macchia irregolare che era diventato Jojo dopo aver ruotato nel vuoto coi lembi della giacca rovesciati come ali ed essersi frantumato tutte le ossa con un rombo come d'arma da fuoco.

Il sacco di plastica m'era rimasto in mano. Potevamo lasciarlo lì ma Bernadette temeva che trovandolo potessero ricostruire come s'erano svolti i fatti, dunque era meglio portarlo via per farlo sparire.

A pianterreno all'aprire dell'ascensore c'erano tre uomini con le mani in tasca.

– Ciao, Bernadette.

E lei: – Ciao.

Non mi garbava che lei li conoscesse; tanto più che per il modo di vestirsi, anche se più aggiornato di quello di Jojo, gli trovavo una certa aria di famiglia.

– Cosa porti in quel sacco? Fa' vedere, – dice il più grosso dei tre.

– Guarda. È vuoto, – dico, calmo.

Ci caccia dentro una mano. – E questa cos'è? – Tira fuori una scarpa di vernice nera con la mascherina di velluto.

VI

Le pagine fotocopiate si fermano qui, ma a te ormai importa solo poter continuare la lettura. Da qualche parte deve pur trovarsi il volume completo; il tuo sguardo gira intorno cercandolo ma si scoraggia subito; in questo ufficio i libri appaiono sotto forma di materiali grezzi, pezzi di ricambio, ingranaggi da smontare e da rimontare. Ora comprendi il rifiuto di Ludmilla a seguirti; ti prende il timore d'essere anche tu passato «dall'altra parte» e d'aver perduto quel rapporto privilegiato col libro che è solo del lettore: il poter considerare ciò che è scritto come qualcosa di finito e di definitivo, a cui non c'è nulla da aggiungere o da togliere. Ma ti conforta la fiducia che Cavedagna continua a nutrire nella possibilità d'una lettura ingenua, anche qua in mezzo.

Ecco l'anziano redattore che riemerge tra le vetrate. Afferralo per una manica, digli che vuoi continuare a leggere *Guarda in basso dove l'ombra s'addensa*.

– Ah, chissà dov'è finito... Tutte le carte dell'affare Marana sono scomparse. I suoi dattiloscritti, i testi originali, cimbro, polacco, francese. Scomparso lui, scomparso tutto, da un giorno all'altro.

– E non se n'è saputo più niente?

– Sì, ha scritto... Abbiamo ricevuto tante lettere... Storie che non stanno né in cielo né in terra... Non glie le sto a raccontare perché non saprei raccapezzarmici. Bisognerebbe passare delle ore a leggere tutta la corrispondenza.

– Potrei dare un'occhiata?

Vedendoti ostinato a andare a fondo, Cavedagna acconsente a farti portare dall'archivio il dossier «Marana dott. Ermes».

– Ha un po' di tempo disponibile? Bene, si sieda qui e legga. Poi mi dirà cosa ne pensa. Chissà che lei non riesca a capirci qualcosa.

Per scrivere a Cavedagna, Marana ha sempre dei motivi pratici: giustificare i suoi ritardi nella consegna delle traduzioni, sollecitare il pagamento di anticipi, segnalare novità editoriali straniere da non lasciarsi sfuggire. Ma tra questi normali argomenti di corrispondenza d'ufficio s'affacciano allusioni a intrighi, complotti, misteri, e per spiegare queste allusioni, o per spiegare perché non vuole dire di più, Marana finisce per lanciarsi in affabulazioni sempre più frenetiche e imbrogliate.

Le lettere sono datate da località sparse nei cinque continenti, ma pare non vengano mai affidate alle poste regolari, bensì a messaggeri occasionali che le impostano altrove, per cui i francobolli sulla busta non corrispondono al paese di provenienza. Anche la cronologia è incerta: ci sono lettere che fanno riferimento a missive precedenti, le quali però risultano scritte dopo; ci sono lettere che promettono precisazioni ulteriori, che invece si trovano in pagine datate una settimana prima.

«Cerro Negro», nome – a quel che pare – d'un villaggio sperduto dell'America del Sud, figura nella data delle ultime lettere; ma dove esattamente sia, se inerpicato sulla Cordigliera delle Ande o avviluppato nelle foreste dell'Orinoco, non si riesce a capire, dai contraddittori scorci di paesaggio evocati. Questa che hai sott'occhio ha l'aria d'una normale lettera d'affari: ma come diavolo è andata a finire laggiù una casa editrice in lingua cimmeria? E come mai, se queste edizioni sono destinate al limitato mercato degli emigrati cimmeri nelle due Americhe, esse possono pubblicare traduzioni in cimmerio di *novità assolute* dei più quotati autori internazionali, di cui possiedono l'*esclusività mondiale* anche nella lingua originale dell'autore? Fatto sta che Ermes Marana, che pare sia diventato il loro manager, offre a Cavedagna una opzione sul nuovo e tanto atteso romanzo *In una rete di linee che s'allacciano* del famoso scrittore irlandese Silas Flannery.

Un'altra lettera, sempre da Cerro Negro, è scritta invece in tono d'evocazione ispirata: riferendo – sembra – una leggenda locale, vi si racconta d'un vecchio indio detto il «Padre dei Racconti», longevo d'età immemorabile, cieco e analfabeta, che narra ininterrottamente storie che si svolgono in paesi e in tempi a lui completamente sconosciuti. Il fenomeno ha richiamato sul posto spedizioni d'antropologi e parapsicologi: è stato appurato che molti dei romanzi pubblicati da famosi autori erano stati recitati parola per parola dalla voce catarrosa del «Padre dei Racconti» qualche anno prima della loro uscita. Il vecchio indio sarebbe secondo alcuni la fonte universale della materia narrativa, il magma primordiale dal quale si diramano le manifestazioni individuali d'ogni scrittore; secondo altri, un veggente che, grazie al consumo di funghi allucinogeni, riesce a mettersi in comunicazione col mondo interiore dei più forti temperamenti visionari e a captarne le onde psichiche; secondo altri ancora sarebbe la reincarnazione di Omero, dell'autore delle Mille e una notte, dell'autore del Popol Vuh, nonché di Alexandre Dumas e di James Joyce; ma c'è chi obietta che Omero non ha affatto bisogno della metempsicosi, non essendo mai morto e avendo continuato attraverso i millenni a vivere e a comporre: autore, oltre che del paio di poemi che gli si attribuiscono di solito, di gran parte delle più note narrazioni scritte che si conoscono. Ermes Marana, accostando un registratore all'imboccatura della grotta dove il vecchio si nasconde...

Ma da una lettera precedente, questa da New York, l'origine degli inediti offerti da Marana parrebbe essere tutt'altra:

«La sede dell'OEPHLW, come Lei vede dalla carta intestata, è situata nel vecchio quartiere di Wall Street. Da quando il mondo degli affari ha disertato questi solenni edifici, il loro aspetto chiesastico, derivato dalle banche inglesi, è diventato quanto mai sinistro. Suono a un citofono. – Sono Ermes. Vi porto l'inizio del romanzo di Flannery –. M'aspettavano da un pezzo, da quando avevo telegrafato dalla Svizzera che ero riuscito a convincere il vecchio autore di thrillers ad affidarmi l'inizio del romanzo che non riusciva più a portare avanti e che i nostri computers sarebbero stati in grado di completare facilmente, programmati come sono per sviluppare tutti gli elementi d'un testo con perfetta fedeltà ai modelli stilistici e concettuali dell'autore».

Il trasporto di quelle pagine a New York non è stato facile, se si crede a quanto scrive Marana da una capitale dell'Africa nera, lasciandosi andare alla sua vena avventurosa:

«...Procedevamo immersi, l'aereo in una riccioluta crema di nuvole, io nella lettura dell'inedito di Silas Flannery *In una rete di linee che s'allacciano*, prezioso manoscritto concupito dall'editoria internazionale e da me fortunosamente sottratto all'autore. Ed ecco che la bocca d'un mitra a canna corta si posa sulla stanghetta dei miei occhiali.

«Un commando di giovinotti armati s'è impossessato dell'aereo; l'odore di traspirazione è sgradevole; non tardo a rendermi conto che l'obiettivo principale è la cattura del mio manoscritto. Sono ragazzi dell'A-PO, certamente; ma i militanti delle ultime leve mi sono del tutto sconosciuti; facce gravi e pelose, atteggiamento di sufficienza non sono tratti caratteristici che mi permettano di distinguere a quale delle due ali del movimento appartengono.

«... Non sto a raccontarle per disteso le perplesse peregrinazioni del nostro apparecchio la cui rotta ha continuato a rimbalzare da una torre di controllo all'altra, dato che nessun aeroporto era disposto ad accoglierci. Finalmente il presidente Butamatari, dittatore con propensioni umanistiche, ha lasciato atterrare l'esausto reattore sulle accidentate piste del suo aeroporto sconfinante nella brousse, e s'è assunto il ruolo di mediatore tra il commando degli estremisti e le esterrefatte cancellerie delle grandi potenze. Per noi ostaggi le giornate s'allungano molli e filacciose sotto una tettoia di zinco nel deserto polveroso. Avvoltoi bluastri becchettano il terreno traendone lombrichi».

Che tra Marana e i pirati dell'APO ci sia un legame, risulta chiaro dal modo in cui li apostrofa, appena si trovano faccia a faccia:

«– Tornatevene a casa, piccioncini, e dite al vostro capo che mandi degli esploratori più attenti, un'altra volta, se vuol aggiornare la sua bibliografia... – Mi guardano con l'espressione di sonno e raffreddore degli esecutori presi in contropiede. Questa setta votata al culto e alla ricerca dei libri segreti è finita in mano di ragazzi che hanno solo un'idea approssimativa della loro missione. – Ma tu chi sei? – mi domandano. Appena sentono il mio nome s'irrigidiscono. Nuovi dell'Organizzazione, non potevano avermi conosciuto di persona e di me sapevano solo le denigrazioni messe in giro dopo la mia espulsione: agente doppio o triplo o quadruplo, al servizio di chissachì e chissacosa. Nessuno sa che l'Organizzazione del Potere Apocrifo da me fondata ha avuto un senso finché il mio ascendente ha impedito che cadesse sotto l'influenza di gurù poco attendibili. – Ci hai preso per quelli della Wing of Light, di' la verità... – mi dicono. – Per tua regola, noi siamo quelli della Wing of Shadow, e non cadiamo nelle tue trappole! – Era quanto volevo sapere. Mi sono limitato a scrollare le spalle e a sorridere. Wing of Shadow o Wing of Light, per gli uni e per gli altri io sono il traditore da eliminare, ma qui non possono farmi niente, ormai, dato che il Presidente Butamatari che garantisce loro il diritto d'asilo m'ha preso sotto la sua protezione...»

Ma perché mai i pirati dell'APO volevano impadronirsi di quel manoscritto? Scorri i fogli cercando una spiegazione, ma trovi soprattutto le vanterie di Marana che s'attribuisce il merito d'aver regolato diplomaticamente l'accordo secondo il quale Butamatari, disarmato il commando e impadronitosi del manoscritto di Flannery, ne garantisce la restituzione all'autore chiedendo come contropartita che egli s'impegni a scrivere un romanzo dinastico, tale da giustificare l'incoronazione imperiale del leader e le sue mire annessionistiche sui territori confinanti.

«A proporre la formula dell'accordo e a condurre le trattative sono stato io. Dal momento che mi sono presentato come rappresentante dell'agenzia "Mercurio e le Muse", specializzata nello sfruttamento pubblicitario delle opere letterarie e filosofiche, la situazione ha preso la piega giusta. Conquistata la fiducia del dittatore africano, riconquistata quella dello scrittore celtico, (trafugando il suo manoscritto, l'avevo messo in salvo dai piani di cattura predisposti da varie organizzazioni segrete), m'è stato facile persuadere le parti a un contratto vantaggioso per entrambe...»

Una lettera anteriore, datata dal Liechtenstein, permette di ricostruire i prodromi dei rapporti tra Flannery e Marana: «Non deve credere alle voci che cor-

rono, secondo le quali questo principato alpino ospi-
terebbe soltanto la sede amministrativa e fiscale della
società anonima che detiene i copyright e firma i contratti del fecondo autore di best-sellers, e quanto a lui
nessuno saprebbe dove sta, e nemmeno se esiste davvero... Devo dire che i miei primi incontri, segretari
che mi rimandavano a procuratori che mi rimandavano ad agenti, sembravano confermare le Sue informazioni... La società anonima che sfrutta la sterminata
produzione verbale di brividi, crimini e amplessi del-
l'anziano autore ha la struttura d'un'efficiente banca
d'affari. Ma l'atmosfera che vi regnava era di disagio
e d'ansia, come alla vigilia d'un crack...

«Le ragioni non ho tardato a scoprirle: da alcuni
mesi Flannery è entrato in crisi; non scrive più un ri-
go; i numerosi romanzi che ha cominciato e per i quali ha ricevuto anticipi da editori di tutto il mondo,
coinvolgendo finanziamenti bancari internazionali,
questi romanzi in cui le marche dei liquori bevuti dai
personaggi, le località turistiche frequentate, le forniture di modelli di haute-couture, d'arredamenti, di
gadgets sono state già fissate da contratti attraverso
agenzie pubblicitarie specializzate, restano incompiuti, in balia d'una crisi spirituale inspiegabile e impre-
vista. Una squadra di scrittori-ombra, esperti nell'imitare lo stile del maestro in tutte le sfumature e i ma-
nierismi, si tiene pronta a intervenire per turare le fal-
le, rifinire e completare i testi semilavorati in modo
che nessun lettore possa distinguere le parti scritte da
una mano o dall'altra... (Pare che il loro contributo
abbia già avuto una parte non indifferente nell'ultima
produzione del Nostro). Ma adesso Flannery dice a

tutti d'aspettare, rinvia le scadenze, annuncia cambiamenti di programma, promette di rimettersi al lavoro al più presto, rifiuta offerte d'aiuto. Secondo le voci più pessimiste, si sarebbe messo a scrivere un diario, un quaderno di riflessioni, in cui non succede mai niente, solo i suoi stati d'animo e la descrizione del paesaggio che egli contempla per ore dal balcone, attraverso un cannocchiale...»

Più euforico il messaggio che alcuni giorni dopo Marana invia dalla Svizzera: «Prenda nota di questo: dove tutti falliscono, Ermes Marana riesce! Sono riuscito a parlare con Flannery in persona: se ne stava sulla terrazza del suo chalet, innaffiando le piante di zinnia in vaso. È un vecchietto ordinato e tranquillo, di tratto affabile, finché non lo prende uno dei suoi scatti nervosi... Molte notizie su di lui potrei comunicarLe, preziose per la Vostra attività editoriale, e lo farò non appena riceverò segno del Vostro interessamento, per telex, presso la Banca di cui le segnalo il n° di c/c a me intestato...»

Le ragioni che hanno spinto Marana a visitare il vecchio romanziere non risultano chiare dall'insieme della corrispondenza: un po' sembra che si sia presentato come rappresentante dell'OEPHLW di New York («Organizzazione per la Produzione Elettronica d'Opere Letterarie Omogeneizzate») offrendogli assistenza tecnica per terminare il romanzo («Flannery era impallidito, tremava, si stringeva al petto il manoscritto. – No, questo no, – diceva, – non permetterò mai...»); un po' sembra venuto lì per difendere gli interessi d'uno scrittore belga spudoratamente plagiato da Flannery, Bertrand Vandervelde... Ma risalendo a quanto Marana scriveva a Cavedagna per chiedergli di metterlo in contatto con l'irraggiungibile scrittore, si sarebbe trattato di proporgli, come sfondo per gli episodi culminanti del suo prossimo romanzo *In una rete di linee che s'allacciano* un'isola dell'Oceano Indiano «che si staglia con le sue spiagge color ocra sulla distesa di cobalto». La proposta veniva fatta a nome d'una ditta milanese d'investimenti immobiliari, in vista del lancio d'una lottizzazione dell'isola, con villaggio di bungalows vendibili anche a rate e per corrispondenza.

Le mansioni di Marana in questa ditta pare riguardino «le relazioni pubbliche per lo sviluppo dei Paesi in Via di Sviluppo, con speciale attenzione ai movimenti rivoluzionari prima e dopo l'avvento al potere, in modo d'assicurarsi le licenze di costruzione attraverso i vari cambiamenti di regime». In tale veste, la sua prima missione s'è svolta in un Sultanato del Golfo Persico, dove doveva trattare l'appalto per la costruzione d'un grattacielo. Un'occasione fortuita, connessa col suo lavoro di traduttore, gli aveva aperto porte normalmente chiuse a ogni europeo... «L'ultima moglie del Sultano è una nostra connazionale, donna di temperamento sensibile e inquieto, che risente dell'isolamento cui la costringono la dislocazione geografica, i costumi locali e l'etichetta di corte, ma è sostenuta dalla sua insaziabile passione per la lettura...»

Avendo dovuto interrompere il romanzo *Guarda in basso dove l'ombra s'addensa* per un difetto di fabbricazione della sua copia, la giovane Sultana aveva scritto al traduttore protestando. Marana s'era precipitato in Arabia. «... Una vecchia velata e cisposa mi fece segno di seguirla. In un giardino coperto, tra i bergamotti e gli uccelli-lira e gli zampilli mi venne incontro lei, ammantata d'indaco, sul viso una mascherina di seta verde picchiettata d'oro bianco, un filo d'acquamarine sulla fronte...»

Vorresti saperne di più su questa Sultana; i tuoi occhi scorrono con inquietudine sui fogli di sottile carta aerea come se t'aspettassi di vederla apparire da un momento all'altro... Ma sembra che anche Marana nel suo riempire pagine su pagine sia mosso dallo stesso tuo desiderio, la stia inseguendo mentre lei si nasconde... Da una lettera all'altra la storia si rivela più complicata: scrivendo a Cavedagna da «una sontuosa residenza ai margini del deserto», Marana cerca di giustificare la sua improvvisa sparizione raccontando d'esser stato costretto con la forza (o convinto con un allettante contratto?) dagli emissari del Sultano a trasferirsi laggiù, per continuare il suo lavoro di prima, tale e quale... La moglie del Sultano non deve mai restare sprovvista di libri di suo gradimento: c'è di mezzo una clausola del contratto matrimoniale, una condizione che la sposa ha posto al suo augusto pretendente prima d'acconsentire alle nozze... Dopo una placida luna di miele in cui la giovane sovrana riceveva le novità delle principali letterature occidentali nelle lingue originali che lei legge correntemente, la situazione è diventata spinosa... Il Sultano teme, a quanto pare con ragione, un complotto rivoluzionario. I suoi servizi segreti hanno scoperto che i congiurati ricevono messaggi cifrati nascosti in pagine stampate nel nostro alfabeto. Da quel momento egli ha decretato l'embargo e la confisca di tutti i libri occidentali nel suo territorio. Anche i rifornimenti alla biblioteca personale della consorte sono stati interrotti. Una diffidenza caratteriale, – confortata, pare, da precisi indizi, – spinge il Sultano a sospettare nella propria sposa connivenze coi rivoluzionari. Ma un'inadempienza della famosa clausola del contratto matrimoniale avrebbe portato a una rottura molto onerosa per la dinastia regnante, come la signora non si trattenne dal minacciare nel turbine di collera che la travolse quando le guardie le strapparono di mano un romanzo appena cominciato, precisamente quello di Bertrand Vandervelde...

È stato allora che i servizi segreti del Sultanato, saputo che Ermes Marana stava traducendo quel romanzo nella lingua materna della signora, l'hanno indotto, con argomenti convincenti di vario ordine, a trasferirsi in Arabia. La Sultana riceve regolarmente ogni sera la quantità pattuita di prosa romanzesca, non più nelle edizioni originali, bensì nel dattiloscritto appena uscito dalle mani del traduttore. Se un messaggio in codice fosse stato nascosto nella successione delle parole o delle lettere dell'originale, esso non sarebbe stato più recuperabile...

«Il Sultano m'ha mandato a chiamare per chiedermi quante pagine mi restano ancora da tradurre per finire il libro. Ho capito che nei suoi sospetti d'infedeltà politico-coniugale il momento che teme di più è la caduta di tensione che seguirà la fine del romanzo, quando, prima di cominciarne un altro, sua moglie sarà ripresa dall'insofferenza per la sua condizione. Egli sa che i congiurati aspettano un cenno della Sultana per dar fuoco alle polveri, ma che lei ha dato ordine di non disturbarla mentre sta leggendo, neanche se il palazzo stesse per saltare in aria... Anch'io ho le mie ragioni per temere quel momento, che potrebbe significare la perdita dei miei privilegi a corte...»

Per questo Marana propone al Sultano uno stratagemma ispirato alla tradizione letteraria dell'Oriente: interromperà la traduzione nel punto più appassionante e attaccherà a tradurre un altro romanzo, inserendolo nel primo con qualche rudimentale espediente, per esempio un personaggio del primo romanzo che apre un libro e si mette a leggere... Anche il secondo romanzo s'interromperà e lascerà posto a un terzo, che non andrà avanti molto senza aprirsi a un quarto, e così via...

Molteplici sentimenti t'agitano mentre sfogli queste lettere. Il libro la cui continuazione già pregustavi per interposta persona s'interrompe di nuovo... Ermes Marana t'appare come un serpente che insinua i suoi malefizi nel paradiso della lettura... Al posto del veggente indio che racconta tutti i romanzi del mondo, ecco un romanzo-trappola congegnato dall'infido traduttore con inizi di romanzo che restano in sospeso... Così come resta in sospeso la rivolta, mentre i congiurati attendono invano di comunicare con la loro illustre complice, e il tempo grava immobile sulle piatte coste d'Arabia... Stai leggendo o fantasticando? Tanta suggestione hanno dunque su di te le affabulazioni d'un grafomane? Sogni anche tu la Sultana petrolifera? Invidi la sorte del travasatore di romanzi nei serragli d'Arabia? Vorresti essere al suo posto, stabilire quel legame esclusivo, quella comunione di ritmo interiore che si raggiunge attraverso un libro letto nello stesso tempo da due persone, come t'è parso possibile con Ludmilla? Non puoi fare a meno di dare alla lettrice senza volto evocata da Marana le sembianze della Lettrice che conosci, già vedi Ludmilla tra le zanzariere, sdraiata su un fianco, l'onda dei capelli che piove sul foglio, nella spossante stagione dei monsoni, mentre la congiura di palazzo affila le sue lame in silenzio, e lei s'abbandona alla corrente della lettura come all'unico atto di vita possibile in un mondo in cui non resta che sabbia arida su strati di bitume oleoso e rischio di morte per ragion di Stato e spartizione di fonti d'energia...

Ripercorri il carteggio cercando notizie più recenti della Sultana... Vedi apparire e scomparire altre figure di donna:

nell'isola dell'Oceano Indiano, una bagnante «vestita d'un paio d'occhialoni neri e d'uno strato d'olio di noce, che frappone tra la sua persona e i raggi del sole canicolare l'esiguo scudo d'una popolare rivista newyorkese». Il numero che sta leggendo pubblica in anteprima l'inizio del nuovo thriller di Silas Flannery. Marana le spiega che la pubblicazione del primo capitolo in rivista è il segnale che lo scrittore irlandese è pronto ad accettare contratti dalle ditte interessate a far figurare nel romanzo marche di whisky o di champagne, modelli d'auto, località turistiche. «Pare che la sua immaginazione sia stimolata da quante più commissioni pubblicitarie riceve». La donna è delusa: è un'appassionata lettrice di Silas Flannery. – I romanzi che preferisco, – dice, – sono quelli che comunicano un senso di disagio fin dalla prima pagina...

dalla terrazza dello chalet elvetico, Silas Flannery guarda con un cannocchiale montato su un treppiede una giovane donna su una sedia a sdraio intenta a leggere un libro su un'altra terrazza, duecento metri più a valle. – È là tutti i giorni, – dice lo scrittore, – ogni volta che sto per mettermi alla scrivania sento il bisogno di guardarla. Chissà cosa legge. So che non è un mio libro e istintivamente ne soffro, sento la gelosia dei miei libri che vorrebbero esser letti come legge lei. Non mi stanco di guardarla: sembra abitare in una sfera sospesa in un altro tempo e in un altro spazio. Mi siedo alla scrivania, ma nessuna storia inventata da me corrisponde a ciò che vorrei rendere –. Marana gli chiede se è per questo che non riesce più a lavorare. – Oh no, io scrivo, – ha risposto, – è adesso, solo adesso che scrivo, da quando la guardo. Non faccio che seguire la lettura di quella donna vista di qui, giorno per giorno, ora per ora. Leggo nel suo viso quel che lei desidera leggere, e lo scrivo fedelmente... – Troppo fedelmente, – lo interrompe Marana, gelido. – Come traduttore e rappresentante degli interessi di Bertrand Vandervelde, autore del romanzo che quella donna sta leggendo, *Guarda in basso dove l'ombra s'addensa*, la diffido dal continuare a plagiarlo! – Flannery impallidisce; una sola preoccupazione sembra occupare la sua mente: – Allora, secondo lei, quella lettrice, i libri che divora con tanta passione, sarebbero romanzi di Vandervelde? Non posso sopportarlo...

nell'aeroporto africano, tra gli ostaggi del dirottamento che attendono stravaccati per terra facendosi vento o rannicchiati sotto i plaids distribuiti dalle hostesses al brusco abbassarsi della temperatura notturna, Marana ammira l'imperturbabilità d'una giovane che se ne sta accoccolata in disparte, con le braccia che cingono le ginocchia alzate a leggìo nella lunga gonna, i capelli che piovono sul libro nascondendo il viso, la mano rilassata che volta le pagine come se tutto quel che importa si decidesse lì, al prossimo capitolo. «Nella degradazione che la cattività prolungata e promiscua impone all'aspetto e al contegno di tutti noi, questa donna mi sembra protetta, isolata, avviluppata come in una luna lontana...» È allora che Marana pensa: devo convincere i pirati dell'APO che il libro per cui valeva la pena di montare tutta la loro rischiosa operazione non è quello che hanno sequestrato a me ma questo che sta leggendo lei...

a New York, nella sala dei controlli, c'è la lettrice saldata alla poltrona per i polsi, coi manometri di pressione e la cintura stetoscopica, le tempie strette nella corona chiomata dai fili serpentini degli encefalogrammi che segnano l'intensità della sua concentrazione e la frequenza degli stimoli. «Tutto il nostro lavoro dipende dalla sensibilità del soggetto di cui disponiamo per le prove di controllo: e dev'essere per di più una persona resistente di vista e di nervi, per poterla sottoporre alla lettura ininterrotta di romanzi e varianti di romanzi così come vengono sfornati dall'elaboratore. Se l'attenzione di lettura raggiunge certi valori con una certa continuità, il prodotto è valido e può essere lanciato sul mercato; se l'attenzione invece s'allenta e svaria, la combinazione viene scartata e i suoi elementi vengono decomposti e riutilizzati in altri contesti. L'uomo in camice bianco strappa un encefalogramma dopo l'altro come fossero fogli di calendario. – Di male in peggio, – dice. – Non viene più fuori un romanzo che stia in piedi. O il programma va rivisto o la lettrice è fuori uso –. Guardo il viso sottile tra paraocchi e visiera, impassibile anche per via dei tamponi agli orecchi e del sottogola che le immobilizza il mento. Quale sarà la sua sorte?»

Nessuna risposta trovi a questo interrogativo lasciato cadere da Marana quasi con indifferenza. Col fiato sospeso hai seguito da una lettera all'altra le trasformazioni della lettrice, come se si trattasse sempre della stessa persona... Ma anche se fossero molte persone, a tutte tu attribuisci l'aspetto di Ludmilla... Non è forse da lei il sostenere che al romanzo ormai si può chiedere soltanto di risvegliare un fondo d'angoscia sepolta, come ultima condizione di verità che lo riscatti dal destino di prodotto di serie cui non può più sottrarsi? L'immagine di lei nuda al sole dell'equatore già ti risulta più credibile che dietro il velo della Sultana, ma potrebbe pur trattarsi d'una stessa Mata Hari che attraversa assorta le rivoluzioni extraeuropee per aprire la strada ai bulldozer d'un'impresa cementizia... Scacci questa immagine, e accogli quella della sedia a sdraio che ti viene incontro attraverso la limpida aria alpina. Ecco che sei pronto a piantar lì tutto, partire, rintracciare il rifugio di Flannery, pur di guardare col cannocchiale la donna che legge o cercarne le tracce nel diario dello scrittore in crisi... (O ciò che ti tenta è l'idea di poter riprendere la lettura di *Guarda in basso dove l'ombra s'addensa*, sia pur sotto un altro titolo e un'altra firma?) Ma ora Marana trasmette notizie sempre più angosciose: eccola ostaggio d'un dirottamento aereo, poi prigioniera in uno slum di Manhattan... Com'è finita laggiù, incatenata a uno strumento di tortura? Perché è costretta a subire come un supplizio quella che è la sua condizione naturale, la lettura? E quale disegno nascosto fa sì che le strade di questi personaggi s'incrocino continuamente: lei, Marana, la setta misteriosa che ruba i manoscritti?

A quanto puoi càpire da accenni sparsi in queste lettere, il Potere Apocrifo, dilaniato da lotte intestine e sfuggito al controllo del suo fondatore Ermes Marana, s'è scisso in due tronconi: una setta d'illuminati seguaci dell'Arcangelo della Luce e una setta di nichilisti seguaci dell'Arconte dell'Ombra. I primi sono persuasi che in mezzo ai libri falsi che dilagano nel mondo vadano rintracciati i pochi libri portatori d'una verità forse extraumana o extraterrestre. I secondi ritengono che solo la contraffazione, la mistificazione, la menzogna intenzionale possano rappresentare in un libro il valore assoluto, una verità non contaminata dalle pseudoverità imperanti.

«Credevo d'esser solo nell'ascensore, – scrive Marana, ancora da New York, – invece una figura si leva al mio fianco: un giovane con una chioma d'estensione arborea era accovacciato in un angolo, insaccato in panni di tela grezza. Più che un ascensore, questo è un montacarichi a gabbia, chiuso da un cancello pieghevole. A ogni piano appare una prospettiva di locali deserti, muri stinti con impronte di mobili scomparsi e tubature divelte, un deserto di pavimenti e soffitti ammuffiti. Armeggiando con le rosse mani dai lunghi polsi, il giovane ferma l'ascensore tra due piani.

«– Dammi il manoscritto. È a noi che l'hai portato, non agli altri. Anche se credevi il contrario. Questo è un *vero* libro, anche se il suo autore ne ha scritti tanti di falsi. Quindi va a noi.

«Con una mossa di judo mi stende al suolo e afferra il manoscritto. Capisco in quel momento che il giovane fanatico è convinto d'avere in mano il diario della crisi spirituale di Silas Flannery e non l'abbozzo d'uno dei suoi soliti thrillers. È straordinario come le sette segrete siano pronte a captare qualsiasi notizia, vera o falsa che sia, che vada nel senso delle loro aspettative. La crisi di Flannery aveva messo in agitazione le due fazioni rivali del Potere Apocrifo, che, con opposte speranze, avevano sguinzagliato i loro informatori nelle vallate intorno allo chalet del romanziere. Quelli dell'Ala d'Ombra, sapendo che il gran fabbricante di romanzi in serie non riusciva più a credere nei suoi artifici, s'erano convinti che il suo prossimo romanzo avrebbe segnato il salto dalla malafede dozzinale e relativa alla malafede essenziale e assoluta, il capolavoro della falsità come conoscenza, dunque il libro che essi da tanto tempo cercavano. Quelli dell'Ala di Luce invece pensavano che dalla crisi d'un tal professionista della menzogna non poteva nascere che un cataclisma di verità, e tale reputavano fosse il diario dello scrittore di cui tanto si parlava... Alla voce, messa in giro da Flannery, che io gli avevo rubato un importante manoscritto, gli uni e gli altri l'avevano identificato coll'oggetto delle loro ricerche e s'erano messi sulle mie tracce, l'Ala d'Ombra provocando il dirottamento dell'aereo, l'Ala di Luce quello dell'ascensore...

«Il giovane arboreo, nascosto nella giubba il manoscritto, è sguisciato fuori dall'ascensore, m'ha richiuso in faccia il cancello e ora preme i tasti per farmi sparire verso il basso, dopo avermi lanciato un'ultima minaccia: – La partita non è chiusa con te, Agente della Mistificazione! Ci resta da liberare la nostra Sorella incatenata alla macchina dei Falsari! – Rido, mentre sprofondo lentamente. – Non c'è nessuna macchina, fringuello! È il "Padre dei Racconti" che ci detta i libri!

«Richiama l'ascensore. – Il "Padre dei Racconti", hai detto? – È impallidito. Da anni i seguaci della setta vanno cercando il vecchio cieco per tutti i continenti dove si tramanda la sua leggenda in innumerevoli varianti locali.

«– Sì, vallo a dire all'Arcangelo della Luce! Digli che ho trovato il "Padre dei Racconti"! L'ho in mia mano e lavora per me! Altro che macchina elettronica! – e stavolta sono io che premo il tasto per scendere».

A questo punto tre simultanei desideri si contendono il tuo animo. Saresti pronto a partire immediatamente, attraversare l'Oceano, esplorare il continente sotto la Croce del Sud fino a rintracciare l'ultimo nascondiglio d'Ermes Marana per strappargli la verità o almeno per ottenere da lui il seguito dei romanzi interrotti. Nello stesso tempo vuoi chiedere a Cavedagna se può farti leggere subito *In una rete di linee che s'allacciano* dello pseudo (o autentico?) Flannery, che potrebbe magari essere la stessa cosa di *Guarda in basso dove l'ombra s'addensa* dell'autentico (o pseudo?) Vandervelde. E non vedi l'ora di correre al caffè dove hai appuntamento con Ludmilla, per raccontarle i confusi risultati della tua inchiesta e per convincerti, vedendola, che non ci può essere niente in comune tra lei e le lettrici incontrate per il mondo dal traduttore mitomane.

I due ultimi desideri sono facilmente realizzabili e non s'escludono tra loro. Al caffè, aspettando Ludmilla, cominci a leggere il libro mandato da Marana.

In una rete di linee che s'allacciano

La prima sensazione che dovrebbe trasmettere questo libro è ciò che io provo quando sento lo squillo d'un telefono, dico dovrebbe perché dubito che le parole scritte possano darne un'idea anche parziale: non basta dichiarare che la mia è una reazione di rifiuto, di fuga da questo richiamo aggressivo e minaccioso, ma anche d'urgenza, d'insostenibilità, di coercizione che mi spinge a obbedire all'ingiunzione di quel suono precipitandomi a rispondere pur nella certezza che non me ne verrà altro che pena e disagio. Né credo che più di un tentativo di descrizione di questo stato d'animo varrebbe una metafora, per esempio il bruciore lacerante d'una freccia che mi penetra nella carne nuda d'un fianco, e questo non perché non si possa ricorrere a una sensazione immaginaria per rendere una sensazione nota, dato che sebbene nessuno sappia più cosa si prova quando si è colpiti da una freccia tutti pensiamo di potercelo facilmente immaginare, – il senso d'essere indifeso, senza riparo in presenza di qualcosa che ci raggiunge da spazi estranei e sconosciuti: e questo vale molto bene anche per lo squillo del telefono, – ma perché l'inesorabilità perentoria, senza modulazioni della freccia esclude tutte le intenzioni, le implicazioni, le esitazioni che può avere la voce di qualcuno che non vedo, che già prima che dica qualcosa posso prevedere se non quel che dirà almeno la reazione che susciterà in me ciò che sta per dire. L'ideale sarebbe che il libro cominciasse dando il senso d'uno spazio occupato interamente dalla mia presenza, perché intorno non ci sono che oggetti inerti, compreso il telefono, uno spazio che sembra non possa contenere altro che me, isolato nel mio tempo interiore, e poi l'interrompersi della continuità del tempo, lo spazio che non è più quello di prima perché è occupato dallo squillo, e la mia presenza che non è più quella di prima perché è condizionata dalla volontà di questo oggetto che chiama. Bisognerebbe che il libro cominciasse rendendo tutto questo non una volta sola ma come una disseminazione nello spazio e nel tempo di questi squilli che strappano la continuità dello spazio e del tempo e della volontà.

Forse l'errore è stabilire che in principio ci siamo io e un telefono in uno spazio finito come sarebbe casa mia, mentre quello che devo comunicare è la mia situazione in rapporto con tanti telefoni che suonano, telefoni che magari non chiamano me, non hanno con me nessun rapporto, ma basta il fatto che io possa essere chiamato a un telefono a rendere possibile o almeno pensabile che io possa essere chiamato da tutti i telefoni. Per esempio quando suona il telefono in una casa vicina alla mia e per un momento mi domando se non è da me che suona, un dubbio che subito si rivela infondato ma di cui pure resta uno strascico in quanto potrebbe anche darsi che la chiamata in realtà sia proprio per me ma per un errore di numero o un contatto dei fili sia finita dal vicino, tanto più che in quella casa non c'è nessuno a rispondere e il telefono continua a squillare, e allora nella logica irrazionale che lo squillo non manca mai di risvegliare io penso: forse è davvero per me, forse il vicino è in casa ma non risponde perché lo sa, forse anche chi chiama sa che chiama a un numero sbagliato ma lo fa apposta per tenermi in questo stato, sapendo che non posso rispondere ma che so che dovrei rispondere.

Oppure l'ansia di quando sono appena uscito di casa e sento suonare un telefono che potrebbe essere da me oppure in un altro appartamento e torno indietro a precipizio, arrivo ansante per aver risalito le scale di corsa e il telefono tace e non saprò mai se la chiamata era per me.

Oppure anche mentre sono per strada, e sento suonare i telefoni in case sconosciute; perfino quando sono in città sconosciute, in città dove la mia presenza è ignorata da tutti, perfino allora, sentendo suonare, ogni volta il mio primo pensiero per una frazione di secondo è che quel telefono chiami me, e nella seguente frazione di secondo c'è il sollievo di sapermi per ora escluso da ogni chiamata, irraggiungibile, salvo, ma è solo una frazione di secondo che dura questo sollievo, perché subito dopo penso che non è solo quel telefono sconosciuto che sta suonando, ma c'è anche a molti chilometri centinaia migliaia di chilometri il telefono di casa mia che certamente in quello stesso momento suona a distesa nelle stanze deserte, e di nuovo sono lacerato tra la necessità e l'impossibilità di rispondere.

Tutte le mattine prima dell'ora dei miei corsi io faccio un'ora di jogging, cioè mi metto la tuta olimpionica ed esco a correre perché sento il bisogno di muovermi, perché i medici me l'hanno ordinato per combattere l'obesità che mi opprime, e anche per sfogare un po' i nervi. In questo posto durante la giornata se non si va al campus, in biblioteca, o a sentire i corsi dei colleghi o alla caffetteria dell'università non si sa dove andare; quindi l'unica cosa da fare è mettersi a correre in lungo e in largo sulla collina, tra gli aceri e i salici, come fanno molti studenti e anche molti colleghi. Ci incrociamo sui sentieri fruscianti di foglie e qualche volta ci diciamo: «Hi!», qualche volta niente perché dobbiamo risparmiare il fiato. Anche questo è un vantaggio del correre rispetto agli altri sport: ognuno va per conto suo e non ha da rendere conto agli altri.

La collina è tutta abitata e correndo fiancheggio case di legno a due piani con giardino, tutte diverse e tutte simili, e ogni tanto sento suonare un telefono. Questo mi innervosisce; involontariamente rallento la corsa; tendo l'orecchio per sentire se c'è qualcuno che va a rispondere e mi spazientisco se lo squillo continua. Continuando la corsa passo davanti a un'altra casa in cui suona un telefono, e penso: «C'è una telefonata che mi sta inseguendo, c'è qualcuno che cerca sull'elenco stradale tutti i numeri del Chestnut Lane e chiama una casa dopo l'altra per vedere se mi raggiunge».

Alle volte le case sono tutte silenziose e deserte, sui tronchi corrono gli scoiattoli, le gazze scendono a beccare il grano messo per loro in ciotole di legno. Correndo io avverto un vago senso d'allarme, e prima ancora di captare il suono con l'orecchio la mente registra la possibilità dello squillo, quasi lo chiama, lo aspira dalla sua stessa assenza, e in quel momento da una casa mi arriva, prima attutito poi sempre più distinto, il trillare del campanello, le cui vibrazioni già forse da tempo erano state colte da un'antenna dentro di me prima che le percepisse l'udito, ed ecco che io precipito in una smania assurda, sono prigioniero d'un cerchio al cui centro c'è il telefono che suona dentro quella casa, corro senza allontanarmi, indugio senza accorciare le mie falcate.

«Se nessuno ha risposto finora è segno che non c'è nessuno in casa... Ma perché allora continuano a chiamare? Cosa sperano? Forse ci abita un sordo, e sperano insistendo di farsi sentire? Forse ci abita un paralitico, e bisogna dargli un tempo lunghissimo perché possa strisciare fino all'apparecchio... Forse ci abita un suicida, e fin che si continua a chiamarlo resta una speranza di trattenerlo dal gesto estremo...» Penso che forse dovrei cercare di rendermi utile, di dare una mano, aiutare il sordo, il paralitico, il suicida... E insieme penso – nell'assurda logica che lavora dentro di me – che così facendo potrei sincerarmi se per caso non stanno chiamando me...

Senza smettere di correre spingo il cancelletto, entro nel giardino, faccio il giro della casa, esploro il terreno di dietro, giro dietro al garage, al ripostiglio degli attrezzi, al casotto del cane. Tutto sembra deserto, vuoto. Da una finestra aperta sul retro si vede una stanza in disordine, il telefono sul tavolo che continua a suonare. La persiana sbatte; il telaio dei vetri s'impiglia nella tenda in brandelli.

Ho fatto già tre giri intorno alla casa; continuo a fare i movimenti del jogging, ad alzare i gomiti e i calcagni, a respirare col ritmo della corsa perché sia chiaro che la mia intrusione non è quella d'un ladro; se mi sorprendessero in questo momento mi sarebbe difficile spiegare che sono entrato perché sentivo suonare il telefono. Abbaia un cane, non qui, è il cane d'un'altra casa, che non si vede; ma per un momento in me il segnale «cane che abbaia» è più forte di quello «telefono che squilla» e questo basta per aprire un varco nel cerchio che mi teneva prigioniero: ecco che riprendo a correre tra gli alberi della strada, lasciando lo squillo alle mie spalle sempre più smorzato.

Corro fin dove non ci sono più case. In un prato mi fermo a tirare il fiato. Faccio delle flessioni, dei piegamenti, mi massaggio i muscoli delle gambe perché non si raffreddino. Guardo l'ora. Sono in ritardo, devo tornare se non voglio far aspettare i miei studenti. Ci mancherebbe altro che si spargesse la voce che corro per i boschi nell'ora in cui dovrei far lezione... Mi butto sulla via del ritorno senza badare a niente, quella casa non la riconoscerò nemmeno, la sorpasserò senz'accorgermene. Del resto è una casa uguale alle altre in tutto e per tutto, e l'unico modo di distinguerla sarebbe che il telefono suonasse ancora, cosa impossibile...

Più rigiro questi pensieri nella testa, correndo in discesa, più mi sembra di tornare a sentire lo squillo, a sentirlo sempre più chiaro e distinto, ecco che sono di nuovo in vista della casa e c'è sempre il telefono che suona. Entro nel giardino, giro dietro la casa, corro alla finestra. Basta che allunghi la mano per staccare il

ricevitore. Dico ansante: – Qui non c'è... – e dal ricevitore una voce, un po' spazientita, ma solo un poco,
perché quel che colpisce di più in questa voce è la
freddezza, la calma, dice:

– Sta' bene a sentire. Marjorie è qui, tra poco si
sveglia, ma è legata e non può scappare. Segnati bene
l'indirizzo: 115, Hillside Drive. Se te la vieni a prendere, bene; se no in cantina c'è una tanica di cherose-
ne e una carica di plastico collegata a un timer. Tra
mezz'ora questa casa sarà in fiamme.

– Ma io non... – comincio a dire.

Hanno già riattaccato.

Adesso cosa faccio? Certo potrei chiamare la polizia, i pompieri, da questo stesso telefono, ma come
faccio a spiegare, come giustifico il fatto che io, insomma come posso entrarci io che non c'entro? Mi rimetto a correre, faccio ancora il giro della casa, poi riprendo la strada.

Mi dispiace per questa Marjorie, ma per essersi
messa in tali pasticci sarà magari coinvolta in chissà
che storie, e se mi faccio avanti per salvarla nessuno
vorrà credere che non la conosco, nascerebbe tutto
uno scandalo, io sono un docente d'un'altra università invitato qui come visiting professor, il prestigio
d'entrambe le università ne andrebbe di mezzo...

Certo quando c'è una vita in pericolo queste consi-
derazioni dovrebbero passare in secondo piano... Rallento la corsa. Potrei entrare in una qualsiasi di queste
case, chiedere che mi lascino telefonare alla polizia,
dire per prima cosa ben chiaro che io questa Marjorie
non la conosco, che non conosco nessuna Marjorie...

A dire la verità qui all'Università c'è una studentes-

sa che si chiama Marjorie, Marjorie Stubbs: l'ho nota-
ta subito tra le ragazze che seguono i miei corsi. È
una ragazza che per così dire mi era molto piaciuta,
peccato che quella volta che l'ho invitata a casa mia
per prestarle dei libri possa essersi creata una situazione imbarazzante. È stato un errore invitarla: erano
i miei primi giorni di lezione, ancora qui non si sapeva che tipo ero, lei poteva fraintendere le mie intenzioni, è nato quell'equivoco, sgradevole equivoco,
certo ancora adesso molto difficile da dissipare perché
lei ha quel modo ironico di guardarmi, io che non so
rivolgerle la parola senza balbettare, anche le altre ragazze mi guardano con un sorriso ironico...

Ecco io adesso non vorrei che questo disagio risve-
gliato in me dal nome Marjorie bastasse a impedirmi
d'intervenire in aiuto d'un'altra Marjorie in pericolo
di vita... A meno che non sia la stessa Marjorie... A
meno che quella telefonata non fosse rivolta proprio a
me... Una banda di gangsters potentissima mi tiene
d'occhio, sanno che tutte le mattine faccio del jogging
su per quella strada, forse hanno un osservatorio sulla collina con un telescopio per seguire i miei passi,
quando m'avvicino a quella casa deserta chiamano al
telefono, è me che chiamano, perché sanno della
brutta figura che ho fatto con Marjorie quel giorno a
casa mia e mi ricattano...

Mi trovo quasi senz'accorgermene all'ingresso del
campus, sempre correndo, in tuta e scarpe di gomma,
non sono passato da casa a cambiarmi e a prendere i
libri, adesso cosa faccio? Continuo a correre per il
campus, incontro delle ragazze che attraversano il
prato alla spicciolata, sono le mie studentesse che

stanno già andando alla mia lezione, mi guardano con quel sorriso ironico che non posso soffrire.

Fermo la Lorna Clifford senza smettere di fare i movimenti della corsa, le chiedo: – C'è Stubbs?

La Clifford batte gli occhi: – Marjorie? È due giorni che non si vede... Perché?

Io sono già corso via. Esco dal campus. Prendo Grosvenor Avenue, poi Cedar Street, poi Maple Road. Sono completamente privo di fiato, corro solo perché non sento la terra sotto i piedi, né i polmoni nel petto. Ecco Hillside Drive. Undici, quindici, ventisette, cinquantuno; meno male che la numerazione procede rapidamente, saltando da una decina all'altra. Ecco il 115. La porta è aperta, salgo la scala, entro in una stanza in penombra. Legata su un divano c'è Marjorie, imbavagliata. La sciolgo. Vomita. Mi guarda con disprezzo.

– Sei un bastardo, – mi dice.

VII

Sei seduto a un tavolino di caffè, leggendo il romanzo di Silas Flannery che t'ha prestato il dottor Cavedagna e aspettando Ludmilla. La tua mente è occupata da due attese contemporanee: quella interna alla lettura e quella di Ludmilla, che è in ritardo sull'ora dell'appuntamento. Ti concentri nella lettura cercando di trasferire l'attesa di lei nel libro, quasi sperando di vederla venirti incontro dalle pagine. Ma non riesci più a leggere, il romanzo resta bloccato alla pagina che hai sotto gli occhi, come se solo l'arrivo di Ludmilla potesse rimettere in moto la catena degli avvenimenti.

Ti chiamano. È il tuo nome che il cameriere va ripetendo tra i tavolini. Alzati, sei chiamato al telefono. È Ludmilla? È lei. – Poi ti dico. Ora non posso venire.

– Senti: ho il libro! No, non quello, nessuno di quelli: uno nuovo. Ascolta... – Ma non vorrai mica raccontarle il libro al telefono? Aspetta di sentire lei, cosa vuol dirti.

– Vieni tu, – dice Ludmilla, – sì, a casa mia. Adesso io non sono a casa, ma non tarderò. Se arrivi prima puoi entrare e aspettarmi. La chiave è sotto lo zerbino.

Una semplicità disinvolta nel vivere, la chiave sotto lo zerbino, fiducia nel prossimo, certo anche poco da rubare. Corri all'indirizzo che t'ha dato. Suoni, inutilmente. Come t'aveva annunciato, non è in casa. Rintracci la chiave. Entri nella penombra delle persiane abbassate.

Una casa di ragazza sola, la casa di Ludmilla: vive sola. È questo che vuoi verificare per prima cosa? Se ci sono segni della presenza d'un uomo? O preferisci evitare di saperlo fin che è possibile, restare nell'ignoranza, nel dubbio? Certo qualcosa ti trattiene dal curiosare intorno (hai alzato un poco le persiane, ma solo un poco). Forse è lo scrupolo di non meritare il suo gesto di fiducia se ne approfitti per un'inchiesta da detective. O forse è perché com'è fatto l'appartamentino d'una ragazza sola credi di saperlo già a memoria, di poter già prima di guardarti intorno stabilire l'inventario di quel che contiene. Viviamo in una civiltà uniforme, entro modelli culturali ben definiti: l'arredamento, gli elementi decorativi, le coperte, il giradischi sono scelti tra un certo numero di possibilità date. Cosa potranno rivelarti di come lei è veramente?

Come sei, Lettrice? È tempo che questo libro in seconda persona si rivolga non più soltanto a un generico tu maschile, forse fratello e sosia d'un io ipocrita, ma direttamente a te che sei entrata fin dal Secondo Capitolo come Terza Persona necessaria perché il romanzo sia un romanzo, perché tra quella Seconda Persona maschile e la Terza femminile qualcosa avvenga, prenda forma, s'affermi o si guasti seguendo

le fasi delle vicende umane. Ossia: seguendo i modelli mentali attraverso i quali viviamo le vicende umane. Ossia: seguendo i modelli mentali attraverso i
quali attribuiamo alle vicende umane i significati che
permettono di viverle.

Questo libro è stato attento finora a lasciare aperta
al Lettore che legge la possibilità d'identificarsi col
Lettore che è letto: per questo non gli è stato dato un
nome che l'avrebbe automaticamente equiparato a
una Terza Persona, a un personaggio (mentre a te, in
quanto Terza Persona, è stato necessario attribuire un
nome, Ludmilla) e lo si è mantenuto nell'astratta condizione dei pronomi, disponibile per ogni attributo e
ogni azione. Vediamo se di te, Lettrice, il libro riesce
a tracciare un vero ritratto, partendo dalla cornice per
stringerti da ogni lato e stabilire i contorni della tua figura.

Sei apparsa per la prima volta al Lettore in una libreria, hai preso forma staccandoti da una parete di
scaffali, come se la quantità dei libri rendesse necessaria la presenza d'una Lettrice. La tua casa, essendo il
luogo in cui tu leggi, può dirci qual è il posto che i libri hanno nella tua vita, se sono una difesa che tu
metti avanti per tener lontano il mondo di fuori, un
sogno in cui sprofondi come in una droga, oppure se
sono dei ponti che getti verso il fuori, verso il mondo
che t'interessa tanto da volerne moltiplicare e dilatare
le dimensioni attraverso i libri. Per capire questo, il
Lettore sa che la prima cosa da fare è visitare la cucina.

La cucina è la parte della casa che può dire più cose
di te: se fai da mangiare o no (si direbbe di sì, se non

tutti i giorni, abbastanza regolarmente), se per te sola o anche per altri (spesso per te sola ma accuratamente come se lo facessi anche per altri; e qualche volta anche per altri ma con disinvoltura come se lo facessi per te sola), se tendi al minimo indispensabile o alla gastronomia (i tuoi acquisti e armamentari fanno pensare a ricette elaborate ed estrose, almeno nelle intenzioni; non è detto che tu sia golosa, ma l'idea di cenare con due uova al tegame potrebbe metterti tristezza), se stare ai fornelli rappresenta per te una penosa necessità o anche un piacere (la minuscola cucina è attrezzata e disposta in modo da potertici muovere con praticità e senza troppi sforzi, cercando di non fermartici troppo ma anche di poterci stare non di malavoglia). Gli elettrodomestici stanno al loro posto d'utili animali i cui meriti non possono esser dimenticati, anche senza tributar loro un culto speciale. Tra gli utensili si nota qualche estetismo (una panoplia di mezzelune di grandezza decrescente, quando ne basterebbe una) ma in genere gli elementi decorativi sono anche oggetti utili, con poche concessioni al grazioso. Sono le provviste che possono dirci qualcosa di te: un assortimento d'erbe aromatiche, alcune certo d'uso corrente, altre che paiono star lì per completare una collezione; lo stesso si dica per le mostarde; ma sono soprattutto le collane di teste d'aglio appese a portata di mano a indicare un rapporto coi cibi non distratto o generico. Un'occhiata al frigorifero può permettere di raccogliere altri dati preziosi: nei palchetti portauova c'è rimasto un solo uovo; di limoni ce n'è solo mezzo e mezzo secco; insomma, nei rifornimenti essenziali si nota qualche trascuratezza. In compenso c'è crema di marroni, olive nere, un vasetto di salsifis o scorzobianca: è chiaro che nel far la spesa ti lasci attrarre dalle merci che vedi esposte, più che avere in mente ciò che manca in casa.

Osservando la tua cucina dunque si può ricavare una immagine di te come donna estroversa e lucida, sensuale e metodica, che mette il senso pratico al servizio della fantasia. Qualcuno si potrebbe innamorare di te solo a vedere la tua cucina? Chissà: forse il Lettore, che già era favorevolmente predisposto.

Sta continuando la sua ricognizione della casa di cui gli hai dato le chiavi, il Lettore. C'è una quantità di cose che accumuli intorno a te: ventagli, cartoline, flaconi, collane appese ai muri. Ma ogni oggetto visto da vicino si rivela speciale, in qualche modo inatteso. Il tuo rapporto con gli oggetti è confidenziale e selettivo: solo le cose che senti come tue diventano tue: è un rapporto con la fisicità delle cose, non con un'idea intellettuale o affettiva che si sostituisca all'atto di vederle e di toccarle. E una volta acquisiti alla tua persona, marcati dal tuo possesso gli oggetti non hanno più l'aria d'essere lì per caso, assumono un significato come parti d'un discorso, come una memoria fatta di segnali e emblemi. Sei possessiva? Forse non ci sono ancora elementi sufficienti per dirlo: per ora si può dire che sei possessiva verso te stessa, che ti attacchi ai segni in cui identifichi qualcosa di te, temendo di perderti con loro.

In un angolo di parete c'è una quantità di fotografie incorniciate, appese fitte fitte. Fotografie di chi? Tue di varie età, e di tante altre persone, uomini e donne, anche foto molto vecchie come prese da un album di famiglia, ma che tutte insieme più che avere la funzione di ricordare determinate persone sembrano costituire un montaggio delle stratificazioni dell'esistenza. Le cornici sono una diversa dall'altra, forme dell'Ottocento floreale, in argento, rame, smalto, tartaruga, pelle, legno intagliato: potrebbero rispondere all'intenzione di valorizzare quei frammenti di vita vissuta ma potrebbero essere anche una collezione di cornici e le foto stare lì solo per riempirle, tant'è vero che alcune cornici sono occupate da figure ritagliate da giornali, una inquadra un foglio d'una vecchia lettera illeggibile, un'altra è vuota.

Sul resto della parete non è appeso nulla né vi è appoggiato alcun mobile. Così è un po' tutta la casa: pareti qua nude e là stracariche, come per un bisogno di concentrare i segni in una specie di fitta scrittura e intorno il vuoto dove ritrovare riposo e respiro.

Anche la disposizione dei mobili e dei soprammobili non è mai simmetrica. L'ordine che tu cerchi d'ottenere (lo spazio di cui disponi è ristretto, ma si nota un certo studio nello sfruttarlo in modo da farlo sembrare più esteso) non è la sovrapposizione d'uno schema ma un accordo tra le cose che ci sono.

Insomma, sei ordinata o disordinata? Alle domande perentorie la tua casa non risponde con un sì o con un no. Tu hai un'idea d'ordine, certo, e anche esigente, ma cui non corrisponde nella pratica un'applicazione metodica. Si vede che il tuo interesse per la casa è intermittente, segue la difficoltà dei giorni e gli alti e bassi degli umori.

Sei depressiva o euforica? La casa con saggezza

sembra abbia approfittato dei tuoi momenti d'euforia per prepararsi a accoglierti nei tuoi momenti di depressione.

Sei davvero ospitale oppure questo lasciar entrare in casa i conoscenti è un segno d'indifferenza? Il Lettore sta cercando un posto comodo per sedersi a leggere senza invadere quegli spazi che sono chiaramente riservati a te: l'idea che si sta facendo è che l'ospite può trovarsi molto bene in casa tua pur che sappia adattarsi alle tue regole.

Cos'altro? Le piante in vaso pare non siano state innaffiate da parecchi giorni; ma forse tu le hai scelte apposta tra quelle che non hanno bisogno di molte cure. Del resto in queste stanze non c'è traccia di cani o gatti o uccelli: sei una donna che tende a non moltiplicare gli obblighi; e questo può essere tanto segno d'egoismo quanto di concentrazione in altre e meno estrinseche ragioni, quanto anche segno che non hai bisogno di sostituti simbolici alle spinte naturali che ti portano a occuparti degli altri, a partecipare alle loro storie, nella vita, nei libri...

Vediamo i libri. La prima cosa che si nota, almeno a guardare quelli che tieni più in vista, è che la funzione dei libri per te è quella della lettura immediata, non quella di strumenti di studio o di consultazione né quella di elementi d'una biblioteca disposta secondo un qualche ordine. Magari qualche volta hai provato a dare un'apparenza d'ordine ai tuoi scaffali, ma ogni tentativo di classificazione è stato rapidamente sconvolto da apporti eterogenei. La ragione principale degli accostamenti dei volumi, oltre la dimensione per i più alti o i più bassi, resta quella cronologica, l'essere arrivati qui uno dopo l'altro; comunque tu sai sempre ritrovartici, dato anche che non sono moltissimi, (altri scaffali devi aver lasciato in altre case, in altre fasi della tua esistenza), e che forse non ti capita spesso di dover cercare un libro che hai già letto.

Insomma, non sembri essere una Lettrice Che Rilegge. Ricordi molto bene tutto quello che hai letto (questa è una delle prime cose che hai fatto sapere di te); forse ogni libro s'identifica per te con la lettura che ne hai fatto in un determinato momento, una volta per tutte. E come li custodisci nella memoria, così ti piace conservare i libri in quanto oggetti, trattenerli presso di te.

Fra i tuoi libri, in quest'insieme che non forma una biblioteca, si può pur distinguere una parte morta o dormiente, ossia il deposito dei volumi messi via, letti e raramente riletti oppure che non hai letto né leggerai ma comunque conservati (e spolverati), e una parte viva, ossia i libri che stai leggendo o hai intenzione di leggere o da cui non ti sei ancora staccata o che hai piacere di maneggiare, di trovarteli intorno. A differenza che con le provviste in cucina, qui è la parte viva, di consumo immediato, a dire più cose di te. Parecchi volumi sono sparsi in giro, alcuni lasciati aperti, altri con segnalibri improvvisati o angoli di pagine piegati. Si vede che hai l'abitudine di leggere più libri contemporaneamente, che scegli letture diverse per le diverse ore del giorno, per i vari angoli della tua pur ristretta abitazione: ci sono libri destinati al tavolino da notte, quelli che trovano il loro posto accanto alla poltrona, in cucina, nel bagno.

Potrebb'essere un lineamento importante che s'aggiunge al tuo ritratto: la tua mente ha pareti interne che permettono di separare tempi diversi in cui fermarsi o scorrere, concentrarsi alternativamente su canali paralleli. Basterà questo per dire che vorresti vivere più vite contemporaneamente? O che effettivamente le vivi? Che separi ciò che vivi con una persona o in un ambiente da ciò che vivi con altri e altrove? Che d'ogni esperienza dài per scontata un'insoddisfazione che non si compensa se non nella somma di tutte le insoddisfazioni?

Lettore, drizza l'orecchio. È un sospetto che ti viene insinuato, ad alimentare la tua ansia di geloso che ancora non s'accetta come tale. Ludmilla, lettrice di più libri in una volta, per non lasciarsi sorprendere dalla delusione che può riservarle ogni storia, tende a portare avanti insieme anche altre storie...

(Non credere che il libro ti perda di vista, Lettore. Il tu che era passato alla Lettrice può da una frase all'altra tornare a puntarsi su di te. Sei sempre uno dei tu possibili. Chi oserebbe condannarti alla perdita del tu, catastrofe non meno terribile della perdita dell'io? Perché un discorso in seconda persona diventi un romanzo occorrono almeno due tu distinti e concomitanti, che si stacchino dalla folla dei lui, dei lei, dei loro).

Eppure, la vista dei libri a casa di Ludmilla ti riesce rassicurante. La lettura è solitudine. Ludmilla t'appare protetta dalle valve del libro aperto come un'ostrica nel guscio. L'ombra d'un altro uomo, probabile, anzi certa, viene, se non cancellata, relegata in margine. Si legge da soli anche quando si è in due. Ma allora, cosa stai cercando, qui? Vorresti penetrare nella sua conchiglia, insinuandoti nelle pagine dei libri che sta leggendo? Oppure il rapporto tra Lettore e Lettrice resta quello di due conchiglie separate, che possono comunicare solo attraverso parziali confronti di due esperienze esclusive?

Hai con te il libro che stavi leggendo al caffè e che sei impaziente di continuare, per poterlo poi passare a lei, per comunicare ancora con lei attraverso il canale scavato dalle parole altrui, che proprio in quanto pronunciate da una voce estranea, dalla voce di quel silenzioso nessuno fatto d'inchiostro e di spaziature tipografiche, possono diventare vostre, un linguaggio, un codice tra voi, un mezzo per scambiarvi segnali e riconoscervi.

Una chiave gira nella toppa. Tu taci come volessi farle una sorpresa, come per confermare a te stesso e a lei che il trovarti qui è una cosa naturale. Ma il passo non è il suo. Lentamente un uomo evoluziona nell'ingresso, ne vedi l'ombra fra le tende, un giaccone di pelle, un passo familiare ai luoghi ma con lunghi indugi, come di chi sta cercando qualcosa. Lo riconosci. È Irnerio.

Devi subito decidere che atteggiamento prendere. Il disappunto a vederlo entrare in casa di lei come fosse casa sua è più forte del disagio a trovarti lì quasi nascosto. Del resto, sapevi bene che la casa di Ludmilla è aperta agli amici: la chiave è sotto lo zerbino. Da quando sei entrato ti sembra d'esser sfiorato da om-

bre senza volto. Irnerio almeno è un fantasma conosciuto. Così come tu per lui.

– Ah, ci sei tu –. È lui che s'accorge di te, ma non si
meraviglia. Questa naturalezza, che poco fa desidera-
vi imporre, ora non ti rallegra.

– Ludmilla non è in casa, – dici, tanto per stabilire
una tua precedenza nell'informazione, o addirittura
nell'occupazione del territorio.

– Lo so, – fa lui, indifferente. Fruga intorno, ma-
neggia i libri.

– Ti posso essere utile? – continui tu, quasi volessi
provocarlo.

– Cercavo un libro, – dice Irnerio.

– Credevo che non leggessi mai, – obietti.

– Non è per leggere. È per fare. Faccio delle cose
coi libri. Degli oggetti. Sì, delle opere: statue, quadri,
come li vuoi chiamare. Ho fatto anche un'esposizione. Fisso i libri con delle resine, e restano lì. Chiusi, o
aperti, oppure anche gli do delle forme, li scolpisco,
gli apro dentro dei buchi. È una bella materia il libro,
per lavorarci, ci si può fare tante cose.

– E Ludmilla è d'accordo?

– Le piacciono, i miei lavori. Mi dà consigli. I critici
dicono che quel che faccio è importante. Adesso mi
mettono tutte le opere in un libro. M'hanno fatto parlare col dottor Cavedagna. Un libro con le fotografie
di tutti i miei libri. Quando questo libro sarà stampato
lo userò per farne un'opera, tante opere. Poi me le
metteranno in un altro libro, e così via.

– Volevo dire se Ludmilla è d'accordo che le porti
via i libri...

– Ne ha tanti... Alle volte è lei che mi dà dei libri

apposta perché ci lavori, libri che lei non se ne fa niente. Ma non è che mi basti un libro qualsiasi. Un'opera mi viene solo se la sento. C'è dei libri che mi dànno subito l'idea di cosa potrei farne; altri no, niente. Alle volte ho l'idea ma non posso realizzarla finché non trovo il libro giusto –. Sta scompigliando i volumi in uno scaffale; ne soppesa uno, lo osserva di dorso e di taglio, lo mette giù. – Ci sono libri che mi sono simpatici, e libri che non posso soffrire e mi capitano sempre tra le mani.

Ecco che la Grande Muraglia dei libri che speravi tenesse lontano da Ludmilla questo barbaro invasore si rivela un giocattolo che lui smonta con assoluta confidenza. Ridi storto. – Si direbbe che la biblioteca di Ludmilla tu la conosca a memoria...

– Oh, per lo più è sempre la stessa roba... Ma è bello vedere i libri tutti insieme. Io amo i libri...

– Spiegati meglio.

– Sì, mi piace che ci siano dei libri intorno. Per questo, qui da Ludmilla si sta bene. Non trovi?

L'assieparsi delle pagine scritte fascia l'ambiente come in un folto bosco lo spessore del fogliame, no, come stratificazioni di roccia, lastre d'ardesia, lamelle di scisti: così tu cerchi di vedere attraverso gli occhi d'Irnerio lo sfondo su cui deve staccarsi la persona viva di Ludmilla. Se sai guadagnarti la sua confidenza, Irnerio ti svelerà il segreto che t'intriga, il rapporto tra il Non Lettore e la Lettrice. Presto, domandagli qualcosa a questo proposito, qualsiasi cosa. – Ma tu, – ecco la sola domanda che ti viene alla mente, – mentre lei legge, cosa fai?

– A me non dispiace vederla leggere, – dice Irnerio.

– E poi qualcuno che legga i libri ci vuole, no? Almeno posso star tranquillo che non devo leggerli io.

Hai poco da rallegrarti, Lettore. Il segreto che ti si
rivela, l'intimità tra loro, consiste nella complementarità di due ritmi vitali. Per Irnerio conta solo ciò che si
vive istante per istante; l'arte conta per lui come spesa d'energia vitale, non come opera che resta, non come quell'accumulazione di vita che Ludmilla cerca nei
libri. Ma quell'energia accumulata in qualche modo la
riconosce anche lui, senza bisogno di leggere, e sente
il bisogno di farla tornare in circuito usando i libri di
Ludmilla come supporto materiale per opere in cui lui
possa investire la propria energia almeno un istante.

– Questo mi va bene, – dice Irnerio e fa per intasca-
re un volume nel giaccone.

– No, questo lo lasci stare. È il libro che sto leggendo. E per di più non è mio, lo devo restituire a Cavedagna. Scegliteне un altro. Guarda, questo qui, gli
rassomiglia...

Hai preso in mano un volume che porta una fascetta rossa: «L'ultimo successo di Silas Flannery», e già
questo spiega la somiglianza dato che la serie di romanzi di Flannery si presenta in una veste grafica caratteristica. Ma non è solo la veste grafica: il titolo che
campeggia sulla sovracoperta è: *In una rete di linee
che...* Sono due copie dello stesso libro! Non te l'a-
spettavi. – Questo sì che è strano! Mai avrei pensato
che Ludmilla l'avesse già...

Irnerio scosta le mani. – Questo non è di Ludmilla.
Io con quella roba lì non ci voglio aver a che fare. Credevo che non ce ne fossero più in giro, di quelli.

– Perché? Di chi è? Cosa vuoi dire?

Irnerio prende il volume con due dita, s'avvia verso una porticina, l'apre, butta il libro di là. L'hai seguito; cacci la testa in uno sgabuzzino oscuro; vedi un tavolo con una macchina da scrivere, un magnetofono, dei vocabolari, un voluminoso dossier. Prendi dal dossier il foglio che fa da frontespizio, lo porti alla luce, leggi: *Traduzione di Ermes Marana.*

Resti come fulminato. Leggendo le lettere di Marana a ogni momento ti sembrava d'incontrare Ludmilla... Perché non riesci a non pensare a lei: così ti spiegavi la cosa, come una prova del tuo innamoramento. Adesso, muovendoti in casa di Ludmilla, t'imbatti nelle tracce di Marana. È un'ossessione che ti perseguita? No, fin da principio la tua era una premonizione che tra loro esistesse un rapporto... La gelosia, che finora era una specie di gioco con te stesso, ora ti prende senza scampo. E non è solo la gelosia: è il sospetto, la sfiducia, il sentire che non puoi esser sicuro di nulla e di nessuno... L'inseguimento del libro interrotto, che ti comunicava un'eccitazione speciale in quanto lo compivi insieme alla Lettrice, ti si rivela la stessa cosa dell'inseguire lei che ti sfugge in un moltiplicarsi di misteri, d'inganni, di travestimenti...

– Ma... che c'entra Marana? – domandi. – Abita qui?

Irnerio scuote il capo. – C'è stato. Ora è passato del tempo. Non dovrebbe tornare più. Ma ormai tutte le sue storie sono talmente impastate di falsità che qualsiasi cosa si dica su di lui è falsa. A questo almeno è riuscito. I libri portati qui da lui sembrano uguali agli altri, da fuori, ma io li riconosco subito, a distanza. E dire che non ce ne dovrebbero essere più, di carte sue, fuori da quello stanzino. Però ogni tanto qualche sua traccia torna a saltar fuori. Alle volte mi viene il sospetto che ce le metta lui, che venga quando non c'è nessuno e continui a fare i soliti scambi, di nascosto...

– Che scambi?

– Non so... Ludmilla dice che tutto quel che lui tocca se non è già falso lo diventa. Io so solo che se provassi a fare i miei lavori coi libri che erano suoi verrebbero dei falsi: anche se mi riuscissero uguali a quelli che faccio sempre...

– Ma perché Ludmilla tiene le sue cose in quello stanzino? Aspetta che lui torni?

– Ludmilla quando lui era qui era infelice... Non leggeva più... Poi è scappata... È stata lei la prima ad andarsene... Poi se n'è andato lui...

L'ombra s'allontana. Respiri. Il passato è chiuso. – E se lui si facesse rivedere?

– Lei se n'andrebbe di nuovo...

–Dove?

– Mah... In Svizzera... Che so io...

– C'è qualcun altro, in Svizzera? – Istintivamente hai pensato allo scrittore col cannocchiale.

– Diciamo un altro, ma è tutt'un altro tipo di storia... Il vecchio dei gialli...

– Silas Flannery?

– Lei diceva che quando Marana la convince che la differenza tra il vero e il falso è solo un nostro pregiudizio, lei sente il bisogno di vedere uno che fa i libri come una pianta di zucca fa le zucche, lei dice così...

La porta s'apre all'improvviso. Ludmilla entra, butta il mantello su di una poltrona, i pacchetti. – Ah, che bello! Quanti amici! Scusate il ritardo!

Stai prendendo il tè seduto con lei. Ci dovrebb'essere anche Irnerio ma la sua poltrona è vuota.

– Era lì. Dov'è andato?

– Oh, sarà uscito. Lui va e viene senza dir nulla.

– In casa tua si entra e si esce così?

– Perché no? Tu come ci sei entrato?

– Io e tanti altri!

– Cos'è? Una scena di gelosia?

– E che diritto ne avrei?

– Credi che a un certo punto potresti averne diritto? Se è così, è meglio non cominciare neppure.

– Cominciare cosa?

Posi la tazza sul tavolino. Ti sposti dalla poltrona al divano dove è seduta lei.

(Cominciare. Sei tu che l'hai detto, Lettrice. Ma come stabilire il momento esatto in cui comincia una storia? Tutto è sempre cominciato già da prima, la prima riga della prima pagina d'ogni romanzo rimanda a qualcosa che è già successo fuori dal libro. Oppure la vera storia è quella che comincia dieci o cento pagine più avanti e tutto ciò che precede è solo un prologo. Le vite degli individui della specie umana formano un intreccio continuo, in cui ogni tentativo d'isolare un pezzo di vissuto che abbia un senso separatamente dal resto – per esempio, l'incontro di due persone che diventerà decisivo per entrambi – deve tener conto che ciascuno dei due porta con sé un tessuto di fatti ambienti altre persone, e che dall'incontro deriveranno a loro volta altre storie che si separeranno dalla loro storia comune).

Siete a letto insieme, Lettore e Lettrice. Dunque è venuto il momento di chiamarvi con la seconda persona plurale, operazione molto impegnativa, perché equivale a considerarvi un unico soggetto. Dico a voi, viluppo non ben discernibile sotto il lenzuolo aggrovigliato. Magari poi andrete ognuno per conto suo e il racconto dovrà di nuovo affannarsi a manovrare alternativamente la leva del cambio dal tu femminile al tu maschile; ma adesso, dato che i vostri corpi cercano di trovare tra pelle e pelle l'adesione più prodiga di sensazioni, di trasmettersi e ricevere vibrazioni e moti ondosi, di compenetrare i pieni e i vuoti, dato che l'attività mentale è anch'essa intesa alla massima intesa, vi si può rivolgere un discorso filato che vi comprenda in un'unica bicipite persona. Per prima cosa occorre stabilire il campo d'azione o modo d'essere di questa entità duplice che voi costituite. Dove porta questa vostra immedesimazione? Qual è il tema centrale che ritorna nelle vostre variazioni e modulazioni? Una tensione concentrata a non perdere niente del proprio potenziale, a prolungare uno stato di reattività, a profittare dell'accumulazione di desiderio dell'altro per moltiplicare la propria carica? Oppure l'abbandono più arrendevole, l'esplorazione dell'immensità degli spazi carezzabili e reciprocamente carezzevoli, la dissoluzione dell'essere in un lago dalla superficie infinitamente tattile? In entrambe le situazioni certamente non esistete che in funzione l'uno dell'altro, ma, per renderle possibili, i vostri rispettivi io devono anziché annullarsi occupare senza residui tutto il vuoto dello spazio mentale, investirsi di sé col massimo d'interessi o spendersi fino all'ultimo centesimo. Insomma, quello che fate è molto bello ma grammaticalmente non cambia nulla. Nel momento in cui più apparite come un voi unitario, siete due tu separati e conchiusi più di prima.

(Questo già adesso, quando ancora siete occupati l'uno della presenza dell'altro in maniera esclusiva. Figuriamoci di qui a non molto, quando fantasmi che non s'incontrano frequenteranno le vostre menti accompagnando gli incontri dei vostri corpi collaudati dall'abitudine).

Lettrice, ora sei letta. Il tuo corpo viene sottoposto a una lettura sistematica, attraverso canali d'informazione tattili, visivi, dell'olfatto, e non senza interventi delle papille gustative. Anche l'udito ha la sua parte, attento ai tuoi ansiti e ai tuoi trilli. Non solo il corpo è in te oggetto di lettura: il corpo conta in quanto parte d'un insieme d'elementi complicati, non tutti visibili e non tutti presenti ma che si manifestano in avvenimenti visibili e immediati: l'annuvolarsi dei tuoi occhi, il ridere, le parole che dici, il modo di raccogliere e spargere i capelli, il tuo prendere l'iniziativa e il tuo ritrarti, e tutti i segni che stanno sul confine tra te e gli usi e i costumi e la memoria e la preistoria e la moda, tutti i codici, tutti i poveri alfabeti attraverso i quali un essere umano crede in certi momenti di star leggendo un altro essere umano.

E anche tu intanto sei oggetto di lettura, o Lettore: la Lettrice ora passa in rassegna il tuo corpo come scorrendo l'indice dei capitoli, ora lo consulta come presa da curiosità rapide e precise, ora indugia interrogandolo e lasciando che le arrivi una muta risposta, come se ogni sopraluogo parziale non le interessasse che in vista d'una ricognizione spaziale più vasta. Ora si fissa su dettagli trascurabili, magari piccoli difetti stilistici, per esempio il pomo d'Adamo prominente o il modo che hai d'affondare la testa nel cavo del suo collo, e se ne serve per stabilire un margine di distacco, riserva critica o confidenza scherzosa; ora invece il particolare scoperto incidentalmente viene valorizzato oltremisura, per esempio la forma del tuo mento o uno speciale tuo morso nella sua spalla, e da questo suo avvio lei prende slancio, percorre (percorrete insieme) pagine e pagine da cima a fondo senza saltare una virgola. Intanto, nella soddisfazione che ricevi dal suo modo di leggerti, dalle citazioni testuali della tua oggettività fisica, s'insinua un dubbio: che lei non stia leggendo te uno e intero come sei, ma usandoti, usando frammenti di te staccati dal contesto per costruirsi un partner fantasmatico, conosciuto da lei sola, nella penombra della sua semicoscienza, e ciò che lei sta decifrando sia questo apocrifo visitatore dei suoi sogni, non te.

Dalla lettura delle pagine scritte, la lettura che gli amanti fanno dei loro corpi (di quel concentrato di mente e corpo di cui gli amanti si servono per andare a letto insieme) differisce in quanto non è lineare. Attacca da un punto qualsiasi, salta, si ripete, torna indietro, insiste, si ramifica in messaggi simultanei e divergenti, torna a convergere, affronta momenti di fastidio, volta pagina, ritrova il filo, si perde. Vi si può riconoscere una direzione, il percorso verso un fine, in quanto tende a un climax, e in vista di questo fine dispone fasi ritmiche, scansioni metriche, ricorrenze di motivi. Ma il fine è proprio il climax? O la corsa verso quel fine è contrastata da un'altra spinta che s'affanna controcorrente, a risalire gli attimi, al recupero del tempo?

Se si volesse rappresentare graficamente l'insieme, ogni episodio col suo culmine richiederebbe un modello a tre dimensioni, forse a quattro, nessun modello, ogni esperienza è irripetibile. L'aspetto in cui l'amplesso e la lettura s'assomigliano di più è che al loro interno s'aprono tempi e spazi diversi dal tempo e dallo spazio misurabili.

Già nell'improvvisazione confusa del primo incontro si legge il possibile avvenire d'una convivenza. Oggi siete l'uno oggetto della lettura dell'altro, ognuno legge nell'altro la sua storia non scritta. Domani, Lettore e Lettrice, se sarete insieme, se vi coricherete nello stesso letto come una coppia assestata, ognuno accenderà la lampada al suo capezzale e sprofonderà nel suo libro; due letture parallele accompagneranno l'approssimarsi del sonno; prima tu poi tu spegnerete la luce; reduci da universi separati, vi ritroverete fugacemente nel buio dove tutte le lontananze si cancellano, prima che sogni divergenti vi trascinino ancora tu da una parte e tu dall'altra. Ma non ironizzate su questa prospettiva d'armonia coniugale: quale immagine di coppia più fortunata sapreste contrapporle?

Parli a Ludmilla del romanzo che leggevi aspettandola. – È un libro di quelli che piacciono a te: comunica un senso di disagio fin dalla prima pagina...

Un lampo interrogativo passa nel suo sguardo. Ti viene un dubbio: forse questa frase del disagio non l'hai sentita da lei, l'hai letta da qualche parte... O forse all'angoscia come condizione di verità Ludmilla ha già smesso di credere... Forse qualcuno le ha dimostrato che anche l'angoscia è un meccanismo, che non c'è nulla di più falsificabile che l'inconscio...

– A me, – dice, – piacciono i libri in cui tutti i misteri e le angosce passano attraverso una mente esatta e fredda e senza ombre come quella d'un giocatore di scacchi.

– Comunque: questa è la storia d'un tale che diventa nervoso quando sente suonare un telefono. Un giorno sta facendo del podismo...

– Non mi raccontare di più. Fammelo leggere.

– Anch'io non sono andato molto più in là. Ora te lo porto.

T'alzi dal letto, vai a cercarlo nell'altra stanza, dove la precipitosa svolta nei tuoi rapporti con Ludmilla ha interrotto il corso normale degli avvenimenti.

Non lo trovi.

(Lo ritroverai in un'esposizione d'arte: l'ultima opera dello scultore Irnerio. La pagina il cui angolo avevi ripiegato per tenere il segno si stende su una delle basi d'un parallelepipedo compatto, incollato, verniciato con una resina trasparente. Un'ombra bruciaticcia, come di fiamma che si sprigioni dall'interno del libro, ondula la superficie della pagina e vi apre una successione di strati come nella nodosità d'una scorza).

– Non lo trovo, ma non importa, – le dici, – tanto ho visto che ne hai un'altra copia. Anzi, credevo che l'avessi già letto...

Senza che lei se n'accorga, sei entrato nello sgabuzzino, e hai cercato il libro di Flannery con la fascetta rossa. – Eccolo.

Ludmilla l'apre. C'è una dedica: «A Ludmilla... Silas Flannery». – Sì, è la mia copia...

– Ah, conosci Flannery? – esclami, come se non sapessi nulla.

– Sì... M'aveva regalato questo suo libro... Ma ero sicura che mi fosse stato rubato, prima che potessi leggerlo...

– ... Rubato da Irnerio?

– Mah...

È tempo che tu scopra le tue carte.

– Non è stato Irnerio, e tu lo sai. Irnerio quando l'ha visto l'ha buttato in quella stanza buia, dove conservi...

– Chi ti ha autorizzato a frugare?

– Irnerio dice che qualcuno che ti rubava i libri ora torna di nascosto a sostituirli con libri falsi...

– Irnerio non sa nulla.

– Io sì: Cavedagna m'ha dato da leggere le lettere di Marana.

– Tutto quel che Ermes racconta è sempre un imbroglio.

– C'è una cosa che è vera: quell'uomo continua a pensare a te, a vedere te in tutte le sue fantasticherie, è ossessionato dall'immagine di te che leggi...

– È quello che non ha mai potuto sopportare.

A poco a poco riuscirai a capire qualcosa di più sulle origini delle macchinazioni del traduttore: la molla segreta che le ha messe in moto è stata la gelosia per il rivale invisibile che si frapponeva continuamente tra lui e Ludmilla, la voce silenziosa che le parla attraverso i libri, questo fantasma dai mille volti e senza volto, tanto più sfuggente in quanto per Ludmilla gli autori non s'incarnano mai in individui in carne e ossa, esistono per lei solo nelle pagine pubblicate, i vivi come i morti sono lì sempre pronti a comunicare con lei, a sbalordirla, a sedurla, e Ludmilla è sempre pronta a seguirli, con la volubile leggerezza di rapporti che si può avere con persone incorporee. Come fare a sconfiggere non gli autori ma la funzione dell'autore, l'idea che dietro ogni libro ci sia qualcuno che garantisce una verità a quel mondo di fantasmi e d'invenzioni per il solo fatto d'avervi investito la propria verità, d'aver identificato se stesso con quella costruzione di parole? Da sempre, perché il suo gusto e talento lo spingevano in quel senso, ma più che mai da quando i suoi rapporti con Ludmilla erano entrati in crisi, Ermes Marana sognava una letteratura tutta d'apocrifi, di false attribuzioni, d'imitazioni e contraffazioni e pastiches. Se quest'idea fosse riuscita a imporsi, se un'incertezza sistematica sull'identità di chi scrive avesse impedito al lettore d'abbandonarsi con fiducia, – fiducia non tanto in ciò che gli viene raccontato, quanto nella voce silenziosa che racconta, – forse esternamente nell'edificio della letteratura non sarebbe cambiato nulla... ma sotto, nelle fondamenta, là dove si stabilisce il rapporto del lettore col testo, qualcosa sarebbe cambiato per sempre. Allora Ermes Marana non si sarebbe più sentito abbandonato da Ludmilla assorta nella lettura: tra il libro e lei si sarebbe insinuata sempre l'ombra della mistificazione, e lui identificandosi con ogni mistificazione avrebbe affermato la sua presenza.

Il tuo occhio cade sull'inizio del libro. – Ma questo non è il libro che stavo leggendo... Titolo uguale, copertina uguale, tutto uguale... Ma è un altro libro! Uno dei due è falso.

– Certo che è falso, – dice Ludmilla, a bassa voce.

– Dici che è falso perché è passato per le mani di Marana? Ma anche quello che stavo leggendo l'aveva mandato lui a Cavedagna! Saranno falsi tutti e due?

– C'è una sola persona che può dirci la verità: l'autore.

– Puoi chiederglielo, visto che sei sua amica...

– Lo ero.

– Era da lui che andavi quando scappavi da Marana?

– Quante cose sai! – dice, con un tono ironico che ti dà ai nervi più di tutto.

Lettore, hai deciso: andrai a trovare lo scrittore. Intanto, voltando le spalle a Ludmilla, ti sei messo a leggere il nuovo libro contenuto sotto la copertina uguale.

(Uguale fino a un certo punto. La fascetta «L'ultimo successo di Silas Flannery» copre l'ultima parola del titolo. Basterebbe che tu la sollevassi per accorgerti che questo volume non s'intitola come l'altro *In una rete di linee che s'allacciano*, ma *In una rete di linee che s'intersecano*).

In una rete di linee che s'intersecano

Speculare, riflettere: ogni attività del pensiero mi rimanda agli specchi. Secondo Plotino l'anima è uno specchio che crea le cose materiali riflettendo le idee della ragione superiore. Sarà forse per questo che io per pensare ho bisogno di specchi: non so concentrarmi se non in presenza d'immagini riflesse, come se la mia anima avesse bisogno d'un modello da imitare ogni volta che vuol mettere in atto la sua virtù speculativa. (Il vocabolo qui assume tutti i suoi significati: io sono insieme un uomo che pensa e un uomo d'affari, oltre che un collezionista d'apparecchi ottici).

Appena accosto l'occhio a un caleidoscopio sento che la mia mente, seguendo l'adunarsi e comporsi di frammenti eterogenei di colori e di linee in figure regolari, trova immediatamente il procedimento da seguire: non foss'altro che la rivelazione perentoria e labile d'una costruzione rigorosa che si disfa al minimo battere d'unghia sulle pareti del tubo, per essere sostituita da un'altra in cui gli stessi elementi convergono in un insieme dissimile.

Da quando, ancora adolescente, mi sono accorto che la contemplazione dei giardini smaltati che vorticano in fondo a un pozzo di specchi esaltava la mia attitudine alle decisioni pratiche e alle previsioni arrischiate, ho cominciato a collezionare caleidoscopi. La storia di quest'oggetto, relativamente recente (il caleidoscopio fu brevettato nel 1817 dal fisico scozzese Sir David Brewster, autore tra l'altro d'un *Treatise on New Philosophical Instruments*), costringeva la mia collezione entro limiti cronologici angusti. Ma non tardai a indirizzare le mie ricerche verso una specialità antiquaria ben più illustre e suggestiva: le macchine catoptriche del Seicento, teatrini di varia foggia in cui una figura si vede moltiplicata col variare dell'angolatura tra gli specchi. Il mio intento è di ricostruire il museo messo insieme dal gesuita Athanasius Kircher, autore dell'*Ars magna lucis et umbrae* (1646) e inventore del «teatro polidittico» in cui una sessantina di specchietti che tappezzano l'interno d'una grande scatola trasformano un ramo in una foresta, un soldatino di piombo in un esercito, un libriccino in una biblioteca.

Gli uomini d'affari cui, prima delle riunioni, faccio visitare la collezione, rivolgono a questi apparecchi bizzarri occhiate di curiosità superficiale. Non sanno che ho costruito il mio impero finanziario sullo stesso principio dei caleidoscopi e delle macchine catoptriche, moltiplicando come in un gioco di specchi società senza capitali, ingigantendo crediti, facendo scomparire passivi disastrosi negli angoli morti di prospettive illusorie. Il mio segreto, il segreto delle mie ininterrotte vittorie finanziarie in un'epoca che ha visto tante crisi e crolli in borsa e bancarotte, è stato sempre questo: che non pensavo mai direttamente al denaro, agli affari, ai profitti, ma solo agli angoli di rifrazione che si stabiliscono tra lucide lastre diversamente inclinate.

È la mia immagine che voglio moltiplicare, ma non per narcisismo o megalomania come si potrebbe troppo facilmente credere: al contrario, per nascondere, in mezzo a tanti fantasmi illusori di me stesso, il vero io che li fa muovere. Per questo, se non temessi d'essere frainteso, non avrei nulla in contrario a ricostruire a casa mia la stanza interamente foderata di specchi secondo il progetto di Kircher, dentro la quale mi vedrei camminare sul soffitto a testa in giù e volare verso l'alto dalle profondità del pavimento.

Queste pagine che sto scrivendo dovrebbero anch'esse comunicare una fredda luminosità da galleria di specchi, dove un numero limitato di figure si rifrange e si capovolge e si moltiplica. Se la mia figura parte in tutte le direzioni e si sdoppia su tutti gli spigoli è per scoraggiare quelli che vogliono inseguirmi. Sono un uomo con molti nemici a cui devo continuamente sfuggire. Se credono di raggiungermi colpiranno soltanto una superficie di vetro su cui appare e si dilegua un riflesso tra i tanti della mia ubiqua presenza. Sono anche un uomo che perseguita i suoi numerosi nemici incombendo su di loro e avanzando a falangi inesorabili e tagliando loro la strada da qualsiasi parte si voltino. In un mondo catoptrico anche i nemici possono credere che mi stanno accerchiando da ogni lato, ma io solo conosco la disposizione degli specchi, e posso rendermi inafferrabile, mentre loro finiscono per urtarsi e abbrancarsi a vicenda.

Vorrei che il mio racconto esprimesse tutto questo attraverso dettagli di operazioni finanziarie, colpi di scena nelle riunioni dei consigli d'amministrazione, telefonate d'agenti di borsa nel panico, e poi anche pezzi della mappa della città, polizze d'assicurazione, la bocca di Lorna quando buttò lì quella frase, lo sguardo d'Elfrida come assorto in un suo calcolo inesorabile, un'immagine che si sovrappone all'altra, il reticolo della mappa della città costellata di crocette e di frecce, motociclette che s'allontanano e spariscono negli spigoli di specchio, motociclette che convergono sulla mia Mercedes.

Da quando mi è stato chiaro che un sequestro della mia persona sarebbe stato il colpo più ambito non solo dalle varie bande di fuorilegge specializzati ma anche dai più importanti miei soci e concorrenti nel mondo dell'alta finanza, ho compreso che solo moltiplicandomi, moltiplicando la mia persona, la mia presenza, le mie uscite di casa e i miei ritorni, insomma le occasioni d'un agguato, avrei potuto rendere più improbabile la mia caduta in mani nemiche. Ho ordinato allora cinque Mercedes uguali alla mia che escono ed entrano dal cancello blindato della mia villa a tutte le ore, scortate dai motociclisti della mia guardia del corpo, e con a bordo un'ombra nerovestita e imbacuccata che potrebbe essere la mia come quella d'una controfigura qualsiasi. Le società da me presiedute consistono in sigle senza nulla dietro e le loro sedi in saloni vuoti intercambiabili; dunque le mie riunioni d'affari possono aver luogo a indirizzi sempre diversi, che per maggior sicurezza ordino di cambiare all'ultimo momento ogni volta. Problemi più delicati comporta la relazione extraconiugale che intrattengo con una signora divorziata di ventinove anni, a nome Lor-

na, dedicandole due e talvolta anche tre incontri settimanali di due ore e tre quarti. Per proteggere Lorna
non c'era che rendere impossibile la sua localizzazio-
ne, e il sistema a cui ho fatto ricorso è stato quello
d'ostentare una molteplicità di frequentazioni amorose contemporanee in modo che non si possa capire
quali sono le mie amanti fittizie e quale la vera. Ogni
giorno tanto io quanto i miei sosia ci soffermiamo con
orari sempre diversi in pied-à-terre disseminati in tutta la città e abitati da donne d'aspetto attraente. Questa rete di finte amanti mi permette di nascondere i
miei veri incontri con Lorna anche a mia moglie Elfrida, cui ho presentato l'esecuzione di questa messa in
scena come una misura di sicurezza. Quanto a lei, Elfrida, i miei consigli di dare la massima pubblicità ai
suoi spostamenti per disorientare eventuali piani criminali non la trovano disposta ad ascoltarmi: Elfrida
tende a nascondersi, così come evita gli specchi della
mia collezione quasi temesse che la sua immagine ne
venga frantumata e distrutta: un atteggiamento di cui
mi sfuggono le motivazioni profonde e che mi contraria non poco.

Vorrei che tutti i dettagli che scrivo concorressero
nel comunicare l'impressione d'un meccanismo d'alta
precisione ma nello stesso tempo d'una fuga di barba-
gli che rimandano a qualcosa che rimane fuori dal
raggio della vista. Per questo non devo trascurare
d'inserire ogni tanto, nei punti dove la vicenda si fa
più serrata, qualche citazione da un antico testo, per
esempio un passo dal *De magia naturale* di Giovanni
Battista della Porta, là dove dice che il mago ossia
«ministro della Natura» deve (cito dalla traduzione

italiana di Pompeo Sarnelli, 1577) sapere «le cagioni come s'ingannino gli occhi, le viste che si fanno sotto acqua, e ne' specchi fatti in diverse forme, le quali alle volte mandano le immagini fuora de' specchi pendenti nell'aria, e come si possano veder chiaramente quelle cose che si fan di lontano».

Presto mi sono accorto che l'incertezza creata con l'andirivieni d'automobili identiche non sarebbe bastata a sventare il pericolo delle imboscate criminali: ho pensato allora d'applicare il potere moltiplicatore dei meccanismi catoptrici agli stessi banditi, organizzando finti agguati e finti sequestri ai danni d'un qualche finto me stesso, seguiti da finti rilasci dopo il pagamento di finti riscatti. Per questo ho dovuto assumermi il compito di mettere in piedi un'organizzazione criminale parallela, stringendo contatti sempre più stretti col mondo della malavita. Sono venuto così a disporre d'un gran numero d'informazioni sui veri sequestri di persona in preparazione, potendo così intervenire in tempo, sia per proteggermi sia per profittare delle disgrazie dei miei avversari in affari.

A questo punto il racconto potrebbe ricordare che le virtù degli specchi di cui discettano i libri antichi comprendono quella di mostrare le cose lontane e occulte. I geografi arabi del Medio Evo nelle descrizioni del porto d'Alessandria ricordano la colonna che s'alza sull'isola di Pharos, sormontata da uno specchio d'acciaio in cui si vedono a immensa distanza le navi avanzare al largo di Cipro e di Costantinopoli e di tutte le terre dei Romani. Concentrando i raggi, gli specchi curvi possono captare un'immagine del tutto. «Dio stesso, che non può essere visto né dal corpo né dall'anima, – scrive Porfirio, – si lascia contemplare in uno specchio». Insieme all'irradiarsi centrifugo che proietta la mia immagine lungo tutte le dimensioni dello spazio, vorrei che queste pagine rendessero anche il movimento opposto con cui dagli specchi m'arrivano le immagini che la vista diretta non può abbracciare. Di specchio in specchio – ecco quel che m'avviene di sognare – la totalità delle cose, l'universo intero, la sapienza divina potrebbero concentrare i loro raggi luminosi in un unico specchio. O forse la conoscenza del tutto è seppellita nell'anima e un sistema di specchi che moltiplicasse la mia immagine all'infinito e ne restituisse l'essenza in un'unica immagine, mi rivelerebbe l'anima del tutto che si nasconde nella mia.

Questa e non altra sarebbe la potenza degli specchi magici di cui tanto si parla nei trattati di scienze occulte e negli anatemi degli inquisitori: costringere il dio delle tenebre a manifestarsi e a congiungere la sua immagine con quella che lo specchio riflette. Dovevo allargare la mia collezione a un nuovo settore: gli antiquari e le case d'aste di tutto il mondo sono stati avvertiti di tenere a mia disposizione i rarissimi esemplari di specchi del Rinascimento che per forma o per tradizione scritta possano essere classificati come magici.

Era una partita difficile, in cui ogni errore poteva esser pagato molto caro. La prima mossa sbagliata fu di convincere i miei rivali ad associarsi con me per fondare una compagnia d'assicurazioni contro i sequestri di persona. Sicuro della mia rete d'informazioni tra la malavita, credevo di tenere ogni eventualità sotto controllo. Non tardai ad apprendere che i miei soci intrattenevano con le bande dei sequestratori rapporti più stretti dei miei. Il riscatto che sarebbe stato chiesto per il prossimo sequestro sarebbe stato l'intero capitale della compagnia d'assicurazioni: esso sarebbe stato poi spartito tra l'organizzazione dei fuorilegge e gli azionisti della compagnia loro complici, tutto questo naturalmente ai danni del sequestrato. Su chi sarebbe stata questa vittima non c'erano dubbi: ero io.

Il piano dell'agguato contro di me prevedeva che tra le motociclette Honda del mio servizio di scorta e l'auto blindata su cui io viaggiavo s'inserissero tre motociclette Yamaha guidate da finti poliziotti che avrebbero improvvisamente frenato prima della curva. Secondo il mio contropiano, sarebbero state invece tre motociclette Suzuki a immobilizzare la mia Mercedes cinquecento metri prima, per un finto sequestro. Quando mi vidi bloccato da tre moto Kawasaki a un crocicchio che precedeva gli altri due, compresi che il mio contropiano era stato messo in scacco da un contro-contropiano di cui ignoravo i mandanti.

Come in un caleidoscopio si rifrangono e divergono le ipotesi che vorrei registrare in queste righe, così come si segmentava sotto i miei occhi la pianta della città che avevo scomposta pezzo a pezzo per localizzare l'incrocio di vie dove, secondo i miei informatori, sarebbe stato teso l'agguato contro di me, e per stabilire il punto in cui avrei potuto battere sul tempo i miei nemici in modo da capovolgere a mio vantaggio il loro piano. Tutto mi pareva ormai sicuro, lo specchio magico convogliava tutti i poteri malefici mettendoli a mio servizio. Non avevo fatto i conti con un terzo piano di rapimento predisposto da ignoti. Da chi?

Con mia grande sorpresa, anziché a un nascondiglio segreto i rapitori m'accompagnano a casa mia, mi rinchiudono nella stanza catoptrica ricostruita da me con tanta cura sui disegni d'Athanasius Kircher. Le pareti di specchio rimandano infinite volte la mia immagine. Ero stato rapito da me stesso? Una delle mie immagini proiettate per il mondo aveva preso il mio posto e m'aveva relegato al ruolo d'immagine riflessa? Avevo evocato il Signore delle Tenebre e questi mi si presentava sotto le mie stesse sembianze?

Sul pavimento di specchio giace un corpo di donna, legato. È Lorna. Appena fa un movimento, la sua carne nuda dilaga ripetuta su tutti gli specchi. Mi getto su di lei, per liberarla dai lacci e dal bavaglio, per abbracciarla; ma lei si rivolta contro di me, furente. – Credi d'avermi in tua mano? Ti sbagli! – e mi pianta le unghie nel viso. È prigioniera con me? È mia prigioniera? È lei la mia prigione?

Intanto s'è aperta una porta. Viene avanti Elfrida. – Sapevo del pericolo che ti minacciava e sono riuscita a salvarti, – dice. – Forse il sistema è stato un poco brutale, ma non avevo scelta. Ora però non trovo più la porta di questa gabbia di specchi. Dimmi, presto, come faccio a uscire?

Un occhio e un sopracciglio d'Elfrida, una gamba negli stivali aderenti, l'angolo della sua bocca dalle labbra sottili e dai denti troppo bianchi, una mano inanellata che stringe un revolver si ripetono ingiganti dagli specchi e tra questi frammenti stravolti della sua figura s'interpongono scorci della pelle di Lorna, come paesaggi di carne. Già non so più distinguere ciò che è dell'una e ciò che è dell'altra, mi perdo, mi sembra d'aver perduto me stesso, non vedo il mio riflesso ma solo il loro. In un frammento di Novalis un iniziato che è riuscito a raggiungere la dimora segreta di Iside solleva il velo della dea... Ora mi sembra che tutto quello che mi circonda sia una parte di me, che io sia riuscito a diventare il tutto, finalmente...

VIII

Su una sedia a sdraio, sul terrazzo d'uno chalet in fondo valle, c'è una giovane donna che legge. Tutti i giorni prima di mettermi al lavoro resto un po' di tempo a guardarla col cannocchiale. In quest'aria trasparente e sottile mi pare di cogliere nella sua figura immobile i segni di quel movimento invisibile che è la lettura, lo scorrere dello sguardo e del respiro, ma più ancora il percorso delle parole attraverso la persona, il loro fluire o arrestarsi, gli slanci, gli indugi, le pause, l'attenzione che si concentra o si disperde, i ritorni indietro, quel percorso che sembra uniforme e invece è sempre mutevole e accidentato.

Da quanti anni non posso concedermi una lettura disinteressata? Da quanti anni non riesco ad abbandonarmi a un libro scritto da altri, senza nessun rapporto con ciò che devo scrivere io? Mi volto e vedo la scrivania che m'attende, la macchina col foglio sul rullo, il capitolo da incominciare. Da quando sono diventato un forzato dello scrivere, il piacere della lettura è finito per me. Ciò che faccio ha come fine lo stato d'animo di questa donna sulla sedia a sdraio inquadrata dalle lenti del mio cannocchiale, ed è uno stato d'animo che mi è vietato.

Tutti i giorni prima di mettermi al lavoro guardo la donna sulla sdraio: mi dico che il risultato dello sforzo innaturale cui mi sottopongo scrivendo dev'essere il respiro di questa lettrice, l'operazione del leggere diventata un processo naturale, la corrente che porta le frasi a sfiorare il filtro della sua attenzione, a fermarsi per un attimo prima d'essere assorbite dai circuiti della sua mente e sparire trasformandosi nei suoi fantasmi interiori, in ciò che in lei è più personale e incomunicabile.

Alle volte mi prende un desiderio assurdo: che la frase che sto per scrivere sia quella che la donna sta leggendo nello stesso momento. L'idea mi suggestiona talmente che mi convinco che è vero: scrivo la frase in fretta, mi alzo, vado alla finestra, punto il cannocchiale per controllare l'effetto della mia frase nel suo sguardo, nella piega delle sue labbra, nella sigaretta che accende, negli spostamenti del suo corpo sulla sedia a sdraio, nelle gambe che s'accavallano o si distendono.

Alle volte mi sembra che la distanza tra il mio scrivere e il suo leggere sia incolmabile, che qualsiasi cosa io scriva porti il marchio dell'artificio e dell'incongruità: se ciò che sto scrivendo apparisse sulla levigata superficie della pagina che lei legge, striderebbe come un'unghia sul vetro e lei scaglierebbe il libro lontano con raccapriccio.

Alle volte mi convinco che la donna sta leggendo il mio *vero* libro, quello che da tanto tempo dovrei scrivere ma che non riuscirò mai a scrivere, che questo libro è là, parola per parola, lo vedo nel fondo del mio cannocchiale ma non posso leggere quel che c'è scritto, non posso sapere quel che ha scritto quell'io che io non sono riuscito né riuscirò a essere. È inutile che mi rimetta alla scrivania, che mi sforzi d'indovinare, di copiare quel mio vero libro letto da lei: qualsiasi cosa io scriva sarà un falso, rispetto al mio libro vero che nessuno tranne lei leggerà mai.

E se, così come io la guardo mentre legge, lei puntasse un cannocchiale su di me mentre scrivo? Siedo alla scrivania con le spalle voltate alla finestra ed ecco sento dietro di me un occhio che aspira il flusso delle frasi, conduce il racconto in direzioni che mi sfuggono. I lettori sono i miei vampiri. Sento una folla di lettori che sporgono lo sguardo sopra le mie spalle e s'appropriano delle parole man mano che si depositano sul foglio. Non sono capace di scrivere se c'è qualcuno che mi guarda: sento che ciò che scrivo non m'appartiene più. Vorrei sparire, lasciare all'attesa che incombe nei loro occhi il foglio infilato nella macchina, tutt'al più le mie dita che battono i tasti.

Come scriverei bene se non ci fossi! Se tra il foglio bianco e il ribollire delle parole e delle storie che prendono forma e svaniscono senza che nessuno le scriva non si mettesse di mezzo quello scomodo diaframma che è la mia persona! Lo stile, il gusto, la filosofia personale, la soggettività, la formazione culturale, l'esperienza vissuta, la psicologia, il talento, i trucchi del mestiere: tutti gli elementi che fanno sì che ciò che scrivo sia riconoscibile come mio, mi sembrano una gabbia che limita le mie possibilità. Se fossi solo una mano, una mano mozza che impugna una penna e scrive... Chi muoverebbe questa mano? La folla anonima? Lo spirito dei tempi? L'inconscio collettivo? Non so. Non è per poter essere il portavoce di qualcosa di definibile che vorrei annullare me stesso. Solo per trasmettere lo scrivibile che attende d'essere scritto, il narrabile che nessuno racconta.

Forse la donna che osservo col cannocchiale *sa* quello che dovrei scrivere; ossia *non lo sa*, perché appunto aspetta da me che io scriva quel che *non sa*; ma ciò che lei sa con certezza è la sua attesa, quel vuoto che le mie parole dovrebbero riempire.

Alle volte penso alla materia del libro da scrivere come qualcosa che già c'è: pensieri già pensati, dialoghi già pronunciati, storie già accadute, luoghi e ambienti visti; il libro non dovrebb'essere altro che l'equivalente del mondo non scritto tradotto in scrittura. Altre volte invece mi pare di comprendere che tra il libro da scrivere e le cose che già esistono ci può essere solo una specie di complementarità: il libro dovrebb'essere la controparte scritta del mondo non scritto; la sua materia dovrebbe essere ciò che non c'è né potrà esserci se non quando sarà scritto, ma di cui ciò che c'è sente oscuramente il vuoto nella propria incompletezza.

Vedo che in un modo o nell'altro continuo a girare intorno all'idea d'un'interdipendenza tra il mondo non scritto e il libro che dovrei scrivere. È per questo che lo scrivere mi si presenta come un'operazione d'un tale peso che ne resto schiacciato. Metto l'occhio al cannocchiale e lo punto sulla lettrice. Tra i suoi occhi e la pagina vola una farfalla bianca. Qualsiasi cosa lei stesse leggendo ora certo è la farfalla che ha catturato la sua attenzione. Il mondo non scritto ha il suo culmine in quella farfalla. Il risultato cui devo tendere è qualcosa di preciso, di raccolto, di leggero.

Guardando la donna sulla sdraio m'era venuta la necessità di scrivere «dal vero», cioè scrivere non lei ma la sua lettura, scrivere qualsiasi cosa ma pensando che deve passare attraverso la sua lettura.

Ora, guardando la farfalla che si posa sul mio libro, vorrei scrivere «dal vero» tenendo presente la farfalla. Scrivere per esempio un delitto atroce ma che in qualche modo «somigli» alla farfalla, sia lieve e sottile come la farfalla.

Potrei anche descrivere la farfalla, ma tenendo presente la scena atroce d'un delitto, in modo che la farfalla diventi qualcosa di spaventoso.

Progetto di racconto. Due scrittori, abitanti in due chalets su opposti versanti della valle, s'osservano a vicenda. Uno di loro è solito scrivere di mattina, l'altro di pomeriggio. La mattina e il pomeriggio, lo scrittore che non scrive punta il suo cannocchiale su quello che scrive.

Uno dei due è uno scrittore produttivo, l'altro è uno scrittore tormentato. Lo scrittore tormentato guarda lo scrittore produttivo riempire i fogli di righe uniformi, il manoscritto crescere in una pila di fogli ordinati. Tra poco il libro sarà finito: certo un nuovo romanzo di successo – pensa lo scrittore tormentato con un certo disdegno ma anche con invidia. Egli considera lo scrittore produttivo nient'altro che un abile artigiano, capace di sfornare romanzi fatti in serie per secondare il gusto del pubblico; ma non sa reprimere un forte senso d'invidia per quell'uomo che esprime se stesso con così metodica sicurezza. Non è solo invidia la sua, è anche ammirazione, sì, ammirazione sincera: nel modo in cui quell'uomo mette tutte le sue energie nello scrivere c'è certo una generosità, una fiducia nella comunicazione, nel dare agli altri quel che gli altri s'aspettano da lui, senza porsi problemi introversi. Lo scrittore tormentato pagherebbe chissà quanto pur d'assomigliare allo scrittore produttivo; vorrebbe prenderlo per modello; la sua massima aspirazione ormai è diventare come lui.

Lo scrittore produttivo osserva lo scrittore tormentato mentre questi si siede alla scrivania, si mangia le unghie, si gratta, strappa un foglio, s'alza per andare in cucina a farsi un caffè, poi un tè, poi una camomilla, poi legge una poesia di Hölderlin (mentre è chiaro che Hölderlin non c'entra per niente con ciò che sta scrivendo), ricopia una pagina già scritta e poi la cancella tutta riga per riga, telefona alla tintoria (mentre era stabilito che i pantaloni blu non potranno essere pronti prima di giovedì), poi scrive alcuni appunti che verranno buoni non ora ma forse in seguito, poi va a consultare l'enciclopedia alla voce Tasmania (mentre è chiaro che in quello che scrive non c'è nessuna allusione alla Tasmania), strappa due fogli, mette un disco di Ravel. Lo scrittore produttivo non ha mai amato le opere dello scrittore tormentato; a leggerle, gli sembra sempre d'essere lì lì per afferrare il punto decisivo ma poi questo punto gli sfugge e gli resta un senso di disagio. Ma ora che lo guarda scrivere, sente che quest'uomo sta lottando con qualcosa d'oscuro, un groviglio, una strada da scavare che non si sa dove porta; alle volte gli sembra di vederlo camminare su una corda sospesa sul vuoto e si sente preso da un sentimento d'ammirazione. Non solo ammirazione: anche invidia; perché sente quanto il proprio lavoro è limitato e superficiale in confronto con ciò che lo scrittore tormentato va cercando.

Sulla terrazza d'uno chalet nel fondovalle una giovane donna prende il sole leggendo un libro. I due scrittori la guardano col cannocchiale. «Com'è assorta, a fiato sospeso! Con che gesto febbrile gira le pagine! – pensa lo scrittore tormentato. – Certo legge un romanzo di grande effetto come quelli dello scrittore produttivo!» «Com'è assorta, quasi trasfigurata nella meditazione, come vedesse schiudersi una verità misteriosa! – pensa lo scrittore produttivo, – certo legge un libro denso di significati nascosti, come quelli dello scrittore tormentato!»

Il più grande desiderio dello scrittore tormentato sarebbe d'essere letto come legge quella giovane donna. Si mette a scrivere un romanzo così come egli pensa lo scriverebbe lo scrittore produttivo. Intanto il più gran desiderio dello scrittore produttivo sarebbe d'essere letto come legge quella giovane donna; si mette a scrivere un romanzo così come egli pensa lo scriverebbe lo scrittore tormentato.

La giovane donna viene avvicinata prima da uno scrittore poi dall'altro. Entrambi le dicono che vogliono farle leggere i romanzi che hanno appena finito di scrivere.

La giovane donna riceve i due manoscritti. Dopo qualche giorno invita gli autori a casa sua, insieme, con loro gran sorpresa. – Ma che scherzo è questo? – dice, – m'avete dato due copie dello stesso romanzo!

Oppure:

La giovane donna confonde i due manoscritti. Rende al produttivo il romanzo del tormentato scritto alla maniera del produttivo, e al tormentato il romanzo del produttivo scritto alla maniera del tormentato. Entrambi al vedersi contraffatti hanno una violenta reazione e ritrovano la propria vena.

Oppure:

Un colpo di vento scompagina i due manoscritti. La lettrice cerca di rimetterli assieme. Ne viene un unico romanzo, bellissimo, che i critici non sanno a chi attribuire. È il romanzo che tanto lo scrittore produttivo quanto il tormentato avevano sempre sognato di scrivere.

Oppure:

La giovane donna era sempre stata una lettrice appassionata dello scrittore produttivo e detestava lo scrittore tormentato. Leggendo il nuovo romanzo dello scrittore produttivo, lo trova fasullo e capisce che tutto quel che lui aveva scritto era fasullo; invece ricordando le opere dello scrittore tormentato ora le trova bellissime e non vede l'ora di leggere il suo nuovo romanzo. Ma trova qualcosa di completamente diverso da quel che s'aspettava e manda al diavolo anche lui.

Oppure:

Idem, sostituendo «produttivo» a «tormentato» e «tormentato» a «produttivo».

Oppure:

La giovane donna era ecc. ecc. appassionata del produttivo e detestava il tormentato. Leggendo il nuovo romanzo del produttivo non s'accorge affatto che ci sia qualcosa di cambiato; le piace, senza particolari entusiasmi. Quanto al manoscritto del tormentato, lo trova insipido come tutto il resto di quest'autore. Risponde ai due scrittori con frasi generiche. Entrambi si convincono che non dev'essere una lettrice molto attenta e non le fanno più caso.

Oppure:

Idem, sostituendo ecc.

Ho letto in un libro che l'oggettività del pensiero si può esprimere usando il verbo pensare alla terza persona impersonale: dire non «io penso», ma «pensa», come si dice «piove». C'è del pensiero nell'universo, questa è la constatazione da cui dobbiamo partire ogni volta.

Potrò mai dire: «oggi scrive», così come «oggi piove», «oggi fa vento»? Solo quando mi verrà naturale d'usare il verbo scrivere all'impersonale potrò sperare che attraverso di me s'esprima qualcosa di meno limitato che l'individualità d'un singolo.

E per il verbo leggere? Si potrà dire «oggi legge» come si dice «oggi piove»? A pensarci bene, la lettura è un atto necessariamente individuale, molto più dello scrivere. Ammesso che la scrittura riesca a superare la limitatezza dell'autore, essa continuerà ad avere un senso solo quando verrà letta da una persona singola e attraverserà i suoi circuiti mentali. Solo il poter essere letto da un individuo determinato prova che ciò che è scritto partecipa del potere della scrittura, un potere fondato su qualcosa che va al di là dell'individuo. L'universo esprimerà se stesso fin tanto che qualcuno potrà dire: «Io leggo dunque *esso* scrive».

È questa la speciale beatitudine che vedo affiorare nel viso della lettrice, e che a me è negata.

Sulla parete di fronte al mio tavolo è appeso un poster che mi hanno regalato. C'è il cagnolino Snoopy seduto di fronte alla macchina da scrivere e nel fumetto si legge la frase: «Era una notte buia e tempestosa...» Ogni volta che mi siedo qui leggo «Era una notte buia e tempestosa...» e l'impersonalità di quell'*incipit* sembra aprire il passaggio da un mondo all'altro, dal tempo e spazio del qui e ora al tempo e spazio della pagina scritta; sento l'esaltazione d'un inizio al quale potranno seguire svolgimenti molteplici, inesauribili; mi convinco che non c'è niente di meglio d'un'apertura convenzionale, d'un attacco da cui ci si può aspettare tutto e niente; e mi rendo anche conto che quel cane mitomane non riuscirà mai ad aggiungere alle prime sei parole altre sei o altre dodici senza rompere l'incanto. La facilità dell'entrata in un altro mondo è un'illusione: ci si slancia a scrivere precorrendo la felicità d'una futura lettura e il vuoto s'apre sulla carta bianca.

Da quando ho questo poster appeso davanti agli occhi, non riesco più a terminare una pagina. Bisogna che al più presto stacchi dal muro questo maledetto Snoopy; ma non mi decido; quel pupazzo infantile è diventato per me un emblema della mia condizione, un ammonimento, una sfida.

La fascinazione romanzesca che si dà allo stato puro nelle prime frasi del primo capitolo di moltissimi romanzi non tarda a perdersi nel seguito della narrazione: è la promessa d'un tempo di lettura che si stende davanti a noi e che può accogliere tutti gli sviluppi possibili. Vorrei poter scrivere un libro che fosse solo un *incipit*, che mantenesse per tutta la sua durata la potenzialità dell'inizio, l'attesa ancora senza oggetto. Ma come potrebb'essere costruito, un libro simile? S'interromperebbe dopo il primo capoverso? Prolungherebbe indefinitamente i preliminari? Incastrerebbe un inizio di narrazione nell'altro, come le Mille e una notte?

Oggi mi metterò a copiare le prime frasi d'un romanzo famoso, per vedere se la carica d'energia contenuta in quell'avvio si comunica alla mia mano, che una volta ricevuta la spinta giusta dovrebbe correre per conto suo.

In una giornata estremamente calda del principio di luglio, verso sera, un giovane scese in strada dalla stanzuccia che aveva in subaffitto nel vicolo di S. e lentamente, come fosse indeciso, s'avviò verso il ponte di K.

Copierò anche il secondo capoverso, indispensabile per farmi trasportare dal flusso della narrazione:

Per la scala, evitò felicemente l'incontro della sua padrona di casa. La stanzuccia di lui veniva a trovarsi proprio sotto il tetto d'un alto casamento a cinque piani e rassomigliava a un armadio più che a una dimora. E così via fino a: *Aveva un forte debito verso la padrona e temeva d'incontrarla.*

A questo punto la frase seguente m'attrae talmente

che non posso trattenermi dal copiarla: *Non che egli fosse tanto pauroso e avvilito, al contrario: ma era da qualche tempo in uno stato d'irritabilità simile all'ipocondria.* Visto che ci sono potrei proseguire per tutto il capoverso, anzi, per qualche pagina, fino a quando il protagonista si presenta alla vecchia usuraia. – *Raskolnikov, studente, sono stato da voi un mese fa, – s'affrettò a mormorare il giovane con un mezzo inchino, ricordandosi di dover essere più gentile.*

Mi fermo prima che s'impadronisca di me la tentazione di copiare tutto *Delitto e castigo.* Per un istante mi sembra di capire quale dev'essere stato il senso e il fascino d'una vocazione ormai inconcepibile: quella del copista. Il copista viveva contemporaneamente in due dimensioni temporali, quella della lettura e quella della scrittura; poteva scrivere senza l'angoscia del vuoto che s'apre davanti alla penna; leggere senza l'angoscia che il proprio atto non si concreti in alcun oggetto materiale.

È venuto a trovarmi un tale che dice d'essere un mio traduttore, per avvertirmi d'una soperchieria ai miei e ai suoi danni: la pubblicazione di traduzioni non autorizzate di miei libri. Mi ha mostrato un volume che ho sfogliato senza ricavarne gran che: era scritto in giapponese e le uniche parole in alfabeto latino erano il mio nome e cognome sul frontespizio.

– Non riesco neanche a capire di quale dei miei libri si tratta, – ho detto, restituendogli il volume, – purtroppo non conosco il giapponese.

– Anche se conoscesse la lingua non riconoscerebbe

il libro, – ha detto il mio visitatore. – È un libro che lei non ha mai scritto.

M'ha spiegato che la grande abilità dei giapponesi nel fabbricare perfetti equivalenti dei prodotti occidentali si è estesa alla letteratura. Una ditta di Osaka è riuscita ad appropriarsi della formula dei romanzi di Silas Flannery e riesce a produrne di assolutamente inediti e di prim'ordine, tali da poter invadere il mercato mondiale. Ritradotti in inglese (o meglio, tradotti nell'inglese da cui si finge siano stati tradotti), nessun critico saprebbe distinguerli dai Flannery veri.

La notizia di questa diabolica truffa m'ha sconvolto; ma non è solo la comprensibile rabbia per il danno economico e morale: sento anche una trepidante attrazione per questi falsi, per questa propaggine di me stesso che germoglia dal terreno d'un'altra civiltà. Immagino un vecchio giapponese in kimono che passa su un ponticello ricurvo: è il me stesso nipponico che sta immaginando una delle mie storie e giunge a identificarsi con me come risultato d'un itinerario spirituale che m'è completamente estraneo. Per cui i falsi Flannery sfornati dalla ditta truffaldina di Osaka sarebbero sì delle volgari contraffazioni ma nello stesso tempo conterrebbero una sapienza raffinata e arcana di cui i Flannery autentici sono del tutto privi.

Naturalmente, trovandomi di fronte a un estraneo, ho dovuto nascondere l'ambiguità delle mie reazioni, e mi sono dimostrato interessato solo a raccogliere tutti i dati necessari per intentare un processo.

– Farò causa ai falsari e a chiunque cooperi alla diffusione dei libri contraffatti! – ho detto fissando il traduttore negli occhi con intenzione, perché m'era venuto il sospetto che questo giovanotto non fosse estraneo alla losca faccenda. Ha detto di chiamarsi Ermes Marana, un nome che non avevo mai sentito. Ha una testa oblunga in senso orizzontale, a dirigibile, e sembra nascondere molte cose dietro la convessità della fronte.

Gli ho chiesto dove abita. – Per il momento, in Giappone, – m'ha risposto.

Si dichiara indignato che qualcuno possa fare un uso indebito del mio nome, e pronto ad aiutarmi per far finire la truffa, ma soggiunge che in fin dei conti non c'è da scandalizzarsi, perché secondo lui la letteratura vale per il suo potere di mistificazione, ha nella mistificazione la sua verità; dunque un falso, in quanto mistificazione d'una mistificazione, equivale a una verità alla seconda potenza.

Ha continuato a espormi le sue teorie, secondo le quali l'autore di ciascun libro è un personaggio fittizio che l'autore esistente inventa per farne l'autore delle sue finzioni. Molte delle sue affermazioni mi sento di condividerle, ma mi sono guardato bene dal farglielo capire. Dice che s'interessa a me per due ragioni soprattutto: primo, perché sono un autore falsificabile; secondo, perché pensa che io abbia le doti necessarie per essere un grande falsificatore, per creare degli apocrifi perfetti. Potrei dunque incarnare quello che per lui è l'autore ideale, cioè l'autore che si dissolve nella nuvola di finzioni che ricopre il mondo del suo spesso involucro. E siccome l'artificio è per lui la vera sostanza di tutto, l'autore che congegnasse un sistema d'artifici perfetto riuscirebbe a identificarsi col tutto.

Non posso smettere di pensare al mio colloquio di ieri con quel Marana. Anch'io vorrei cancellare me stesso e trovare per ogni libro un altro io, un'altra voce, un altro nome, rinascere; ma il mio scopo è di catturare nel libro il mondo illeggibile, senza centro, senza io.

A pensarci bene, questo scrittore totale potrebb'essere una persona molto modesta: quello che in America chiamano il ghost-writer, lo scrittore fantasma, una professione di riconosciuta utilità anche se di non molto prestigio: l'anonimo redattore che dà forma di libro a ciò che hanno da raccontare altre persone che non sanno o non hanno il tempo di scrivere, la mano scrivente che dà parola a esistenze troppo occupate a esistere. Forse la mia vera vocazione era quella e l'ho mancata. Avrei potuto moltiplicare i miei io, annettere gli io altrui, fingere gli io più opposti a me e tra loro.

Ma se una verità individuale è la sola che un libro può racchiudere, tanto vale che io accetti di scrivere la mia. Il libro della mia memoria? No, la memoria è vera fino a che non la si fissa, finché non la si chiude in una forma. Il libro dei miei desideri? Anche quelli sono veri solo quando la loro spinta agisce indipendentemente dalla mia volontà cosciente. La sola verità che posso scrivere è quella dell'istante che vivo. Forse il vero libro è questo diario in cui cerco d'annotare l'immagine della donna sulla sdraio nelle varie ore del giorno, così come la vado osservando col cambiare della luce.

Perché non ammettere che la mia insoddisfazione rivela un'ambizione smisurata, forse un delirio megalomane? Allo scrittore che vuole annullare se stesso per dar voce a ciò che è fuori di lui s'aprono due strade: o scrivere un libro che possa essere il libro unico, tale da esaurire il tutto nelle sue pagine; o scrivere tutti i libri, in modo da inseguire il tutto attraverso le sue immagini parziali. Il libro unico, che contiene il tutto, non potrebb'essere altro che il testo sacro, la parola totale rivelata. Ma io non credo che la totalità sia contenibile nel linguaggio; il mio problema è ciò che resta fuori, il non-scritto, il non-scrivibile. Non mi rimane altra via che quella di scrivere tutti i libri, scrivere i libri di tutti gli autori possibili.

Se penso che devo scrivere *un* libro, tutti i problemi del come questo libro deve essere e del come non deve essere mi bloccano e m'impediscono d'andare avanti. Se invece penso che sto scrivendo un'intera biblioteca, mi sento improvvisamente alleggerito: so che qualsiasi cosa io scriva sarà integrata, contraddetta, bilanciata, amplificata, sepolta dalle centinaia di volumi che mi restano da scrivere.

Il libro sacro di cui si conoscono meglio le condizioni in cui è stato scritto è il Corano. Le mediazioni tra la totalità e il libro erano almeno due: Maometto ascoltava la parola di Allah e la dettava a sua volta ai suoi scrivani. Una volta, – raccontano i biografi del Profeta – dettando allo scrivano Abdullah, Maometto lasciò una frase a mezzo. Lo scrivano, istintivamente, gli suggerì la conclusione. Distratto, il Profeta accettò come parola divina quel che aveva detto Abdullah.

Questo fatto scandalizzò lo scrivano, che abbandonò il Profeta e perdette la fede.

Sbagliava. L'organizzazione della frase, in definitiva, era una responsabilità che toccava a lui; era lui che doveva fare i conti con la coerenza interna della lingua scritta, con la grammatica e la sintassi, per accogliervi la fluidità d'un pensiero che s'espande fuori d'ogni lingua prima di farsi parola, e d'una parola particolarmente fluida quale quella d'un profeta. La collaborazione dello scrivano era necessaria ad Allah, dal momento che aveva deciso d'esprimersi in un testo scritto. Maometto lo sapeva e lasciava allo scrivano il privilegio di chiudere le frasi; ma Abdullah non aveva coscienza dei poteri di cui era investito. Perdette la fede in Allah perché gli mancava la fede nella scrittura, e in se stesso come operatore della scrittura.

Se a un infedele fosse permesso escogitare delle varianti alle leggende sul Profeta, proporrei questa: Abdullah perde la fede perché nello scrivere sotto dettatura gli sfugge un errore e Maometto, pur avendolo notato, decide di non correggerlo, trovando preferibile la dizione errata. Anche in questo caso, Abdullah avrebbe torto di scandalizzarsi. È sulla pagina, non prima, che la parola, anche quella del raptus profetico, diventa definitiva, cioè scrittura. È solo attraverso la limitatezza del nostro atto dello scrivere che l'immensità del non-scritto diventa leggibile, cioè attraverso le incertezze dell'ortografia, le sviste, i lapsus, gli sbalzi incontrollati della parola e della penna. Altrimenti ciò che è fuori di noi non pretenda di comunicare con la parola, parlata o scritta: mandi per altre vie i suoi messaggi.

Ecco la farfalla bianca ha attraversato tutta la valle e dal libro della lettrice è volata a posarsi sul foglio che sto scrivendo.

Strana gente circola per questa vallata: agenti letterari che aspettano il mio nuovo romanzo per il quale hanno già riscosso gli anticipi dagli editori di tutto il mondo; agenti pubblicitari che vogliono che i miei personaggi indossino certi capi di vestiario e bevano certi succhi di frutta; programmatori elettronici che pretendono di finire col calcolatore i miei romanzi incompiuti. Cerco d'uscire il meno possibile; evito il villaggio; se voglio passeggiare prendo per i sentieri della montagna.

Oggi ho incontrato una comitiva di ragazzi dall'aria di boy-scouts tra l'esaltato e il meticoloso, che disponevano dei teli su un prato formando delle figure geometriche.

– Segnalazioni per gli aerei? – ho chiesto.

– Per i dischi volanti, – m'hanno risposto. – Siamo osservatori d'oggetti non identificati. Questa è una località di passaggio, una specie di canale aereo molto frequentato negli ultimi tempi. Si pensa sia perché da queste parti abita uno scrittore e quelli degli altri pianeti vogliono servirsi di lui per comunicare.

– Cosa ve lo fa credere? – ho chiesto.

– Il fatto che da qualche tempo questo scrittore è in crisi e non riesce più a scrivere. I giornali si domandano quale sarà la ragione. Secondo i nostri calcoli, potrebbero essere gli abitanti d'altri mondi a tenerlo inattivo perché si svuoti dei condizionamenti terrestri e diventi ricettivo.

– Ma perché proprio lui?

– Gli extraterrestri non possono dire le cose direttamente. Hanno bisogno d'esprimersi in modo indiret-
to, figurato, per esempio attraverso delle storie che
provochino delle emozioni insolite. Questo scrittore
pare uno che ha una buona tecnica e una certa elasti-
cità di idee.

– Ma libri suoi ne avete letti?

– Quel che ha scritto finora non interessa. È nel libro che scriverà quando sarà uscito dalla crisi che potrebbe esserci la comunicazione cosmica.

– Trasmessa come?

– Per via mentale. Lui non dovrebbe accorgersene
nemmeno. Crederebbe di star scrivendo a suo talento; invece il messaggio che viene dallo spazio su onde
captate dal suo cervello s'infiltrerebbe in quello che
lui scrive.

– E voi riuscireste a decodificare il messaggio?

Non m'hanno risposto.

Se penso che l'attesa interplanetaria di questi giovani sarà delusa, provo un certo rincrescimento. In
fondo potrei ben infilare nel mio prossimo libro qualcosa che possa sembrare loro la rivelazione d'una verità cosmica. Per ora non ho idea di cosa potrei inven-
tare, ma se mi metto a scrivere un'idea mi verrà.

E se fosse come dicono loro? Se mentre io credo di
stare scrivendo per finta, quello che scrivo mi fosse
davvero dettato dagli extraterrestri?

Ho un bell'attendere una rivelazione dagli spazi si-
derali: il mio romanzo non va avanti. Se da un momento all'altro ricominciassi a riempire fogli su fogli,

sarebbe il segno che la galassia convoglia verso di me i suoi messaggi.

Ma l'unica cosa che riesco a scrivere è questo diario, la contemplazione d'una giovane donna che legge un libro che non so quale sia. Il messaggio extraterrestre è contenuto nel mio diario? O nel suo libro?

È venuta a trovarmi una ragazza che scrive una tesi sui miei romanzi per un seminario di studi universitari molto importante. Vedo che la mia opera le serve perfettamente per dimostrare le sue teorie, e questo è certamente un fatto positivo, per i romanzi o per le teorie, non so. Dai suoi discorsi molto circostanziati, mi sono fatto l'idea d'un lavoro condotto seriamente: ma i miei libri visti attraverso i suoi occhi mi risultano irriconoscibili. Non metto in dubbio che questa Lotaria (si chiama così) li abbia letti coscienziosamente, ma credo li abbia letti solo per trovarci quello di cui era già convinta prima di leggerli.

Ho provato a dirglielo. Ha ribattuto, un po' risentita: – Perché? Lei vorrebbe che leggessi nei suoi libri solo quello di cui è convinto lei?

Le ho risposto: – Non è così. Dai lettori m'aspetto che leggano nei miei libri qualcosa che io non sapevo, ma posso aspettarmelo solo da quelli che s'aspettano di leggere qualcosa che non sapevano loro.

(Per fortuna posso guardare col cannocchiale quell'altra donna che legge e convincermi che non tutti i lettori sono come questa Lotaria).

– Quello che lei vuole sarebbe un modo di leggere passivo, evasivo e regressivo, – ha detto Lotaria. – Mia sorella legge così. Ed è a vederla divorare i romanzi di Silas Flannery uno dopo l'altro senza porsi nessun problema, che m'è venuta l'idea di prenderli come argomento per la mia tesi. È per questo che ho letto le sue opere, signor Flannery, se vuol saperlo: per dimostrare a mia sorella Ludmilla com'è che si legge un autore. Sia pure Silas Flannery.

– Grazie per il «sia pure». Ma perché non è venuta con sua sorella?

– Ludmilla sostiene che gli autori è meglio non conoscerli di persona, perché la persona reale non corrisponde mai all'immagine che ci si fa leggendo i libri.

Direi che potrebbe essere la mia lettrice ideale, questa Ludmilla.

Ieri sera entrando nel mio studio ho visto l'ombra d'uno sconosciuto che scappava dalla finestra. Ho cercato d'inseguirlo, ma non ne ho trovato traccia. Spesso mi sembra di sentire gente nascosta nei cespugli intorno alla casa, specie di notte.

Sebbene io esca di casa il meno possibile, ho l'impressione che qualcuno metta le mani nelle mie carte. Più d'una volta ho scoperto che dai miei manoscritti erano spariti dei fogli. Qualche giorno dopo ritrovavo i fogli al loro posto. Ma mi capita spesso di non riconoscere più i miei manoscritti, come se avessi dimenticato quello che ho scritto, o come se da un giorno all'altro io fossi cambiato al punto di non riconoscermi più nel me stesso di ieri.

Ho chiesto a Lotaria se ha già letto alcuni miei libri che le avevo prestato. M'ha detto di no, perché qui non ha a disposizione un elaboratore elettronico.

M'ha spiegato che un elaboratore debitamente programmato può leggere un romanzo in pochi minuti e registrare la lista di tutti i vocaboli contenuti nel testo, in ordine di frequenza. – Posso così disporre subito d'una lettura già portata a termine, – dice Lotaria, – con un'economia di tempo inestimabile. Cos'è infatti la lettura d'un testo se non la registrazione di certe ricorrenze tematiche, di certe insistenze di forme e di significati? La lettura elettronica mi fornisce una lista delle frequenze, che mi basta scorrere per farmi un'idea dei problemi che il libro propone al mio studio critico. Naturalmente alle frequenze più alte sono registrate delle sfilze d'articoli, pronomi, particelle, ma non è là che soffermo la mia attenzione. Punto subito sulle parole più ricche di significato, che mi possono dare un'immagine del libro abbastanza precisa.

Lotaria m'ha portato alcuni romanzi trascritti elettronicamente sotto forma d'elenchi di vocaboli in ordine di frequenza. – In un romanzo tra le cinquantamila e le centomila parole, – m'ha detto, – le consiglio d'osservare subito i vocaboli che tornano una ventina di volte. Guardi qui. Parole che compaiono diciannove volte:

> cinturone, comandante, denti, fai, han, insieme, ragno, risponde, sangue, sentinella, spari, subito, t', tua, visto, vita...

– Parole che compaiono diciotto volte:

> basta, bello, berretto, finché, francese, mangiare, morto, nuovo, passa, patate, punto, quei, ragazzi, sera, vado, viene...

– Non ha già un'idea chiara di cosa si tratta? – dice Lotaria. – Non c'è dubbio che è un romanzo di guerra, tutto azione, dalla scrittura secca, con una certa carica di violenza. Una narrazione tutta in superficie, si direbbe; ma per sincerarcene è sempre bene fare qualche sondaggio nella lista delle parole che ricorrono una volta sola, e non per questo sono meno importanti. Questa sequenza, per esempio:

sottana, sotterralo, sotterranei, sotterraneo, sotterrarla, sotterrato, sottili, sottobosco, sottomano, sottoproletari, sottoscala, sottoterra, sottovesti...

– No, non è un libro tutto in superficie come sembrava. Ci dev'essere qualcosa di nascosto; su questa traccia potrò indirizzare le mie ricerche.

Lotaria mi mostra un'altra serie d'elenchi. – Questo è un romanzo tutto diverso. Si vede subito. Guardi le parole che ricorrono una cinquantina di volte:

avuto, marito, poco, Riccardo, suo (51), cosa, davanti, ha, rispose, stata, stazione (48), appena, camera, Mario, qualche, tutti, volte (47), andò, cui, mattina, pareva (46), doveva (45), avesse, fino, mano, senti (43), anni, Cecina, chi, Delia, mani, ragazza, sei, sera (42), finestra, poteva, quasi, sola, tornò, uomo (41), me, voleva (40), vita (39)...

– Cosa glie ne pare? Narrazione intimista, sentimenti sottili, appena accennati, un ambiente modesto, la vita di tutti i giorni in provincia... Per controprova, preleviamo un campione di parole che ricorrono una sola volta:

infreddolito, ingannata, ingegnato, ingegnere, ingelosire, ingenue, inghiottì, inghiottita, inghiottiva, inginocchiarsi, ingiù, ingiustizia, ingrandiva, ingrassare...

– E così, già ci siamo resi conto dell'atmosfera, degli stati d'animo, dello sfondo sociale... Possiamo passare a un terzo libro:

andò, capelli, conto, corpo, Dio, secondo, soldi, soprattutto, volte (39), farina, pioggia, provviste, qualcuno, ragione, sera, stare, Vincenzo, vino (38), dolce, dunque, gambe, morte, sue, uova, verde (36), avremmo, bambini, beh, bianco, capo, fanno, giornata, macchina, neri, persino, petto, rimasi, sta, stoffe (35)...

– Qui direi che siamo di fronte a una storia corposa, sanguigna, tutta sul sodo, un po' brusca, con una sensualità diretta, senza raffinatezze, un erotismo popolaresco. Passiamo anche qui alla lista delle parole con frequenza uno. Ecco, per esempio:

verdure, vergini, vergognai, vergognandosi, vergognare, vergognarti, vergognasse, vergognata, vergognava, vergogne, vergogneremmo, vergogni, vergogno, verificarsi, vermut...*.

– Ha visto? Questo è un senso di colpa bello e buono! Un indizio prezioso: l'indagine critica può partire di lì, proporre le sue ipotesi di lavoro... Cosa le dicevo? Non è un sistema rapido ed efficace?

L'idea che Lotaria legga i miei libri a questo modo mi crea dei problemi. Adesso ogni parola che scrivo la vedo già centrifugata dal cervello elettronico, disposta

---

* Le liste di parole sono tratte dai volumi di *Spogli elettronici dell'italiano letterario contemporaneo*, a cura di Mario Alinei, Il Mulino, Bologna 1973, dedicati a tre romanzi di scrittori italiani.

nella graduatoria delle frequenze, vicino ad altre parole che non so quali possano essere, e mi domando quante volte l'ho usata, sento la responsabilità dello scrivere che pesa tutta su quelle sillabe isolate, provo a immaginarmi quali conclusioni si possano trarre dal fatto che ho usato una volta o cinquanta volte quella parola. Forse sarà meglio che la cancelli... Ma qualsiasi altra parola provi a sostituirle, mi sembra che non resista alla prova... Forse anziché un libro potrei scrivere degli elenchi di parole, in ordine alfabetico, una frana di parole isolate in cui si esprima quella verità che ancora non conosco, e dalle quali l'elaboratore, capovolgendo il proprio programma, ricavi il libro, il mio libro.

S'è fatta viva la sorella di quella Lotaria che scrive una tesi su di me. È venuta senza preannunciare la sua visita, come se passasse di qui per caso. Ha detto:
– Sono Ludmilla. Ho letto tutti i suoi romanzi.

Sapendo che non voleva conoscere di persona gli autori, mi sono meravigliato di vederla. Ha detto che sua sorella aveva sempre una visione parziale delle cose; anche per questo, dopo che Lotaria le aveva parlato dei nostri incontri, aveva voluto verificare di persona, come per confermare la mia esistenza, dato che io corrispondo a un suo modello ideale di scrittore.

Questo modello ideale è quello – per dirlo con le sue parole – dell'autore che fa i libri «come una pianta di zucca fa le zucche». Ha usato anche altre metafore di processi naturali che seguono imperturbabili il loro corso: il vento che modella le montagne, i sedimenti delle maree, i cerchi annuali nel legno dei tronchi; ma queste erano metafore della creazione letteraria in generale, mentre invece l'immagine della zucca si riferiva direttamente a me.

– È con sua sorella che ce l'ha? – le ho chiesto, sentendo nel suo discorso un'intonazione polemica, come in chi è solito sostenere le proprie opinioni in contrasto con altri.

– No, con qualcun altro che lei pure conosce, – ha detto.

Senza troppi sforzi, sono riuscito a mettere in luce i retroscena della sua visita. Ludmilla è l'amica, o l'ex amica, di quel traduttore Marana, per il quale la letteratura vale quanto più consiste in congegni macchinosi, in un insieme d'ingranaggi, di trucchi, di trappole.

– E io farei qualcosa di diverso, secondo lei?

– Ho sempre pensato che lei scriva come ci sono animali che scavano tane o costruiscono formicai e alveari.

– Non sono sicuro che quel che lei dice sia molto lusinghiero per me, – ho replicato. – Comunque, ecco, ora mi vede, spero che non sia rimasta delusa. Corrispondo all'immagine che s'era fatta di Silas Flannery?

– Non sono delusa, al contrario. Ma non perché lei corrisponda a un'immagine: perché lei è una persona assolutamente qualsiasi, come appunto m'aspettavo.

– I miei romanzi le dànno l'idea d'una persona qualsiasi?

– No, vede... I romanzi di Silas Flannery sono qualcosa di così ben caratterizzato... sembra che siano già lì da prima, da prima che lei li scrivesse, in tutti i loro

dettagli... Sembra che passino attraverso di lei, ser-
vendosi di lei che sa scrivere perché qualcuno che li
scrive ci deve pur essere... Vorrei poterla osservare
mentre scrive, per verificare se è proprio così...

Sento una fitta dolorosa. Per questa donna io non
sono altro che un'impersonale energia grafica, pronta
a trasportare dall'inespresso alla scrittura un mondo
immaginario che esiste indipendentemente da me.
Guai se sapesse che non mi resta più nulla di quello
che lei crede: né l'energia espressiva né qualcosa da
esprimere.

– Cosa crede di poter vedere? Io non riesco a scrivere, se qualcuno mi guarda... – obietto.

Spiega che crede d'aver capito che la verità della
letteratura consiste solo nella fisicità dell'atto dello
scrivere.

«La fisicità dell'atto...» queste parole prendono a
vorticarmi nella mente, si associano a immagini che
invano cerco d'allontanare. – La fisicità dell'esistere, –
farfuglio, – ecco, vede, io sono qui, sono un uomo
che esiste, di fronte a lei, alla sua presenza fisica... – e
una gelosia pungente m'invade, non d'altre persone,
ma di quel me stesso d'inchiostro e punti e virgole
che ha scritto i romanzi che non scriverò più, l'autore
che continua a entrare nell'intimità di questa giovane
donna, mentre io, io qui e ora, con la mia energia fisica che sento insorgere molto più indefettibile dello
slancio creativo, sono separato da lei dall'immensa distanza d'una tastiera e d'un foglio bianco sul rullo.

– La comunicazione si può stabilire a vari livelli... –
mi metto a spiegare avvicinandomi a lei con movimenti certo un po' precipitati, ma nella mia mente

vorticano immagini visive e tattili che mi spingono a eliminare ogni separazione e ogni indugio.

Ludmilla si divincola, si libera: – Ma che fa, Mister Flannery? Non è questo il punto! Si sbaglia!

Certo le mie mosse potevo giocarle con un po' più di stile, ma ormai è troppo tardi per rimediare: non mi resta che puntare tutto per tutto; continuo a rincorrerla intorno alla scrivania, profferendo frasi di cui riconosco tutta la dappocaggine, come: – Forse lei crede che io sia troppo anziano, ma invece...

– È tutto un equivoco, Mister Flannery, – dice Ludmilla, e si ferma, frapponendo tra noi la mole del dizionario universale Webster, – io potrei benissimo far l'amore con lei; lei è un signore gentile e d'aspetto gradevole. Ma questo non avrebbe nessuna rilevanza nel problema che stavamo discutendo... Non avrebbe niente a che fare con l'autore Silas Flannery di cui leggo i romanzi... Come le spiegavo, siete due persone distinte, i cui rapporti non possono interferire... Non dubito che lei sia concretamente questa persona e non un altro, per quanto la trovi molto simile a tanti uomini che ho conosciuto, ma quel che m'interessava era l'altro, il Silas Flannery che esiste nelle opere di Silas Flannery, indipendentemente da lei che sta qui...

M'asciugo il sudore dalla fronte. Mi siedo. Qualcosa in me è venuta meno: forse l'io; forse il contenuto dell'io. Ma non era questo che volevo? Non è la spersonalizzazione che cercavo di raggiungere?

Forse Marana e Ludmilla sono venuti per dirmi la stessa cosa: ma non so se sia una liberazione o una condanna. Perché vengono a cercare proprio me, nel momento in cui mi sento più incatenato a me stesso come in una prigione?

Appena Ludmilla è uscita, sono corso al cannocchiale per trovare conforto nella vista della donna sulla sedia a sdraio. Non c'era. M'è venuto un sospetto: e se fosse la stessa che è venuta a trovarmi? Forse è sempre solo lei all'origine di tutti i miei problemi. Forse c'è un complotto per impedirmi di scrivere, di cui fanno parte tanto Ludmilla quanto sua sorella e il traduttore.

– I romanzi che m'attirano di più, – ha detto Ludmilla, – sono quelli che creano un'illusione di trasparenza intorno a un nodo di rapporti umani che è quanto di più oscuro, crudele e perverso.

Non capisco se l'ha detto per spiegare ciò che l'attira nei miei romanzi, o ciò che nei miei romanzi vorrebbe trovare e non trova.

L'incontentabilità mi pare la caratteristica di Ludmilla: da un giorno all'altro le sue preferenze mi sembra che cambino e che oggi rispondano solo alla sua inquietudine. (Ma tornando a trovarmi, sembrava aver dimenticato tutto quel che è successo ieri).

– Col mio cannocchiale posso osservare una donna che legge su una terrazza in fondovalle, – le ho raccontato. – Mi domando se i libri che legge saranno tranquillizzanti o inquietanti.

– Come le sembra la donna? Tranquilla o inquieta?

– Tranquilla.

– Allora legge libri inquietanti.

Ho raccontato a Ludmilla le strane idee che mi ven-

gono sui miei manoscritti: che spariscano, che ritorni-
no, che non siano più quelli di prima. M'ha detto di
stare molto attento: c'è un complotto degli apocrifi
che estende dappertutto le sue ramificazioni. Le ho
chiesto se a capo del complotto c'è il suo ex amico.

– Le congiure sfuggono sempre dalle mani dei loro
capi, – ha risposto, evasiva.

Apocrifo (dal greco *apókryphos*, nascosto, segreto):
1) detto in origine dei «libri segreti» delle sette religio-
se; in seguito detto di testi non riconosciuti come ca-
nonici nelle religioni che hanno stabilito un canone
delle scritture rivelate; 2) detto di testo falsamente at-
tribuito a un'epoca o a un autore.

Così i dizionari. Forse la mia vocazione vera era
quella d'autore d'apocrifi, nei vari significati del termine: perché scrivere è sempre nascondere qualcosa
in modo che venga poi scoperto; perché la verità che
può uscire dalla mia penna è come una scheggia sal-
tata via da un grande macigno per un urto violento e
proiettata lontano; perché non c'è certezza fuori dalla
falsificazione.

Vorrei ritrovare Ermes Marana per proporgli di
metterci in società e inondare il mondo di apocrifi.
Ma dov'è Marana adesso? È tornato in Giappone?
Cerco di far parlare Ludmilla di lui, sperando che mi
dica qualcosa di preciso. Secondo lei, il falsario ha bisogno per la sua attività di nascondersi in territori dove i romanzieri siano numerosi e fecondi, in modo da
poter mimetizzare le sue manipolazioni mescolandole

a una rigogliosa produzione di materia prima auten-
tica.

– Allora è tornato in Giappone? – Ma Ludmilla
sembra ignorare ogni connessione tra il Giappone e
quell'uomo. È da tutt'altra parte del globo che lei si-
tua la base segreta delle macchinazioni dell'infido traduttore. Stando ai suoi ultimi messaggi, Ermes avrebbe fatto perdere le sue tracce in prossimità della Cordigliera delle Ande. A Ludmilla comunque interessa
una cosa sola: che lui stia lontano. S'era rifugiata su
queste montagne per sfuggirgli; ora che è sicura di
non incontrarlo, può tornarsene a casa.

– Vuoi dire che stai per partire? – le chiedo.

– Domattina, – mi annuncia.

La notizia mi dà una grande tristezza. Improvvisamente mi sento solo.

Ho parlato di nuovo con gli osservatori di dischi
volanti. Stavolta sono venuti loro a cercarmi, per controllare se per caso non avessi scritto il libro dettato
dagli extraterrestri.

– No, ma so dove questo libro si può trovare, – ho
detto, avvicinandomi al cannocchiale. Da tempo m'e-
ra venuta l'idea che il libro interplanetario potesse essere quello che legge la donna sulla sedia a sdraio.

Sulla solita terrazza la donna non c'era. Deluso,
puntavo il cannocchiale intorno nella valle, quando
ho visto, seduto su un ciglione di roccia, un uomo in
abiti da città, intento a leggere un libro. La coincidenza capitava così a buon punto che non era fuor di luogo pensare a un intervento extraterrestre.

– Ecco il libro che cercate, – ho detto a quei giovani,

presentando loro il cannocchiale puntato sullo sconosciuto.

Uno per uno hanno avvicinato l'occhio alla lente, poi si sono guardati tra loro, m'hanno ringraziato e sono usciti.

È venuto a cercarmi un Lettore, per sottopormi un problema che lo preoccupa: ha trovato due copie del mio libro *In una rete di linee che etc.* esteriormente identiche ma contenenti due romanzi diversi. Uno è la storia d'un professore che non sopporta lo squillo del telefono, l'altro è la storia d'un miliardario che fa collezione di caleidoscopi. Purtroppo non poteva raccontarmene molto di più, né mostrarmi i volumi, perché prima di poterli finire gli erano stati rubati tutti e due, il secondo a meno d'un chilometro di qui.

Era ancora tutto sconvolto per questo strano episodio; m'ha raccontato che prima di presentarsi al mio domicilio voleva assicurarsi che io fossi in casa e nello stesso tempo voleva andare avanti nella lettura del libro, per poterne parlare con me sentendosi sicuro del fatto suo; s'era dunque seduto col libro in mano su un ciglione di roccia da cui poteva tener d'occhio il mio chalet. A un certo punto s'era visto circondato da una truppa di dementi che s'erano gettati sul suo libro. Intorno a questo libro i forsennati avevano improvvisato una specie di rito, uno di loro tenendolo sollevato e gli altri contemplandolo con profonda devozione. Incuranti delle sue proteste, s'erano allontanati nel bosco di corsa, portando con loro il volume.

– Queste vallate pullulano di tipi strani, – gli ho detto per cercare di tranquillizzarlo, – non pensi più a quel libro, signore; non ha perso niente d'importante: era un falso, prodotto in Giappone. Per sfruttare dolosamente il successo che i miei romanzi hanno nel mondo, una ditta giapponese senza scrupoli diffonde dei libri col mio nome in copertina ma che in realtà sono plagi di romanzi d'autori nipponici poco conosciuti, che non avendo avuto fortuna sono finiti al macero. Dopo molte indagini sono riuscito a smascherare questa truffa di cui siamo vittime tanto io quanto gli autori plagiati.

– A me veramente quel romanzo che stavo leggendo non dispiaceva affatto, – confessa il Lettore, – e rimpiango di non poter seguire la storia fino alla fine.

– Se non è che questo, posso rivelarle la fonte: si tratta di un romanzo giapponese, sommariamente adattato mettendo nomi occidentali ai personaggi e ai luoghi: *Sul tappeto di foglie illuminate dalla luna* di Takakumi Ikoka, autore d'altronde più che rispettabile. Posso dargliene una traduzione inglese, per indennizzarla della perdita subita.

Ho preso il volume che si trovava sul mio tavolo e glie l'ho dato dopo averlo chiuso in una busta a sacchetto, perché non fosse tentato di sfogliarlo e di rendersi subito conto che non aveva nulla in comune con *In una rete di linee che s'intersecano* né con alcun altro mio romanzo, apocrifo o autentico.

– Che ci fossero dei falsi Flannery in giro lo sapevo, – ha detto il Lettore, – ed ero già convinto che almeno uno di quei due fosse falso. Ma che può dirmi dell'altro?

Forse non era prudente che continuassi a mettere quest'uomo al corrente dei miei problemi; cercai di cavarmela con una battuta: – I soli libri che riconosco come miei sono quelli che devo ancora scrivere.

Il Lettore si è limitato a un sorrisetto di condiscendenza, poi è tornato serio e ha detto: – Mister Flannery, so chi c'è dietro a questa storia: non sono i giapponesi; è un certo Ermes Marana, che ha messo su tutto per gelosia di una giovane che lei conosce, Ludmilla Vipiteno.

– Perché viene a cercare me, allora? – ho replicato.

– Vada da quel signore e chieda a lui come stanno le cose –. M'è venuto il sospetto che tra il Lettore e Ludmilla ci fosse un legame, ed è bastato questo perché la mia voce prendesse un tono ostile.

– Non mi resta altro da fare, – ha assentito il Lettore. – Ho appunto occasione di fare un viaggio per lavoro dalle parti in cui lui si trova, in America del Sud, e ne approfitterò per cercarlo.

Non mi interessava fargli sapere che, a quanto ne so, Ermes Marana lavora per i giapponesi e ha in Giappone la centrale dei suoi apocrifi. L'importante per me è che questo importuno s'allontani il più possibile da Ludmilla: l'ho dunque incoraggiato a fare il suo viaggio e a intraprendere le ricerche più minuziose finché non abbia ritrovato il traduttore fantasma.

Il Lettore è assillato da coincidenze misteriose. M'ha raccontato che da qualche tempo, per le ragioni più varie, gli capita d'interrompere la lettura dei romanzi dopo poche pagine.

– Forse l'annoiano, – gli ho detto io, incline come al solito al pessimismo.

– Al contrario, sono costretto a interrompere la lettura proprio quando diventa più appassionante. Non vedo l'ora di riprenderla, ma quando credo di riaprire il libro che ho cominciato, mi trovo davanti a un libro completamente diverso.

– ...che invece è noiosissimo... – insinuo io.

– No, ancora più appassionante. Ma neanche questo riesco a finirlo. E così via.

– Il suo caso mi dà ancora delle speranze, – gli ho detto. – A me capita sempre più spesso di prendere in mano un romanzo appena uscito e di trovarmi a leggere lo stesso libro che ho letto cento volte.

Ho riflettuto sul mio ultimo colloquio con quel Lettore. Forse la sua intensità di lettura è tale da aspirare tutta la sostanza del romanzo all'inizio, cosicché non ne resta più per il seguito. A me questo succede scrivendo: da qualche tempo ogni romanzo che mi metto a scrivere s'esaurisce poco dopo l'inizio come se già vi avessi detto tutto quello che avevo da dire.

M'è venuta l'idea di scrivere un romanzo fatto solo d'inizi di romanzo. Il protagonista potrebb'essere un Lettore che viene continuamente interrotto. Il Lettore acquista il nuovo romanzo A dell'autore Z. Ma è una copia difettosa, e non riesce ad andare oltre l'inizio... Torna in libreria per farsi cambiare il volume...

Potrei scriverlo tutto in seconda persona: tu Lettore... Potrei anche farci entrare una Lettrice, un traduttore falsario, un vecchio scrittore che tiene un diario come questo diario...

Ma non vorrei che per sfuggire al Falsario la Lettrice finisse tra le braccia del Lettore. Farò in modo che il Lettore parta sulle tracce del Falsario, il quale si nasconde in un qualche paese molto lontano, in modo che lo Scrittore possa restare solo con la Lettrice.

Certo, senza un personaggio femminile, il viaggio del Lettore perderebbe vivacità: bisogna che incontri qualche altra donna sul suo percorso. La Lettrice potrebbe avere una sorella...

Effettivamente, pare proprio che il Lettore stia per partire. Porterà con sé *Sul tappeto di foglie illuminate dalla luna* di Takakumi Ikoka per leggerlo in viaggio.

Sul tappeto di foglie illuminate dalla luna

Le foglie del ginkgo cadevano come una pioggia minuta dai rami e punteggiavano di giallo il prato. Io passeggiavo col signor Okeda sul sentiero di pietre lisce. Dissi che avrei voluto separare la sensazione d'ogni singola foglia di ginkgo dalla sensazione di tutte le altre, ma mi domandavo se sarebbe stato possibile. Il signor Okeda disse che era possibile. Le premesse da cui partivo, e che il signor Okeda trovava ben fondate, erano le seguenti. Se dall'albero di ginkgo cade una sola fogliolina gialla e si posa sul prato, la sensazione che si prova guardandola è quella d'una singola fogliolina gialla. Se due foglioline scendono dall'albero, l'occhio segue il volteggiare delle due foglioline nell'aria che s'avvicinano e s'allontanano come due farfalle che si rincorrono, per planare infine una qua una là sull'erba. Così con tre, con quattro e anche con cinque; crescendo ancora il numero delle foglie volteggianti nell'aria le sensazioni corrispondenti a ognuna d'esse si sommano dando luogo a una sensazione complessiva quale quella d'una pioggia silenziosa, e – se appena un alito di vento rallenta la discesa – quella d'una sospensione d'ali nell'aria, e poi quella d'una disseminazione di macchioline luminose, quando s'abbassa lo sguardo sul prato. Ora io, pur senza perdere nulla di queste gradevoli sensazioni complessive, avrei voluto mantenere distinta senza confonderla con le altre l'immagine individuale d'ogni foglia dal momento in cui entra nel campo visivo e seguirla nella sua danza aerea e nel suo posarsi sui fili d'erba. L'approvazione del signor Okeda m'incoraggiava a perseverare in questo proposito. Forse, – aggiunsi contemplando la forma delle foglie di ginkgo, un piccolo ventaglio giallo dal bordo a festoni, – potrei arrivare a tener distinta nella sensazione d'ogni foglia la sensazione d'ogni lobo della foglia. Su questo il signor Okeda non si pronunciò; già altre volte il suo silenzio m'era servito da ammonimento a non lasciarmi andare in congetture precipitate saltando una serie di passaggi non ancora sottoposti a verifica. Facendo tesoro di questa lezione, cominciai a concentrare la mia attenzione per cogliere le sensazioni più minute nel momento del loro delinearsi, quando la loro nettezza non è ancora mescolata in un fascio d'impressioni diffuse.

Makiko, la figlia più giovane del signor Okeda, venne a servire il tè, coi suoi movimenti composti e la sua grazia ancora un po' infantile. Mentre si chinava, vidi sulla sua nuca nuda sotto i capelli raccolti in alto una sottile lanugine nera che sembrava continuare lungo il filo della schiena. Ero concentrato a guardarla quando sentii su di me la pupilla immobile del signor Okeda che mi scrutava. Certamente aveva capito che stavo esercitando la mia capacità d'isolare sensazioni sulla nuca di sua figlia. Io non distolsi lo sguardo, sia perché l'impressione di quella peluria tenera sulla pelle chiara s'era impadronita di me in modo imperioso, sia perché al signor Okeda sarebbe stato facile richiamare altrove la mia attenzione con una frase qualsiasi, ma non lo fece. D'altronde Makiko terminò presto di servire il tè e si rialzò. Io fissai un neo che aveva sopra il labbro, a sinistra, e che mi riportò qualcosa della sensazione di prima, ma più debole. Makiko lì per lì mi guardò turbata, poi abbassò gli occhi.

Nel pomeriggio ci fu un momento che non dimenticherò facilmente, sebbene mi renda conto che, a raccontarlo, sembri cosa da poco. Passeggiavamo sulla riva del laghetto settentrionale, con la signora Miyagi e Makiko. Il signor Okeda camminava avanti da solo, appoggiandosi a un lungo bastone di legno d'acero bianco. In mezzo al laghetto erano sbocciati due fiori carnosi d'una ninfea a fioritura autunnale, e la signora Miyagi espresse il desiderio di coglierli, uno per lei, uno per la figlia. La signora Miyagi aveva la solita espressione annuvolata e un po' stanca ma con quel fondo d'ostinazione severa che mi faceva sospettare che nella lunga storia dei cattivi rapporti con suo marito di cui tanto si mormorava la sua parte non fosse solo quella della vittima; e davvero, tra il gelido distacco del signor Okeda e la caparbia determinazione di lei non so chi finisse per avere la meglio. Quanto a Makiko, aveva sempre l'aria ilare e svagata che certi bambini cresciuti tra aspri contrasti familiari oppongono all'ambiente come una loro difesa, e che lei s'era portata dietro crescendo e ora opponeva al mondo degli estranei come riparandosi dietro lo scudo d'una letizia acerba e sfuggente.

Inginocchiatomi su una roccia della riva, mi sporsi

fino ad afferrare il ramo più vicino della ninfea galleggiante e lo tirai con delicatezza, attento a non strapparlo, per far navigare tutta la pianta verso riva. La signora Miyagi e sua figlia s'inginocchiarono anche loro e allungarono le mani verso l'acqua, pronte a ghermire i fiori quando essi fossero arrivati alla distanza giusta. La riva del laghetto era bassa e in pendenza; per sporgersi senza troppa imprudenza le due donne si tenevano dietro le mie spalle protendendo le braccia una da una parte, una dall'altra. A un certo momento sentii un contatto in un punto preciso, tra il braccio e la schiena, all'altezza delle prime costole; anzi, due contatti diversi, alla sinistra e alla destra. Dalla parte della signorina Makiko era una punta tesa e come pulsante, mentre dalla parte della signora Miyagi una pressione insinuante, di striscio. Compresi che per un caso raro e gentile ero stato sfiorato nello stesso istante dal capezzolo sinistro della figlia e dal capezzolo destro della madre, e che dovevo raccogliere tutte le mie forze per non perdere quel fortunoso contatto e per apprezzare le due sensazioni simultanee distinguendone e confrontandone le suggestioni.

– Allontanate le foglie, – disse il signor Okeda, – e il gambo dei fiori si piegherà verso le vostre mani –. Era in piedi sopra il gruppo di noi tre protesi sulle ninfee. Aveva in mano il lungo bastone col quale gli sarebbe stato facile avvicinare a riva la pianta acquatica; invece si limitò a consigliare alle due donne quella mossa che prolungava la pressione dei loro corpi sul mio.

Le due ninfee avevano quasi raggiunto le mani di Miyagi e di Makiko. Calcolai rapidamente che nel momento dell'ultimo strappo avrei potuto, sollevando il gomito destro e riaccostandolo subito al fianco, stringere sotto la mia ascella la piccola e soda mammella di Makiko tutta intera. Ma il trionfo della cattura delle ninfee scompose l'ordine dei nostri movimenti, per cui il mio braccio destro si richiuse sul vuoto, mentre la mia mano sinistra che aveva lasciato la presa del ramo ricadendo all'indietro incontrò il grembo della signora Miyagi che pareva disposto ad accoglierla e quasi a trattenerla, con un cedevole trasalimento che si comunicò a tutta la mia persona. In questo istante si giocò qualcosa che ebbe successivamente conseguenze incalcolabili, come dirò in seguito.

Passando nuovamente sotto il ginkgo, dissi al signor Okeda che nella contemplazione della pioggia di foglie il fatto fondamentale non era tanto la percezione d'ognuna delle foglie quanto la distanza tra una foglia e l'altra, l'aria vuota che le separava. Ciò che mi sembrava d'aver capito era questo: l'assenza di sensazioni su una larga parte del campo percettivo è la condizione necessaria perché la sensibilità si concentri localmente e temporalmente, così come nella musica il silenzio di fondo è necessario perché su di esso si distacchino le note.

Il signor Okeda disse che nelle sensazioni tattili questo era senz'altro vero: restai molto stupito della sua risposta, perché effettivamente era al contatto dei corpi di sua figlia e di sua moglie che stavo appunto pensando nel comunicargli le mie osservazioni sulle foglie. Il signor Okeda continuò a parlare di sensazioni tattili con tutta naturalezza, come se fosse inteso che il mio discorso non avesse avuto altro argomento.

Per portare la conversazione su un altro terreno, provai a fare il paragone con la lettura d'un romanzo, in cui un'andatura della narrazione molto calma, tutta sullo stesso tono smorzato, serve a far risaltare delle sensazioni sottili e precise su cui si vuole richiamare l'attenzione del lettore; ma nel caso del romanzo bisogna tener conto del fatto che nel succedersi delle frasi passa una sola sensazione per volta, sia essa singola o complessiva, mentre l'ampiezza del campo visivo e del campo auditivo permette di registrare simultaneamente un insieme molto più ricco e complesso. La ricettività del lettore rispetto all'insieme di sensazioni che il romanzo pretende di convogliare si trova a essere molto ridotta, in primo luogo dal fatto che la sua lettura spesso affrettata e disattenta non raccoglie o trascura un certo numero di segnali e d'intenzioni effettivamente contenuti nel testo, in secondo luogo perché c'è sempre qualcosa d'essenziale che resta fuori dalla frase scritta, anzi, le cose che il romanzo non dice sono necessariamente più di quelle che dice, e solo un particolare riverbero di ciò che è scritto può dare l'illusione di stare leggendo anche il non scritto. A tutte queste mie riflessioni, il signor Okeda è rimasto in silenzio, come fa sempre quando mi capita di parlare troppo e finisco per non saper più districarmi da un ragionamento aggrovigliato.

Nei giorni seguenti m'è capitato di trovarmi molto spesso solo in casa con le due donne, perché il signor Okeda aveva deciso di compiere personalmente le ricerche in biblioteca che finora erano state il mio compito principale, e preferiva invece che io restassi nel suo studio a riordinare il suo monumentale schedario. Avevo fondati timori che il signor Okeda avesse avuto sentore dei miei colloqui col professor Kawasaki e avesse intuito la mia intenzione di staccarmi dalla sua scuola per avvicinarmi ad ambienti accademici che mi garantissero una prospettiva d'avvenire. Certo, il restare troppo a lungo sotto la tutela intellettuale del signor Okeda mi danneggiava: lo sentivo dai commenti sarcastici degli assistenti del professor Kawasaki nei miei riguardi, per quanto costoro non fossero chiusi a ogni rapporto con altre tendenze come i miei compagni di corso. Non c'era dubbio che il signor Okeda volesse tenermi tutto il giorno a casa sua per impedirmi di prendere il volo e per frenare la mia indipendenza di pensiero come aveva fatto con gli altri suoi allievi, che erano ormai ridotti a sorvegliarsi a vicenda e denunziarsi per ogni minimo scarto dalla soggezione assoluta all'autorità del maestro. Occorreva che mi decidessi al più presto a congedarmi dal signor Okeda; e se rimandavo era solo perché le mattinate a casa sua mentre lui non c'era provocavano in me uno stato mentale di piacevole esaltazione, anche se poco proficua per il lavoro.

Infatti sul lavoro ero spesso distratto; cercavo tutti i pretesti per andare nelle altre stanze dove avrei potuto incontrare Makiko, sorprenderla nella sua intimità durante le varie situazioni della giornata. Ma più spesso trovavo sui miei passi la signora Miyagi e mi trattenevo con lei, dato anche che con la madre le occasioni di conversazione – e pure di scherzo malizioso, ancorché tinto spesso d'amarezza – si presentavano più facilmente che con la figlia.

La sera a cena, intorno al sukiyaki bollente, il signor Okeda scrutava i nostri volti come se vi fossero scritti i segreti della giornata, la rete di desideri distinti eppure collegati tra loro in cui mi sentivo avvolto e da cui non avrei voluto liberarmi senza averli soddisfatti uno per uno. Così rimandavo di settimana in settimana la mia decisione di congedarmi da lui e dal lavoro poco remunerato e senza prospettive di carriera, e capivo che la rete che mi tratteneva era lui, il signor Okeda, che andava stringendola maglia per maglia.

Era un autunno sereno; approssimandosi il plenilunio di novembre mi trovai a discorrere un pomeriggio con Makiko riguardo al luogo più adatto per osservare la luna tra i rami degli alberi. Io sostenevo che nell'aiola sotto il ginkgo il riflesso sul tappeto di foglie cadute avrebbe diffuso il chiarore lunare in una luminosità sospesa. C'era un'intenzione precisa nel mio discorso: proporre a Makiko un appuntamento sotto il ginkgo per quella notte. La ragazza replicò che era da preferire il laghetto, in quanto la luna autunnale, quando la stagione è fredda e secca, si specchia sull'acqua con contorni più netti di quella estiva, spesso alonata di vapori.

– D'accordo, – m'affrettai a dire, – non vedo l'ora di trovarmi con te sulla riva al sorgere della luna. Tanto più, – aggiunsi, – che il laghetto risveglia sensazioni delicate nei miei ricordi.

Forse pronunciando quella frase il contatto del seno di Makiko si presentò alla mia memoria con troppa vivezza, e la mia voce suonò concitata, allarmandola. Fatto sta che Makiko aggrottò le ciglia e restò un minuto in silenzio. Per dissipare questo disagio che non volevo interrompesse la fantasticheria amorosa cui m'andavo abbandonando, mi sfuggì un movimento della bocca inconsulto: dischiusi e serrai i denti come per mordere. Istintivamente Makiko si buttò indietro con un'espressione di dolore improvviso, come se fosse stata davvero raggiunta da un morso in una parte sensibile. Si ricompose subito e uscì dalla stanza. Mi accinsi a seguirla.

La signora Miyagi era nella stanza vicina, seduta al suolo su una stuoia, intenta a disporre fiori e rami autunnali in un vaso. Avanzando come un sonnambulo me la trovai accoccolata ai miei piedi senza rendermi conto e mi fermai appena in tempo per non investirla e non rovesciare i rami urtandoli con le gambe. La mossa di Makiko aveva suscitato in me un'eccitazione subitanea, e questo mio stato forse non sfuggì alla signora Miyagi, dato che i miei passi sbadati m'avevano portato a venirle addosso a quel modo. Comunque, la signora, senz'alzare lo sguardo, agitò contro di me il fiore di camelia che stava disponendo nel vaso, come volesse battermi o respingere la parte di me che si protendeva su di lei o anche giocarci, provocare, incitare con una frustata-carezza. Io abbassai le mani per cercare di salvare dallo scompiglio la disposizione delle foglie e dei fiori; intanto anche lei stava manovrando tra i rami, protesa in avanti; e accadde che nello stesso momento una mia mano confusamente s'infilasse tra il chimono e la pelle nuda della signora Miyagi e si trovasse a stringere un seno morbido e tiepido di forma allungata, mentre intanto una mano della signora di tra i rami di keiakì (detto in Europa: olmo del Caucaso; *n.d.t.*) aveva raggiunto il mio membro e lo teneva con presa franca e salda estraendolo dagli indumenti come stesse procedendo a un'operazione di sfrondatura.

Ciò che suscitava il mio interesse, nel seno della signora Miyagi, era la corona di papille in rilievo, di grana spessa o minuta, sparse sulla superficie d'un'areola d'estensione ragguardevole, più fitte sui bordi ma con avamposti che si spingevano fin sull'apice. Presumibilmente queste papille comandavano ciascuna sensazioni più o meno acute nella ricettività della signora Miyagi, fenomeno che potei verificare facilmente sottoponendole a leggere pressioni il più possibile localizzate, a intervalli di circa un secondo, e riscontrandone le reazioni dirette nel capezzolo e indirette nel comportamento generale della signora, così come anche le reazioni mie, dato che una certa reciprocità s'era evidentemente stabilita tra la sua sensibilità e la mia. Questa delicata ricognizione tattile veniva da me condotta non solo mediante i polpastrelli ma anche conducendo nel modo più opportuno il mio membro a planare sul suo seno con carezza radente e aggirante, dato che la posizione in cui eravamo venuti a trovarci favoriva l'incontro di queste nostre zone diversamente erogene e dato che lei mostrava di gradire e secondare e autorevolmente guidare questi percorsi. Si dà il caso che anche la mia pelle presenti, lungo il corso del membro e specialmente sulla parte protuberante del suo culmine, punti e passaggi di sensibilità speciale che vanno dall'estremamente piacevole al gradevole al cagionante prurito al doloroso, così come punti e passaggi atoni o sordi. L'incontro fortuito o calcolato delle diverse terminazioni sensibili o ipersensibili mie e sue procurava una gamma di reazioni variamente assortite, il cui inventario si prospettava quanto mai laborioso per entrambi.

Eravamo intenti a questi esercizi, quando rapidamente dal vano della porta scorrevole apparve la figura di Makiko. Evidentemente la ragazza era rimasta in attesa del mio inseguimento e ora veniva a vedere quale ostacolo m'avesse trattenuto. Se ne rese conto subito e sparì, ma non tanto presto da non lasciarmi il tempo d'accorgermi che qualcosa nel suo abbigliamento era cambiato: aveva sostituito il maglione aderente con una vestaglia di seta che pareva fatta apposta per non star chiusa, per slacciarsi alla pressione interna di quanto in lei fioriva, per scivolare sulla sua liscia pelle al primo assalto di quell'avidità di contatto che appunto quella sua liscia pelle non poteva mancare di provocare.

– Makiko! – gridai, perché volevo spiegarle (ma davvero non avrei saputo da che parte cominciare) che la posizione in cui m'aveva sorpreso con sua madre era dovuta solo a un casuale concorso di circostanze che aveva fatto deviare per strade traverse il mio desiderio puntato inequivocabilmente su di lei, Makiko. Desiderio che ora quella vestaglia di seta scomposta o in attesa d'essere scomposta riacutizzava e gratificava come in un'offerta esplicita, tanto che con l'apparizione di Makiko negli occhi e il contatto della signora Miyagi sulla pelle stavo per essere sopraffatto dalla voluttà.

La signora Miyagi doveva ben essersene accorta, tant'è vero che attaccandosi alle mie spalle mi trascinò con sé sulla stuoia e con svelti sussulti di tutta la persona strisciò il suo sesso umido e prensile sotto il mio che senza sbandamenti ne fu risucchiato come da una ventosa, mentre le sue magre gambe nude mi cingevano i fianchi. Era d'una agilità scattante, la signora Miyagi: i suoi piedi nei bianchi calzettoni di cotone s'incrociavano sul mio osso sacro stringendomi come in una morsa.

Il mio appello a Makiko non era rimasto inascoltato. Dietro il pannello di carta della porta scorrevole si disegnò la sagoma della ragazza che s'inginocchiava sulla stuoia, avanzava il capo, ecco sporgeva dallo stipite il viso contratto in un'espressione ansimante, schiudeva le labbra, spalancava gli occhi seguendo i sussulti di sua madre e miei con attrazione e disgusto. Ma non era sola: al di là del corridoio, nel vano d'un'altra porta una figura d'uomo stava immobile in piedi. Non so da quanto tempo il signor Okeda era là. Guardava fissamente, non sua moglie e me, ma sua figlia che ci guardava. Nella sua fredda pupilla, nella piega ferma delle sue labbra si rifletteva lo spasimo della signora Miyagi riflesso nello sguardo di sua figlia.

Vide che lo vedevo. Non si mosse. Compresi in quell'istante che non mi avrebbe interrotto né m'avrebbe cacciato di casa, che non avrebbe mai accennato a questo episodio né ad altri che potessero verificarsi e ripetersi; compresi anche che questa connivenza non m'avrebbe dato alcun potere su di lui né avrebbe reso meno pesante la mia sottomissione. Era un segreto che legava me a lui ma non lui a me: a nessuno avrei potuto rivelare quel che lui stava guardando senza ammettere da parte mia una complicità indecorosa.

Che potevo fare, ormai? Ero destinato a impigliarmi

sempre di più in un groviglio di malintesi, perché ormai Makiko mi considerava uno dei numerosi amanti di sua madre e Miyagi sapeva che non vedevo che per gli occhi di sua figlia, ed entrambe me l'avrebbero fatta pagare crudelmente, mentre i pettegolezzi dell'ambiente accademico, così rapidi a propalarsi, alimentati dalla malignità dei miei condiscepoli pronti a servire anche in questo modo i calcoli del maestro, avrebbero gettato una luce calunniosa sulle mie assiduità in casa Okeda, screditandomi agli occhi dei docenti universitari sui quali facevo più affidamento per mutare la mia situazione.

Per quanto angustiato da queste circostanze, riuscivo a concentrarmi e a suddividere la sensazione generica del mio sesso stretto dal sesso della signora Miyagi nelle sensazioni parcellari dei singoli punti di me e di lei via via sottoposti a pressione dal mio movimento scorrevole e dalle sue contrazioni convulse. Questa applicazione m'aiutava oltretutto a prolungare lo stato necessario all'osservazione stessa, ritardando il precipitare della crisi finale col mettere in evidenza momenti d'insensibilità o di sensibilità parziale, i quali alla loro volta non facevano che valorizzare oltremisura l'insorgere repentino di sollecitazioni voluttuose, distribuite in maniera imprevedibile nello spazio e nel tempo. – Makiko! Makiko! – gemevo all'orecchio della signora Miyagi, associando spasmodicamente questi istanti d'ipersensibilità all'immagine di sua figlia e alla gamma di sensazioni incomparabilmente diverse che immaginavo lei potesse suscitare in me. E per mantenere il controllo delle mie reazioni pensavo alla descrizione che ne avrei fatto quella stessa sera al signor Okeda: la pioggia delle foglioline del ginkgo è caratterizzata dal fatto che in ogni momento ogni foglia che sta cadendo si trova a un'altezza diversa dalle altre, per cui lo spazio vuoto e insensibile in cui si situano le sensazioni visive può essere suddiviso in una successione di livelli in ognuno dei quali si trova a volteggiare una e una sola fogliolina.

IX

Ti allacci la cintura. L'aereo sta atterrando. Volare è il contrario del viaggio: attraversi una discontinuità dello spazio, sparisci nel vuoto, accetti di non essere in nessun luogo per una durata che è anch'essa una specie di vuoto nel tempo; poi riappari, in un luogo e in un momento senza rapporto col dove e col quando in cui eri sparito. Intanto cosa fai? Come occupi quest'assenza tua dal mondo e del mondo da te? Leggi; non stacchi l'occhio dal libro da un aeroporto all'altro, perché al di là della pagina c'è il vuoto, l'anonimato degli scali aerei, dell'utero metallico che ti contiene e ti nutre, della folla passeggera sempre diversa e sempre uguale. Tanto vale tenerti a quest'altra astrazione di percorso, compiuta attraverso l'anonima uniformità dei caratteri tipografici: anche qui è il potere d'evocazione dei nomi a persuaderti che stai sorvolando qualcosa e non il nulla. Ti rendi conto che ci vuole una buona dose d'incoscienza per affidarsi a congegni insicuri, approssimativamente guidati; o forse questo prova una inarrestabile tendenza alla passività, alla regressione, alla dipendenza infantile. (Ma stai riflettendo sul viaggio aereo o sulla lettura?)

L'apparecchio sta atterrando: non sei riuscito a finire il romanzo *Sul tappeto di foglie illuminate dalla luna* di Takakumi Ikoka. Continui a leggere scendendo la scaletta, nel bus che attraversa il campo, nella coda per il controllo dei passaporti e la dogana. Avanzi reggendo il libro aperto davanti ai tuoi occhi, quando qualcuno te lo sfila di mano, e come all'alzarsi d'un sipario vedi schierati davanti a te poliziotti bardati di bandoliere di cuoio, ferrati d'armi automatiche, dorati d'aquile e spalline.

– Ma il mio libro... – vagisci, protendendo con gesto da infante un'inerme mano verso quell'autorevole barriera di bottoni luccicanti e bocche da fuoco.

– Sequestrato, signore. Quel libro in Ataguitania non può entrare. È un libro vietato.

– Ma come può essere...? Un libro sulle foglie d'autunno...? Ma con che diritto...?

– È nella lista dei libri da sequestrare. La nostra legge è questa. Vuole insegnare a noi? – Rapidamente, da una parola all'altra, da una sillaba all'altra, il tono da secco si fa brusco, da brusco intimidatorio, da intimidatorio minaccioso.

– Ma io... Mi mancava poco per finirlo...

– Lascia perdere, – sussurra una voce dietro di te. – Non ti ci mettere, con questi. Per il libro non ti preoccupare, ne ho una copia anch'io, parleremo dopo...

È una viaggiatrice dall'aria sicura, una spilungona in pantaloni, occhialuta, carica di pacchi, che passa i controlli con l'aria di chi c'è abituata. La conosci? Anche se ti pare di conoscerla, fa' finta di niente: certo lei non vuol farsi vedere mentre parla con te. T'ha fatto cenno di seguirla: non perderla di vista. Fuori dell'aeroporto sale su un taxi e ti fa cenno di prendere il taxi che segue. In aperta campagna il suo taxi si ferma, lei scende con tutti i suoi pacchi e sale sul tuo. Se non fosse per i capelli cortissimi e gli enormi occhiali diresti che somiglia a Lotaria.

Provi a dire: – Ma tu sei...?

– Corinna, chiamami Corinna.

Dopo aver frugato nelle sue borse, Corinna ne tira fuori un libro e te lo dà.

– Ma non è questo, – dici, vedendo sulla copertina un titolo e un nome d'autore sconosciuti: *Intorno a una fossa vuota* di Calixto Bandera. – È un libro di Ikoka che m'hanno sequestrato!

– È quello che ti ho dato. In Ataguitania i libri possono circolare solo con copertine finte.

Mentre il taxi s'inoltra a tutta velocità in una polverulenta periferia, tu non puoi resistere alla tentazione d'aprire il libro per verificare se Corinna ha detto il vero. Macché. È un libro che tu vedi per la prima volta e che non ha affatto l'aria d'un romanzo nipponico: comincia con un uomo che cavalca su un altipiano tra le agavi e vede volare degli uccelli rapaci chiamati *zopilotes*.

– Se è finta la copertina, – osservi, – sarà finto anche il testo.

– Cosa t'aspettavi? – dice Corinna. – Il processo di falsificazione una volta messo in moto non s'arresta più. Siamo in un paese in cui tutto quel che è falsificabile è stato falsificato: quadri dei musei, lingotti d'oro, biglietti degli autobus. La controrivoluzione e la rivoluzione combattono tra loro a colpi di falsificazioni; il risultato è che nessuno può esser sicuro di ciò che è vero e di ciò che è falso, la polizia politica simula azioni rivoluzionarie e i rivoluzionari si travestono da poliziotti.

– E chi ci guadagna, alla fine?

– È presto per dirlo. Bisogna vedere chi sa meglio servirsi delle falsificazioni proprie e altrui: se la polizia o la nostra organizzazione.

Il guidatore del taxi sta tendendo l'orecchio. Fai un cenno a Corinna come a trattenerla dal dire frasi imprudenti.

Ma lei: – Non aver paura. Questo è un finto taxi. Quel che m'allarma piuttosto è che c'è un altro taxi che ci segue.

– Finto o vero?

– Certamente finto, ma non so se sia della polizia o dei nostri.

Sbirci indietro sulla strada. – Ma, – esclami, – c'è un terzo taxi che segue il secondo...

– Potrebbero essere i nostri che controllano le mosse della polizia, ma potrebbe essere anche la polizia sulle tracce dei nostri...

Il secondo taxi vi sorpassa, si ferma, ne saltano fuori degli uomini armati che vi fanno scendere dal vostro taxi. – Polizia! Siete in arresto! – Venite ammanettati tutti e tre e fatti salire sul secondo taxi: tu, Corinna e il vostro autista.

Corinna, tranquilla e sorridente, saluta gli agenti: – Sono Gertrude. Questo è un amico. Portateci al comando.

Sei rimasto a bocca aperta? Corinna-Gertrude ti sussurra, nella tua lingua: – Non aver paura. Sono finti poliziotti: in realtà sono dei nostri.

Siete appena ripartiti quando il terzo taxi blocca il secondo. Ne saltano fuori altri armati, col viso nascosto; disarmano i poliziotti, tolgono le manette a te e a Corinna-Gertrude, ammanettano i poliziotti, vi schiacciano tutti dentro il loro taxi.

Corinna-Gertrude sembra indifferente: – Grazie, amici, – dice. – Sono Ingrid e questo è uno dei nostri. Ci portate al quartier generale?

– Chiudi il becco, tu! – dice uno che sembra il capo. – Non crediate di fare i furbi! Adesso dobbiamo bendarvi. Siete nostri ostaggi.

Non sai più cosa pensare, anche perché Corinna-Gertrude-Ingrid è stata portata via nell'altro taxi. Quando ti viene concesso di riacquistare l'uso delle tue membra e dei tuoi occhi, ti trovi in un ufficio d'un commissariato di polizia o d'una caserma. Graduati in uniforme ti fotografano di fronte e di profilo, ti prendono le impronte digitali. Un ufficiale chiama: – Alfonsina!

Vedi entrare Gertrude-Ingrid-Corinna, in uniforme anche lei, che porge all'ufficiale una cartella di documenti da firmare.

Tu intanto segui la tua routine da una scrivania all'altra: un agente prende in consegna i tuoi documenti, un altro i denari, un terzo i tuoi indumenti che vengono sostituiti con una tuta da carcerato.

– Ma che trappola è questa? – riesci a chiedere a Ingrid-Gertrude-Alfonsina che ti s'è avvicinata in un momento in cui i piantoni ti voltano le spalle.

– Tra i rivoluzionari ci sono dei controrivoluzionari infiltrati che ci hanno fatto cadere in un'imboscata della polizia. Ma per fortuna, nella polizia ci sono molti rivoluzionari infiltrati che hanno finto di riconoscermi come una funzionaria di questo comando. Quanto a te, ti manderanno in una finta prigione, ossia, in una vera prigione di stato che però è controllata non da loro ma da noi.

Non puoi fare a meno di pensare a Marana. Chi se non lui può avere inventato una macchinazione simile?

– Mi sembra di riconoscere lo stile del vostro capo, – dici ad Alfonsina.

– Chi sia il capo non conta. Potrebbe essere un falso capo, che finge di lavorare per la rivoluzione col solo scopo di favorire la controrivoluzione, o che lavora apertamente per la controrivoluzione, convinto che così aprirà la strada alla rivoluzione.

– E tu collabori con lui?

– Il mio caso è diverso. Io sono un'infiltrata, una rivoluzionaria vera infiltrata nel campo dei rivoluzionari falsi. Ma per non farmi scoprire devo fingere d'essere una controrivoluzionaria infiltrata tra i rivoluzionari veri. E difatti lo sono: in quanto io sono agli ordini della polizia; ma non di quella vera, perché dipendo dai rivoluzionari infiltrati tra gli infiltratori controrivoluzionari.

– Se capisco bene, qui infiltrati sono tutti: nella polizia e nella rivoluzione. Ma come fate a distinguervi gli uni dagli altri?

– Per ogni persona bisogna vedere chi sono gli infiltratori che l'hanno fatta infiltrare. E, prima ancora, bisogna sapere chi ha infiltrato gli infiltratori.

– E continuate a combattervi all'ultimo sangue, pur sapendo che nessuno è quello che dice di essere?

– Che c'entra? Ognuno deve fare la sua parte fino in fondo.

– E io che parte dovrei fare?

– Sta' tranquillo e aspetta. Continua a leggere il tuo libro.

– Accidenti! L'ho perso quando m'hanno liberato, no, arrestato...

– Non importa. Quella in cui andrai ora è una prigione modello, con una biblioteca fornita delle ultime novità.

– Anche i libri proibiti?

– E dove si dovrebbero trovare, i libri proibiti, se non in prigione?

(Sei venuto fin qui in Ataguitania per dar la caccia a un falsario di romanzi e ti trovi prigioniero d'un sistema in cui ogni fatto della vita è un falso. Oppure: eri deciso a inoltrarti in foreste praterie altopiani cordigliere sulle tracce dell'esploratore Marana, perdutosi cercando le sorgenti dei romanzi-fiume, ma sbatti contro le inferriate della società carceraria che s'estendono sul pianeta costringendo l'avventura entro i suoi corridoi meschini e sempre uguali... È ancora la tua storia, questa, Lettore? L'itinerario che hai intrapreso per amore di Ludmilla t'ha portato così lontano da lei che l'hai persa di vista: se lei non ti guida più, non ti resta che affidarti alla sua immagine specularmente opposta, Lotaria...

Ma sarà veramente Lotaria? – Non so con chi ce l'hai. Fai dei nomi che non conosco, – t'ha risposto ogni volta che hai tentato di riferirti a episodi passati. Sarà la regola della clandestinità che glie lo impone?

A dire il vero, non sei affatto sicuro dell'identificazione... Sarà una falsa Corinna o una falsa Lotaria? Di sicuro sai solo che la sua funzione nella tua storia è simile a quella di Lotaria, dunque il nome che le corrisponde è Lotaria e non sapresti chiamarla altrimenti.

– Vorresti negare d'avere una sorella?

– Ho una sorella ma non vedo cosa c'entra.

– Una sorella che ama i romanzi con personaggi dalla psicologia inquietante e complicata?

– Mia sorella dice sempre che ama i romanzi in cui si sente una forza elementare, primordiale, tellurica. Dice proprio così: tellurica).

– Lei ha fatto reclamo alla biblioteca del carcere, per un volume incompleto, – dice l'alto ufficiale seduto dietro un'alta scrivania.

Tiri un respiro di sollievo. Da quando un guardiano è venuto a chiamarti nella tua cella e t'ha fatto attraversare corridoi, scendere scale, percorrere anditi sotterranei, risalire gradini, attraversare anticamere e uffici, l'apprensione ti metteva addosso brividi e vampate di febbre. Invece, volevano semplicemente rispondere al tuo reclamo per *Intorno a una fossa vuota* di Calixto Bandera! Al posto dell'ansia, senti risvegliarsi in te il disappunto che t'ha preso quando ti sei visto in mano una copertina scollata che teneva insieme pochi quinterni sfilacciati e logori.

– Certo che ho fatto reclamo! – rispondi. – Vi vantate tanto della biblioteca modello del carcere modello, e poi quando si va a chiedere un volume regolarmente schedato in catalogo, si trova un mucchietto di fogli sfasciati! Domando io come potete proporvi la rieducazione dei detenuti con questi sistemi!

L'uomo alla scrivania si toglie lentamente gli occhiali. Scuote il capo con aria triste. – Non entro nel merito del suo reclamo. Non è di mia competenza. Il nostro ufficio, pur avendo stretti rapporti tanto con le carceri quanto con le biblioteche, s'occupa di problemi più vasti. L'abbiamo mandata a chiamare, sapendola lettore di romanzi, perché avremmo bisogno d'una consulenza. Le forze dell'ordine – esercito, polizia, magistratura, – hanno sempre avuto delle difficoltà nel giudicare se un romanzo è da proibire o da tollerare: mancanza di tempo per letture distese, incertezza dei criteri estetici e filosofici su cui basare il giudizio... No, non tema che vogliamo obbligarla ad assisterci nel nostro lavoro di censura. La tecnologia moderna ci metterà presto in grado di disimpegnare questi compiti con rapidità ed efficienza. Abbiamo macchine in grado di leggere, analizzare, giudicare qualsiasi testo scritto. Ma è appunto sull'affidabilità degli strumenti che dobbiamo eseguire dei controlli. Lei figura nei nostri schedari come un lettore del tipo corrispondente alla media, e ci risulta che ha letto, almeno in parte, *Intorno a una fossa vuota* di Calixto Bandera. Ci sembra opportuno un confronto delle sue impressioni di lettura con le risultanze della macchina lettrice.

Ti fa passare nella sala degli apparecchi. – Le presento la nostra programmatrice Sheila.

Davanti a te, in un camice bianco abbottonato fino al collo, vedi Corinna-Gertrude-Alfonsina, che accudisce a una batteria di lisci mobili metallici, simili a lavastoviglie. – Queste sono le unità di memoria che hanno immagazzinato tutto il testo di *Intorno a una fossa vuota*. Il terminale è un'unità stampante che, come lei vede, può riprodurre il romanzo parola per parola dal principio alla fine, – dice l'ufficiale. Un lungo foglio si srotola fuori da una specie di macchina per scrivere che con rapidità da mitragliatrice lo va riprendo di freddi caratteri maiuscoli.

– Allora, se permette, ne approfitterei per prendermi i capitoli che mi restano da leggere, – dici, sfiorando con una trepida carezza il fitto fiume di scrittura in cui riconosci la prosa che ha accompagnato le tue ore di recluso.

– Faccia pure con comodo, – dice l'ufficiale, – la lascio con Sheila, che inserirà il programma che ci serve.

Lettore, hai ritrovato il libro che cercavi; ora potrai riprendere il filo interrotto; il sorriso torna sulle tue labbra. Ma ti pare che possa continuare così, questa storia? No, non quella del romanzo: la tua! Fino a quando continuerai a lasciarti trascinare passivamente dalla vicenda? T'eri gettato nell'azione pieno di slancio avventuroso: e poi? La tua funzione s'è presto ridotta a quella di chi registra situazioni decise da altri, subisce arbitrî, si trova coinvolto in eventi che sfuggono al suo controllo. Allora il tuo ruolo di protagonista a cosa ti serve? Se continui a prestarti a questo gioco vuol dire che anche tu sei complice della mistificazione generale.

Afferri la ragazza per un polso. – Basta con i travestimenti, Lotaria! Fino a quando continuerai a lasciarti manovrare da un regime poliziesco?

Questa volta Sheila-Ingrid-Corinna non riesce a nascondere un certo turbamento. Libera il polso dalla tua presa. – Non capisco chi stai accusando, non so niente delle tue storie. Io seguo una strategia molto chiara. Il contropotere deve infiltrarsi nei meccanismi del potere per poterlo rovesciare.

– E per riprodurlo poi tale e quale! È inutile che ti camuffi, Lotaria! Se sbottoni un'uniforme c'è sotto sempre un'altra uniforme!

Sheila ti guarda con aria di sfida. – Sbottonare...? Prova...

Ormai hai deciso di dar battaglia, non puoi più tirarti indietro. Con mano spasmodica sbottoni il camice bianco della programmatrice Sheila e scopri l'uniforme da agente di polizia d'Alfonsina, strappi i bottoni d'oro d'Alfonsina e trovi l'anorak di Corinna, tiri la cerniera lampo di Corinna e vedi le mostrine di Ingrid...

È lei stessa che si strappa gli indumenti che le restano: appaiono due mammelle sode a forma di melone, uno stomaco leggermente concavo, un ombelico aspirato, un ventre leggermente convesso, due fianchi pieni da falsa magra, un pube fiero, due cosce solide e lunghe.

– E questa? È un'uniforme, questa? – esclama Sheila.

Sei rimasto turbato. – No, questa, no... – mormori.

– Invece sì! – grida Sheila. – Il corpo è un'uniforme! Il corpo è milizia armata! Il corpo è azione violenta! Il corpo è rivendicazione di potere! Il corpo è in guerra! Il corpo s'afferma come soggetto! Il corpo è un fine e non un mezzo! Il corpo significa! Comunica! Grida! Contesta! Sovverte!

Così dicendo Sheila-Alfonsina-Gertrude s'è buttata su di té, t'ha strappato di dosso i panni del carcerato, le vostre membra nude si mescolano sotto gli armadi delle memorie elettroniche.

Lettore, cosa fai? Non resisti? Non sfuggi? Ah, partecipi... Ah, ti ci butti anche tu... Sei il protagonista assoluto di questo libro, d'accordo, ma credi che ciò ti dia diritto d'aver rapporti carnali con tutti i personaggi femminili? Così, senza nessuna preparazione... Non bastava la tua storia con Ludmilla per dare all'intreccio il calore e la grazia d'un romanzo d'amore? Che bisogno hai di metterti anche con sua sorella (o con qualcuna che tu identifichi con sua sorella), con questa Lotaria-Corinna-Sheila che a pensarci bene non ti è mai stata nemmeno simpatica...? È naturale che tu voglia prenderti una rivincita, dopo che per pagine e pagine hai seguito gli avvenimenti con passiva rassegnazione, ma ti sembra questo il modo? O vorrai dire che anche in questa situazione ti trovi coinvolto tuo malgrado? Sai bene che questa ragazza fa tutto con la testa, quel che pensa in teoria lo mette in pratica fino alle estreme conseguenze... Era una dimostrazione ideologica che ti voleva dare, non altro... Come mai stavolta ti lasci convincere subito dai suoi argomenti? Sta' attento, Lettore, qui tutto è diverso da come sembra, tutto è a doppia faccia...

Il lampo d'un flash e il clic ripetuto d'un apparecchio fotografico divorano la bianchezza delle vostre nudità convulse e sovrapposte.

– Ancora una volta, Capitano Alexandra, ti lasci sorprendere nuda tra le braccia d'un galeotto! – ammonisce l'invisibile fotografo. – Queste istantanee arricchiranno il tuo dossier personale... – e la voce s'allontana ghignando.

Alfonsina-Sheila-Alexandra si tira su, si copre, con aria annoiata. – Mai che mi lascino un momento in pace, – sbuffa, – lavorare allo stesso tempo per due servizi segreti in lotta tra loro ha questo inconveniente: cercano di ricattarti continuamente tutti e due.

Fai per rialzarti anche tu e ti trovi avvolto nei rotoli battuti dalla stampante: l'inizio del romanzo s'allunga al suolo come un gatto che vuole giocare. Adesso sono le storie che vivi a interrompersi al momento culminante: forse ora i romanzi che leggi ti sarà concesso di seguirli fino alla fine...

Alexandra-Sheila-Corinna, soprapensiero, s'è rimessa a schiacciar tasti. Ha ripreso la sua aria di ragazza diligente, che ce la mette tutta in ogni cosa che fa. – C'è qualcosa che non funziona – mormora, – a quest'ora dovrebb'essere venuto fuori tutto... Cosa c'è che non va?

Già te n'eri accorto: è in una giornata un po' nervosa, oggi, Gertrude-Alfonsina; a un certo punto deve aver premuto un tasto sbagliato. L'ordine delle parole nel testo di Calixto Bandera, custodito nella memoria elettronica per essere riportato alla luce in qualsiasi momento, è stato cancellato in un'istantanea smagnetizzazione dei circuiti. I fili multicolori ora macinano il pulviscolo delle parole sciolte: il il il il, di di di di, da da da da, che che che che, incolonnate secondo le frequenze rispettive. Il libro è sbriciolato, dissolto, non più ricomponibile, come una duna di sabbia soffiata via dal vento.

Intorno a una fossa vuota

Quando s'alzano gli avvoltoi è segno che la notte sta per finire, m'aveva detto mio padre. E io sentivo le pesanti ali sbattere nel cielo buio e vedevo la loro ombra oscurare le verdi stelle. Era un volo affannoso, che tardava a staccarsi da terra, dalle ombre dei cespugli, come se solo volando le penne si convincessero d'essere penne e non foglie spinose. Dileguati i rapaci, le stelle riapparivano, grige, e il cielo verde. Era l'alba, e io cavalcavo per le strade deserte in direzione del villaggio d'Oquedal.

– Nacho, – aveva detto mio padre, – appena sarò morto, prendi il mio cavallo, la mia carabina, viveri per tre giorni, e risali il torrente secco a monte di San Ireneo, fino a che non vedrai il fumo salire sopra le terrazze d'Oquedal.

– Perché a Oquedal? – gli chiesi. – Chi c'è a Oquedal? Chi dovrei cercare?

La voce di mio padre si faceva sempre più fioca e lenta e la sua faccia sempre più viola. – Devo rivelarti un segreto che ho custodito per tanti anni... È una lunga storia...

Mio padre stava spendendo in quelle parole l'ultimo fiato della sua agonia, e io, conoscendo la sua tendenza a divagare, a inframmezzare ogni discorso di digressioni e parentesi e passi indietro, temevo che non sarebbe mai arrivato a comunicarmi l'essenziale.

– Presto, padre mio, dimmi il nome della persona di cui devo chiedere, arrivando a Oquedal...

– Tua madre... Tua madre che tu non conosci, abita a Oquedal... Tua madre che non t'ha più visto da quand'eri in fasce...

Sapevo che prima di morire m'avrebbe parlato di mia madre. Me lo doveva, dopo avermi fatto vivere tutta l'infanzia e l'adolescenza senza sapere che faccia avesse né che nome portasse la donna che m'aveva partorito, né perché lui m'avesse strappato da quel seno quando ancora ne succhiavo il latte, per trascinarmi con sé nella sua vita di vagabondo e di fuggiasco. – Chi è mia madre? Dimmi il suo nome! – Su mia madre m'aveva raccontato molte storie, al tempo che io ancora non mi stancavo di chiedergliene, ma erano storie, invenzioni, che si contraddicevano l'una con l'altra: ora era una povera mendicante ora una signora straniera che viaggiava su un'automobile rossa, ora era una monaca di clausura ora una cavallerizza d'un circo, ora era morta dandomi alla luce ora s'era persa nel terremoto. Così un giorno decisi che non avrei fatto più domande e avrei aspettato che fosse lui a parlarmene. Avevo da poco compiuti i sedici anni, quando mio padre era stato colpito dalla febbre gialla.

– Lasciami raccontare dal principio, – ansimava. – Quando tu sarai salito a Oquedal, e avrai detto: «Sono Nacho, il figlio di Don Anastasio Zamora», ti toccherà d'ascoltare molte cose, su di me, storie non vere, maldicenze, calunnie. Voglio che tu sappia...

– Il nome, il nome di mia madre, presto!

– Adesso. È venuto il momento che tu sappia…

No, quel momento non venne. Dopo essersi dilungata in vani preamboli la parlantina di mio padre si perse in un rantolo e si spense per sempre. Il giovane che ora cavalcava nel buio per le ripide strade a monte di San Ireneo continuava a ignorare a quali origini egli stava per ricongiungersi.

Avevo preso la strada che costeggia il torrente secco sovrastando dall'alto la profonda gola. L'alba che restava sospesa sui contorni frastagliati della foresta sembrava aprirmi non un nuovo giorno ma un giorno che veniva prima di tutti gli altri giorni, nuovo nel senso del tempo in cui ancora i giorni erano nuovi, come il primo giorno in cui gli uomini avevano capito cos'era un giorno.

E quando fece giorno abbastanza per vedere sull'altra riva del torrente, m'accorsi che anche là correva una strada e un uomo a cavallo procedeva parallelamente a me nella stessa direzione, con un fucile da guerra a canna lunga appeso a una spalla.

– Ehi! – gridai. – Quanto siamo lontani da Oquedal?

Non si voltò nemmeno; ossia, fu peggio di così, perché per un istante la mia voce gli fece volgere il capo (altrimenti avrei potuto crederlo sordo) ma subito riportò lo sguardo davanti a sé e continuò a cavalcare senza degnarmi d'una risposta né d'un cenno di saluto.

– Ehi! Dico a te! Sei sordo? Sei muto? – gridavo, mentre lui continuava a dondolare sulla sella al passo del suo cavallo nero.

Chissà da quanto tempo avanzavamo appaiati così nella notte, separati dalla scoscesa gola del torrente. Quello che m'era sembrato l'eco irregolare degli zoccoli della mia giumenta che si ripercuoteva contro l'accidentata roccia calcarea dell'altra riva, era in realtà lo sferragliare di quei passi che m'accompagnavano.

Era un giovane tutto schiena e tutto collo, con un cappello di paglia sfrangiato. Offeso dal suo contegno inospitale, spronai la mia giumenta per lasciarlo indietro e non averlo più sotto gli occhi. L'avevo appena sopravanzato quando non so quale ispirazione mi fece voltare il capo verso di lui. S'era sfilato il fucile dalla spalla e lo stava alzando come per puntarlo verso di me. Subito abbassai la mano al calcio della mia carabina, insaccata nella fondina della sella. Lui tornò a imbracciare la cinghia del suo fucile, come se niente fosse stato. Da quel momento procedemmo di pari passo, sulle opposte rive, tenendoci d'occhio, attenti a non darci le spalle. Era la mia giumenta a regolare il suo passo su quello del cavallo nero, come se avesse capito.

È il racconto che regola il suo passo sul lento incedere degli zoccoli ferrati per sentieri in salita, verso un luogo che contenga il segreto del passato e del futuro, che contenga il tempo avvolto su se stesso come un laccio appeso al pomo della sella. Già so che il lungo cammino che mi porta a Oquedal sarà meno lungo di quello che mi resterà da fare una volta raggiunto quell'ultimo villaggio ai confini del mondo abitato, ai confini del tempo della mia vita.

– Sono Nacho, il figlio di Don Anastasio Zamora, – ho detto al vecchio indio rannicchiato contro il muro della chiesa. – Dov'è la casa?

«Forse lui sa», pensavo.

Il vecchio ha sollevato le palpebre rosse e bernoccolute come quelle dei tacchini. Un dito – un dito secco come i fuscelli che s'usano per accendere il fuoco – è uscito di sotto il poncho e s'è puntato verso il palazzo degli Alvarado, l'unico palazzo in quel mucchio di fango rappreso che è il villaggio d'Oquedal: una facciata barocca che sembra capitata lì per sbaglio, come un pezzo di scenario di teatro abbandonato. Qualcuno tanti secoli fa deve aver creduto che questo fosse il paese dell'oro; e quando s'è accorto dell'errore, per il palazzo appena costruito cominciava il lento destino delle rovine.

Seguendo i passi d'un servo che ha preso in custodia il mio cavallo percorro una serie di luoghi che dovrebbero essere sempre più interni mentre invece mi trovo sempre più fuori, da un cortile passo a un altro cortile, come se in questo palazzo tutte le porte servissero solo per uscire e mai per entrare. Il racconto dovrebbe dare il senso di spaesamento dei luoghi che vedo per la prima volta ma anche di luoghi che hanno lasciato nella memoria non un ricordo ma un vuoto. Ora le immagini tentano di rioccupare questi vuoti ma non ottengono altro che di tingersi anch'esse del colore dei sogni dimenticati nell'istante in cui appaiono.

Si susseguono un cortile dove sono stesi dei tappeti da sbattere (vado cercando nella mia memoria ricordi d'una culla in una dimora fastosa), un secondo cortile ingombro di sacchi d'alfalfa (cerco di risvegliare ricordi d'un'azienda agricola nella prima infanzia), un terzo cortile dove s'aprono le scuderie (sono nato in mezzo alle stalle?) Dovrebbe essere pieno giorno eppure l'ombra che avvolge il racconto non accenna a schiarire, non trasmette messaggi che l'immaginazione visiva possa completare in figure ben delineate, non riporta parole dette ma solo voci confuse, canti smorzati.

È nel terzo cortile che le sensazioni cominciano a prendere forma. Dapprima gli odori, i sapori, poi una luce di fiamma illumina i visi senza età degli indios raccolti nella vasta cucina di Anacleta Higueras, la loro pelle glabra che potrebbe essere vecchissima o adolescente, forse erano già dei vegliardi all'epoca che mio padre era qui, forse sono figli di suoi coetanei che ora guardano suo figlio come i loro padri guardavano lui, forestiero arrivato un mattino col suo cavallo e la sua carabina.

Sullo sfondo del focolare nero e di fiamma si stacca l'alta sagoma della donna avvolta in una coperta a righe ocra e rosa. Anacleta Higueras mi prepara un piatto di polpette piccanti. – Mangia, figlio, che hai camminato sedici anni per ritrovare la strada di casa, – dice, e io mi domando se «figlio» è l'appellativo che sempre una donna d'età usa per rivolgersi a un giovane o se invece vuol dire quel che la parola vuol dire. E le labbra mi bruciano per le spezie piccanti con cui Anacleta ha condito il suo piatto come se quel sapore dovesse contenere tutti i sapori portati all'estremo, sapori che io non so distinguere né nominare e che ora si mescolano sul mio palato come vampe di fuoco. Risalgo attraverso tutti i sapori che ho gustato nella mia vita per riconoscere questo sapore molteplice, e arrivo a una sensazione opposta ma forse equivalente che è quella del latte per il neonato, in quanto primo sapore che contiene in sé ogni sapore.

Guardo il viso d'Anacleta, il bel volto indio che l'età ha appena inspessito senza inciderlo d'una sola ruga, guardo il vasto corpo avvolto dalla coperta e mi domando se è all'alta terrazza del suo petto ora in declivio che mi sono aggrappato bambino.

– Allora hai conosciuto mio padre, Anacleta?

– Così non l'avessi conosciuto, Nacho. Non fu un buon giorno quello in cui egli mise piede a Oquedal...

– Perché mai, Anacleta?

– Da lui non venne altro che male alla gente india... e nemmeno alla gente bianca venne del bene... Poi scomparve... Ma neanche il giorno in cui partì da Oquedal fu un buon giorno...

Tutti gli occhi degli indios sono fissi sopra di me, occhi che come quelli dei bambini guardano un eterno presente senza perdono.

Amaranta è la figlia di Anacleta Higueras. Ha gli occhi dal lungo taglio obliquo, il naso affilato e teso alle ali, le labbra sottili dal disegno ondulato. Io ho occhi simili ai suoi, naso uguale, labbra identiche. – È vero che ci assomigliamo, io e Amaranta? – chiedo a Anacleta.

– Tutti i nati a Oquedal si somigliano. Indios e bianchi hanno facce che si confondono. Siamo un villaggio di poche famiglie isolato sulle montagne. Da secoli ci sposiamo solo tra noi.

– Mio padre veniva da fuori...

– Ecco. Se non amiamo i forestieri abbiamo le nostre ragioni.

Le bocche degli indios s'aprono in un lento sospiro, bocche dai radi denti senza gengive, d'una decrepitezza corrosa, da scheletri.

C'è un ritratto che ho visto passando nel secondo cortile, la fotografia olivastra d'un giovane circondata di corone di fiori e rischiarata da un lumino a olio.

– Anche quel morto del ritratto ha l'aria di famiglia... – dico a Anacleta.

– Quello è Faustino Higueras, che Dio l'abbia nella gloria splendente dei suoi arcangeli! – dice Anacleta, e tra gli indios si leva un mormorio di preghiere.

– Era tuo marito, Anacleta? – domando.

– Mio fratello, era, la spada e lo scudo della nostra casa e della nostra gente, finché il nemico non attraversò il suo cammino...

– Abbiamo gli stessi occhi, – dico ad Amaranta, raggiungendola tra i sacchi del secondo cortile.

– No, i miei sono più grandi, – dice.

– Non c'è che misurarli, – e accosto il mio viso al suo viso in modo che gli archi dei sopraccigli combacino, poi, premendo un mio sopracciglio contro il suo, giro il viso in modo che siano le tempie e le guance e gli zigomi a aderire. – Vedi, gli angoli dei nostri occhi finiscono nello stesso punto.

– Io non vedo niente, – dice Amaranta ma non scosta il viso.

– E i nasi, – dico, mettendo il mio naso contro il suo, un po' di sbieco, cercando di far coincidere i nostri profili, – e le labbra... – mugolo a bocca chiusa, perché anche le nostre labbra si trovano ora attaccate, o più esattamente metà della mia bocca e metà della sua.

– Mi fai male! – dice Amaranta mentre io la spingo con tutto il corpo contro i sacchi e sento il bocciolo dei seni che spuntano e il guizzo del ventre.

– Canaglia! Animale! Per questo sei venuto a Oquedal! Tal quale tuo padre! – tuona la voce di Anacleta nelle mie orecchie e le sue mani m'hanno acciuffato per i capelli e mi sbattono contro i pilastri, mentre Amaranta, colpita da un manrovescio, geme riversa sui sacchi. – Tu questa mia figlia non la tocchi né la toccherai mai nella vita!

– Perché: mai nella vita? Cosa potrebbe impedircelo? – protesto. – Io sono uomo e lei donna... Se il destino volesse che ci piacessimo, non oggi, un giorno, chissà, perché non potrei chiederla in moglie?

– Maledizione! – urla Anacleta. – Non si può! Non si può nemmeno pensarlo, capisci?

«Allora è mia sorella? – mi chiedo. – Cos'aspetta ad ammettere d'essere mia madre?» e le dico: – Perché gridi tanto, Anacleta? C'è forse un legame di sangue tra noi?

– Di sangue? – Anacleta si ricompone, i lembi della coperta s'alzano fino a ricoprire i suoi occhi. – Tuo padre veniva da lontano... Che legame di sangue puoi avere con noi?

– Ma io sono nato a Oquedal... da una donna di qui...

– I tuoi legami di sangue cercali altrove, non tra noi poveri indios... Non te l'ha detto, tuo padre?

– Non m'ha mai detto niente, ti giuro, Anacleta. Io non so chi è mia madre...

Anacleta leva una mano e indica verso il primo cortile. – Perché la padrona non ha voluto riceverti? Perché t'ha fatto alloggiare quaggiù con i servi? È da lei che t'ha mandato tuo padre, non da noi. Va' e presentati a Doña Jazmina, dille: «Sono Nacho Zamora y Alvarado, mio padre m'ha mandato a inginocchiarmi ai tuoi piedi».

Qui il racconto dovrebbe rappresentare il mio animo scosso come da un uragano alla rivelazione che la metà del mio nome che m'era stata nascosta era quella dei signori dell'Oquedal e che estancias vaste come province appartenevano alla mia famiglia. Invece è come se il mio viaggio a ritroso nel tempo non faccia che avvitarmi in un vortice buio in cui i successivi cortili del palazzo Alvarado appaiono l'uno incastrato nell'altro, ugualmente familiari ed estranei alla mia memoria deserta. Il primo pensiero che mi viene alla mente è quello che proclamo ad Anacleta afferrando per una treccia sua figlia: – Allora io sono il vostro padrone, il padrone di tua figlia, e la prenderò quando voglio!

– No! – grida Anacleta. – Prima che tu tocchi Amaranta io vi uccido! – e Amaranta si ritrae con una smorfia che le scopre i denti non so se in un gemito o in un sorriso.

La sala da pranzo degli Alvarado è mal illuminata da candelieri ingrommati della cera di anni, forse perché non si distinguano gli stucchi scrostati e i pizzi delle tende a brandelli. Sono stato invitato a cena dalla padrona. Il viso di Doña Jazmina è coperto da uno strato di cipria che sembra sia lì lì per staccarsi e cadere nel piatto. Anche lei è un'india, sotto i capelli tinti in rame e ondulati coi ferri. I braccialetti pesanti scintillano a ogni cucchiaiata. Jacinta sua figlia è stata allevata in collegio e porta un pullover bianco da tennis ma è uguale alle ragazze indie nelle occhiate e nei gesti.

– In questo salone a quel tempo c'erano i tavoli da gioco, – racconta Doña Jazmina. – A quest'ora cominciavano le partite e duravano anche tutta la notte. C'è chi s'è perduto intere estancias. Don Anastasio Zamora s'era stabilito qui per il gioco, non per altro. Vinceva sempre, e tra noi s'era sparsa la voce che fosse un baro.

– Però non ha mai vinto nessuna estancia, – mi sento in dovere di precisare.

– Tuo padre era un uomo che quello che vinceva durante la notte all'alba l'aveva già perso. E poi con tutti i suoi pasticci di donne, ci metteva poco a mangiarsi il poco che gli restava.

– Ha avuto delle storie in questa casa, storie di donne...? – m'azzardo a chiederle.

– Di là, di là, nell'altro cortile, andava a cercarsele, la notte... – dice Doña Jazmina, indicando verso gli alloggi degli indios.

Jacinta scoppia a ridere nascondendosi la bocca con le mani. Capisco in quel momento che è identica ad Amaranta, anche se è vestita e pettinata in tutt'altro modo.

– Tutti s'assomigliano, a Oquedal, – dico. – C'è un ritratto nel secondo cortile che potrebb'essere il ritratto di tutti...

Mi guardano, un po' turbate. La madre dice: – Era

Faustino Higueras. ... Di sangue, era solo mezzo indio, l'altra metà era bianco. D'animo, invece, era tutto indio. Stava con loro, prendeva la loro parte... e così è finito.

– Per parte di padre, o di madre, era bianco?

– Quante cose vuoi sapere...

– Tutte così le storie d'Oquedal? – dico. – Bianchi che vanno con le indie... Indios che vanno con le bianche...

– Bianchi e indios a Oquedal s'assomigliano. Il sangue è mescolato fin dal tempo della Conquista. Ma i signori non si devono mettere con i servi. Possiamo fare tutto quello che vogliamo, noi, con chiunque di noi, ma non quello, mai... Don Anastasio era nato da una famiglia di proprietari, anche se era più squattrinato d'un pezzente...

– Che c'entra mio padre in tutto questo?

– Fatti spiegare la canzone che cantano gli indios: ... Dopo che passa Zamora... il conto è pareggiato... Un bambino nella culla... e un morto nella fossa...

– Hai sentito cos'ha detto tua madre? – dico a Jacinta, appena possiamo parlare da solo a sola. – Io e te possiamo fare tutto quello che vogliamo.

– Se volessimo. Ma non vogliamo.

– Io potrei volere qualcosa.

– Cosa?

– Morderti.

– Per quello, posso spolparti come un osso, – e mostra i denti.

Nella stanza c'è un letto di lenzuola bianche che non si capisce se è sfatto o se è aperto per la notte, avvolto in una fitta zanzariera che pende da un baldacchino. Spingo Jacinta tra le pieghe del velo, mentre lei non si capisce se mi resiste o mi trascina; cerco di rovesciarle i vestiti; lei si difende strappandomi fibbie e bottoni.

– Oh, anche tu hai un neo lì! Nello stesso posto di me! Guarda!

In quel momento una grandine di pugni s'abbatte sulla mia testa e sulle mie spalle e Doña Jazmina ci è addosso come una furia: – Staccatevi, per carità di Dio! Non fatelo, non potete! Staccatevi! Non sapete quello che fate! Sei un mascalzone come tuo padre!

Mi ricompongo meglio che posso. – Perché, Doña Jazmina? Cosa volete dire? Con chi l'ha fatto, mio padre? Con voi?

– Screanzato! Va' con i servi! Togliti dai nostri occhi! Con le serve, come tuo padre! Torna da tua madre, va'!

– Chi è mia madre?

– Anacleta Higueras, anche se non vuole riconoscerlo, da che Faustino è morto.

Le case d'Oquedal di notte si schiacciano contro la terra, come sentissero premere addosso il peso della luna bassa e avvolta in vapori malsani.

– Cos'è questa canzone che cantano su mio padre, Anacleta? – domando alla donna, ferma nel vano dell'uscio come una statua nella nicchia d'una chiesa. – Si parla d'un morto, d'una fossa...

Anacleta stacca la lanterna. Insieme attraversiamo i campi di mais.

– In questo campo tuo padre e Faustino Higueras

vennero a diverbio, – spiega Anacleta, – e decisero che uno dei due era di troppo al mondo, e scavarono una fossa insieme. Dal momento in cui decisero che dovevano combattersi a morte, fu come se l'odio tra loro si fosse spento: e lavorarono d'amore e d'accordo a scavare la fossa. Poi si misero uno da una parte l'altro dall'altra della fossa, ognuno impugnando un coltello con la destra, e col braccio sinistro involto nel poncho. E uno di loro, a turno, saltava la fossa e attaccava l'altro a colpi di coltello, e l'altro si difendeva col poncho e cercava di far cadere il nemico nella fossa. Combatterono così fino all'alba, e la terra intorno alla fossa non faceva più polvere tant'era imbevuta di sangue. Tutti gli indios d'Oquedal facevano cerchio intorno alla fossa vuota e ai due giovani ansimanti e insanguinati, e stavano muti e immobili per non turbare il giudizio di Dio da cui dipendeva la sorte di tutti loro, non solo quella di Faustino Higueras e di Nacho Zamora.

– Ma... Nacho Zamora sono io...

– Anche a tuo padre a quel tempo gli dicevano Nacho.

– E chi ha vinto, Anacleta?

– Come puoi chiedermelo, ragazzo? Zamora ha vinto: nessuno può giudicare i disegni del Signore. Faustino è stato seppellito in questa stessa terra. Ma per tuo padre fu un'amara vittoria, tant'è vero che quella stessa notte partì e non fu più visto a Oquedal.

– Cosa mi stai dicendo, Anacleta? Questa è una fossa vuota!

– Nei giorni seguenti gli indios dei villaggi vicini e lontani vennero in processione alla tomba di Faustino

Higueras. Partivano per la rivoluzione e mi chiedevano delle reliquie da portare in una scatola d'oro alla testa dei loro reggimenti in battaglia: una ciocca di capelli, un lembo del poncho, un grumo di sangue d'una ferita. Allora decidemmo di riaprire la fossa e disseppellire il cadavere. Ma Faustino non c'era, la sua tomba era vuota. Da quel giorno sono nate tante leggende: c'è chi dice d'averlo visto di notte che corre per la montagna sul suo cavallo nero e veglia sul sonno degli indios; c'è chi dice che lo si rivedrà solo il giorno in cui gli indios scenderanno al piano, cavalcare alla testa delle colonne...

«Allora era lui! Io l'ho visto!» vorrei dire, ma sono troppo sconvolto per articolare parola.

Gli indios con le torce si sono avvicinati silenziosamente e ora fanno cerchio intorno alla fossa aperta.

In mezzo a loro si fa largo un giovane dal lungo collo, con in testa un cappello di paglia sfrangiato, i lineamenti simili a quelli di molti, qui a Oquedal, voglio dire il taglio degli occhi, la linea del naso, il disegno delle labbra che somigliano ai miei.

– Con quale diritto, Nacho Zamora, hai messo le mani sopra mia sorella? – dice, e nella sua destra brilla una lama. Il poncho è avvolto all'avambraccio sinistro e un lembo ricade fino a terra.

Dalle bocche degli indios esce un suono che non è un mormorio ma piuttosto un sospiro troncato.

– Chi sei?

– Sono Faustino Higueras. Difenditi.

Mi fermo al di là della fossa, m'avvolgo il poncho sul braccio sinistro, impugno il coltello.

X

Stai prendendo il tè con Arkadian Porphyritch, una delle persone intellettualmente più fini dell'Ircania, che meritatamente riveste le funzioni di Direttore generale degli archivi della Polizia di Stato. È lui la prima persona che ti è stato ordinato di contattare, appena arrivato in Ircania, nella missione che t'hanno affidato gli alti comandi ataguitani. Ti ha ricevuto nelle accoglienti sale della biblioteca del suo ufficio, «la più completa e aggiornata dell'Ircania, – come lui t'ha detto subito, – dove i libri sequestrati vengono classificati, catalogati, microfilmati e conservati, siano essi opere stampate o ciclostilate o dattilografate o manoscritte».

Quando le autorità dell'Ataguitania che ti tenevano prigioniero t'hanno promesso la liberazione a patto che tu accettassi di compiere una missione in un paese lontano («missione ufficiale con aspetti segreti nonché missione segreta con aspetti ufficiali») la tua prima reazione è stata di rifiuto. La scarsa propensione per gli incarichi statali, la mancanza di vocazione professionale di agente segreto, il modo oscuro e tortuoso con cui ti venivano prospettate le mansioni che avresti dovuto svolgere, erano ragioni bastanti a farti preferire la tua cella nel carcere modello agli incerti d'un viaggio nelle tundre boreali dell'Ircania. Ma il pensiero che restando in mano loro potevi aspettarti il peggio, la curiosità per questo incarico «che pensiamo possa interessarla in quanto lettore», il calcolo che potevi fingere di lasciarti coinvolgere per mandare all'aria il loro piano, t'hanno convinto ad accettare.

Il Direttore generale Arkadian Porphyritch, che sembra perfettamente al corrente della tua situazione anche psicologica, ti parla con tono incoraggiante e didattico: – La prima cosa che non dobbiamo mai perdere di vista è questa: la polizia è la grande forza unificante in un mondo altrimenti votato alla disgregazione. È naturale che le polizie di regimi diversi e anche avversi riconoscano degli interessi comuni per cui collaborare. Nel campo della circolazione dei libri...

– Si arriverà a uniformare i metodi di censura dei diversi regimi?

– Non a uniformarli, ma a creare un sistema in cui si bilancino e si sostengano a vicenda...

Il Direttore generale t'invita a osservare il planisfero appeso al muro. La diversa colorazione indica:

i paesi in cui tutti i libri vengono sistematicamente sequestrati;

i paesi in cui possono circolare solo i libri pubblicati o approvati dallo Stato;

i paesi in cui esiste una censura rozza, approssimativa e imprevedibile;

i paesi in cui la censura è sottile, dotta, attenta alle implicazioni e alle allusioni, gestita da intellettuali meticolosi e maligni;

i paesi in cui le reti di diffusione sono due: una legale e una clandestina;

i paesi in cui non c'è censura perché non ci sono libri, ma ci sono molti lettori potenziali;

i paesi in cui non ci sono libri e nessuno ne lamenta la mancanza;

i paesi, infine, in cui si sfornano tutti i giorni libri per tutti i gusti e tutte le idee, nell'indifferenza generale.

– Nessuno tiene oggi in così alto valore la parola scritta quanto i regimi polizieschi, – dice Arkadian Porphyritch. – Quale dato permette di distinguere le nazioni in cui la letteratura gode d'una vera considerazione, meglio delle somme stanziate per controllarla e reprimerla? Là dov'è oggetto di tali attenzioni, la letteratura acquista un'autorità straordinaria, inimmaginabile nei paesi dove essa viene lasciata vegetare come un passatempo innocuo e senza rischi. Certo, anche la repressione deve lasciare momenti di respiro, chiudere un occhio ogni tanto, alternare abusi e indulgenze, con una certa imprevedibilità nei suoi arbitrî, altrimenti, se non esiste più niente da reprimere, tutto il sistema s'arrugginisce e si logora. Diciamolo francamente: ogni regime, anche il più autoritario, sopravvive in una situazione d'equilibrio instabile, per cui ha bisogno di giustificare continuamente l'esistenza del proprio apparato repressivo, dunque di qualcosa da reprimere. La volontà di scrivere cose che diano fastidio all'autorità costituita è uno degli elementi necessari a mantenere questo equilibrio. Perciò, in base a un trattato segreto con i paesi di regime sociale avverso al nostro, abbiamo creato un'organizzazione comune, a cui lei ha intelligentemente accettato di collaborare, per esportare i libri proibiti qui e importare i libri proibiti là.

– Questo implicherebbe che i libri proibiti qui siano tollerati là, e viceversa...

– Neanche per sogno. I libri proibiti qui, là sono proibitissimi, e i libri proibiti là sono ultraproibiti qui. Ma dall'esportare nel regime avversario i propri libri proibiti e dall'importarne i loro, ogni regime trae almeno due vantaggi importanti: incoraggia gli oppositori al regime avversario e stabilisce utili scambi d'esperienze tra i servizi di polizia.

– Il compito che m'è stato affidato, – t'affretti a precisare, – si limita ai contatti con i funzionari della polizia ircanica, perché è solo attraverso i vostri canali che gli scritti degli oppositori possono giungere nelle nostre mani –. (Mi guardo bene dal dirgli che negli obiettivi della mia missione rientrano anche i rapporti diretti con la rete clandestina degli oppositori, e a seconda dei casi posso stabilire il mio gioco a favore degli uni contro gli altri o viceversa).

– Il nostro archivio è a vostra disposizione, – dice il Direttore generale. – Potrei farle vedere dei manoscritti molto rari, la stesura originale d'opere che sono arrivate al pubblico solo dopo esser passate attraverso il filtro di quattro o cinque commissioni di censura e ogni volta tagliuzzate, modificate, annacquate, e finalmente pubblicate in una versione mutila, edulcorata, irriconoscibile. Per leggere davvero bisogna venire qui, caro signore.

– E lei legge?

– Se leggo non solo per dovere professionale, vuol dire? Sì, direi che ogni libro, ogni documento, ogni corpo di reato di questo archivio io lo leggo due volte, due letture completamente diverse. La prima, in fretta, per sommi capi, per sapere in che armadio devo conservare il microfilm, in che rubrica catalogarlo. Poi, la sera, (io passo le mie sere qui, dopo l'orario d'ufficio: l'ambiente è tranquillo, distensivo, lei vede), mi sdraio su questo divano, inserisco nel microlettore la pellicola d'uno scritto raro, d'un fascicolo segreto, e mi concedo il lusso di centellinarlo per mio esclusivo piacere.

Arkadian Porphyritch accavalla le gambe calzate di stivali, si passa un dito tra il collo e il colletto dell'uniforme carica di decorazioni. Soggiunge: – Non so se lei crede nello Spirito, signore. Io ci credo. Credo nel dialogo che lo Spirito conduce ininterrottamente con se stesso. E sento che questo dialogo si compie attraverso il mio sguardo che scruta queste pagine proibite. Anche la Polizia è Spirito, lo Stato che io servo, la Censura, così come i testi su cui s'esercita la nostra autorità. Il respiro dello Spirito non ha bisogno d'un grande pubblico per manifestarsi, prospera nell'ombra, nel rapporto oscuro che si perpetua tra il segreto dei cospiratori e il segreto della Polizia. A farlo vivere basta la mia lettura disinteressata ma pur sempre attenta a tutte le implicazioni lecite e illecite, al chiarore di questa lampada, nel grande palazzo dagli uffici deserti, appena posso sbottonarmi la giubba dell'uniforme da funzionario e lasciarmi visitare dai fantasmi del proibito che durante le ore diurne devo tenere inflessibilmente a distanza...

Devi riconoscere che le parole del Direttore Generale ti comunicano un senso di conforto. Se quest'uomo continua a provare desiderio e curiosità per la lettura, vuol dire che nella carta scritta in circolazione c'è ancora qualcosa che non è stato fabbricato o manipolato dalle onnipotenti burocrazie, che fuori di questi uffici esiste ancora un fuori...

– E della congiura degli apocrifi, – chiedi, con una voce che cerca d'essere freddamente professionale, – siete al corrente?

– Sicuro. Ho ricevuto parecchi rapporti sulla questione. Per un certo tempo ci siamo illusi di poter tenere tutto sotto controllo. I servizi segreti delle maggiori potenze si davano da fare per impadronirsi di questa organizzazione che sembrava avere ramificazioni dovunque... Ma il cervello della congiura, il Cagliostro delle falsificazioni, quello ci sfuggiva sempre... Non che ci fosse sconosciuto: avevamo tutti i suoi dati nei nostri schedari, era stato identificato da un pezzo nella persona d'un traduttore faccendiere e imbroglione; ma le vere ragioni della sua attività restavano oscure. Sembrava non aver più rapporti con le varie sette in cui s'era divisa la cospirazione fondata da lui, eppure esercitava ancora un'influenza indiretta sui loro intrighi... E quando siamo riusciti a mettere le mani su di lui, ci siamo accorti che non era facile piegarlo ai nostri fini... La sua molla non era il denaro, né il potere, né l'ambizione. Pare facesse tutto per una donna. Per riconquistarla, o forse soltanto per prendersi una rivincita, per guadagnare una scommessa con lei. Era quella donna che dovevamo capire se volevamo riuscire a seguire le mosse del nostro Cagliostro. Ma chi fosse costei, non siamo riusciti a saperlo. È solo per via di deduzione che sono arrivato a sapere molte cose di lei, cose che non potrei esporre in nessun rapporto ufficiale: i nostri organi direttivi non sono in grado d'afferrare certe finezze...

– Per questa donna, – continua Arkadian Porphyritch, vedendo con quanta attenzione tu stai bevendo le sue parole, – leggere vuol dire spogliarsi d'ogni intenzione e d'ogni partito preso, per essere pronta a cogliere una voce che si fa sentire quando meno ci s'aspetta, una voce che viene non si sa da dove, da qualche parte al di là del libro, al di là dell'autore, al di là delle convenzioni della scrittura: dal non detto, da quello che il mondo non ha ancora detto di sé e non ha ancora le parole per dire. Quanto a lui, invece, voleva dimostrarle che dietro la pagina scritta c'è il nulla; il mondo esiste solo come artificio, finzione, malinteso, menzogna. Se non era che questo, noi potevamo ben dargli i mezzi per dimostrare quel che lui voleva; dico noi, colleghi dei vari paesi e dei vari regimi, dato che eravamo in molti a offrirgli la nostra collaborazione. E lui non la rifiutava, anzi... Ma non riuscivamo a capire se era lui ad accettare il nostro gioco o noi a far da pedine nel suo... E se si fosse trattato semplicemente d'un pazzo? Solo io potevo venire a capo del suo segreto: lo feci rapire dai nostri agenti, trasportare qui, tenere per una settimana nelle nostre celle d'isolamento, poi l'interrogai io stesso. Non era pazzia la sua; forse solo disperazione; la scommessa con la donna era perduta da un pezzo; era lei la vincitrice, era la sua lettura sempre incuriosita e sempre incontentabile che riusciva a scoprire verità nascoste nel falso più smaccato, e falsità senza attenuanti nelle parole che si pretendono più veritiere. Cosa restava al nostro illusionista? Pur di non spezzare l'ultimo filo che lo collegava a lei, egli continuava a seminare la confusione fra i titoli, i nomi degli autori, gli pseudonimi, le lingue, le traduzioni, le edizioni, le copertine, i frontespizi, i capitoli, gli inizi, i finali, perché lei fosse obbligata a riconoscere quei segni della sua presenza, quel suo saluto senza speranza di risposta. «Ho capito i miei limiti, – m'ha detto. – Nella lettura avviene qualcosa su cui non ho potere». Avrei potuto dirgli che questo è il limite che neppure la più onnipresente polizia può valicare. Possiamo impedire di leggere: ma nel decreto che proibisce la lettura si leggerà pur qualcosa della verità che non vorremmo venisse mai letta...

– E che ne è stato di lui? – chiedi con una sollecitudine che forse non è più dettata dalla rivalità ma da una comprensione solidale.

– Era un uomo finito; potevamo farne quel che volevamo: mandarlo ai lavori forzati o dargli un incarico di routine nei nostri servizi speciali. Invece...

– Invece...

– L'ho lasciato scappare. Una finta evasione, un finto espatrio clandestino, ed è tornato a far perdere le sue tracce. Credo di riconoscere la sua mano, ogni tanto, nei materiali che mi capitano sott'occhio... La sua qualità è migliorata... Ora pratica la mistificazione per la mistificazione... La nostra forza ormai su di lui non ha più presa. Per fortuna...

– Per fortuna?

– Qualcosa che ci sfugge deve pur restare... Perché il potere abbia un oggetto su cui esercitarsi, uno spazio in cui allungare le sue braccia... Finché so che al mondo c'è qualcuno che fa dei giochi di prestigio solo per amore del gioco, finché so che c'è una donna che ama la lettura per la lettura, posso convincermi che il mondo continua... E ogni sera anch'io m'abbandono alla lettura, come quella lontana lettrice sconosciuta...

Rapidamente strappi dalla tua mente l'indebita sovrapposizione d'immagini del Direttore Generale e di Ludmilla, per goderti l'apoteosi della Lettrice, visione radiosa che s'innalza dalle disincantate parole di Arkadian Porphyritch, e assaporare la certezza, confermata dall'onnisciente Direttore, che tra lei e te non esistono più ostacoli né misteri, mentre del Cagliostro tuo rivale non rimane che un'ombra patetica sempre più lontana...

Ma la tua soddisfazione non può essere piena finché non sarà spezzato l'incantesimo delle letture interrotte. Anche su questo punto cerchi d'entrare in argomento con Arkadian Porphyritch: – Come contributo alla vostra collezione, avremmo voluto offrirvi uno dei libri proibiti più richiesti in Ataguitania: *Intorno a una fossa vuota* di Calixto Bandera, ma per un eccesso di zelo la nostra polizia ha mandato al macero l'intera tiratura. Ci risulta però che una traduzione in lingua ircanica di questo romanzo circola di mano in mano nel vostro paese in un'edizione clandestina a ciclostile. Lei ne sa qualcosa?

Arkadian Porphyritch s'alza a consultare uno schedario. – Di Calixto Bandera, ha detto? Ecco: oggi come oggi mi pare non sia disponibile. Ma se avrà la pazienza d'aspettare una settimana, al massimo due, tengo in serbo per lei una sorpresa sopraffina. Uno dei nostri più importanti autori proibiti, Anatoly Anatolin, a quanto ci segnalano i nostri informatori, lavora da tempo a una trasposizione del romanzo di Bandera in ambiente ircanico. Da altre fonti sappiamo che Anatolin sta per terminare un nuovo romanzo intitolato *Quale storia laggiù attende la fine?*, di cui già abbiamo predisposto il sequestro con un'operazione di polizia a sorpresa, in modo da impedire che entri nel circuito di diffusione clandestino. Appena ce ne saremo impadroniti, m'affretterò a fargliene avere copia e lei stesso potrà rendersi conto se si tratta del libro che cerca.

In un lampo decidi il tuo piano. Con Anatoly Anatolin hai modo di metterti in contatto direttamente; devi riuscire a battere sul tempo gli agenti di Arkadian Porphyritch, entrare in possesso del manoscritto prima di loro, salvarlo dal sequestro, portarlo in salvo e mettere in salvo te stesso, tanto dalla polizia ircanica quanto da quella ataguitana...

Quella notte fai un sogno. Sei in treno, un lungo treno che traversa l'Ircania. Tutti i viaggiatori leggono grossi volumi rilegati, cosa che nei paesi dove giornali e periodici sono poco attraenti succede più facilmente che altrove. Ti viene l'idea che qualcuno dei viaggiatori, o tutti, stiano leggendo uno dei romanzi che tu hai dovuto interrompere, anzi, che tutti quei romanzi si trovino lì nello scompartimento, tradotti in una lingua che ti è sconosciuta. Ti sforzi di leggere cosa c'è scritto sul dorso delle rilegature, per quanto sappia che è inutile perché è una scrittura per te indecifrabile.

Un viaggiatore esce nel corridoio e lascia il suo volume per tenere il posto occupato, con un segnalibro tra le pagine. Appena è uscito tu tendi le mani verso il libro, lo sfogli, ti convinci che è quello che cerchi. In quel momento t'accorgi che tutti gli altri viaggiatori si sono voltati verso di te con occhiate di minacciosa disapprovazione per il tuo contegno indiscreto.

Per nascondere la tua confusione, t'alzi, t'affacci al finestrino, sempre tenendo in mano il volume. Il treno è fermo tra binari e pali di segnali, forse a uno scambio fuori d'una qualche stazione sperduta. C'è nebbia e neve, non si vede niente. Nel binario vicino s'è fermato un altro treno che va nella direzione opposta, con i vetri tutti appannati. Al finestrino di fronte al tuo il movimento circolare d'una mano inguantata restituisce al vetro un po' di trasparenza: ne affiora una figura di donna in una nuvola di pellicce. – Ludmilla... – la chiami, – Ludmilla, il libro, – cerchi di dirle, più a gesti che con la voce, – il libro che cerchi, l'ho trovato, è qui... – e t'affanni ad abbassare il vetro per passarglielo attraverso i cannelli di ghiaccio che ricoprono il treno d'una spessa crosta.

– Il libro che cerco, – dice la figura sfumata che protende anche lei un volume simile al tuo, – è quello che dà il senso del mondo dopo la fine del mondo, il senso che il mondo è la fine di tutto ciò che c'è al mondo, che la sola cosa che ci sia al mondo è la fine del mondo.

– Non è così, – gridi, e cerchi nel libro incomprensibile una frase che possa smentire le parole di Ludmilla. Ma i due treni ripartono, s'allontanano in direzioni opposte.

Un vento gelido spazza i giardini pubblici della capitale dell'Ircania. Sei seduto su una panchina in attesa di Anatoly Anatolin che ti deve consegnare il manoscritto del suo nuovo romanzo *Quale storia laggiù attende la fine?* Un giovane dalla lunga barba bionda, il lungo pastrano nero e un berretto di tela cerata si siede al tuo fianco. – Faccia finta di niente. I giardini sono sempre molto sorvegliati.

Una siepe vi protegge da occhi estranei. Un piccolo fascio di fogli passa dalla tasca interna del lungo cappotto di Anatoly alla tasca interna del tuo corto soprabito. Anatoly Anatolin tira fuori altri fogli da una tasca interna della giacca. – Ho dovuto dividere le pagine tra le diverse tasche, perché il rigonfio non desse nell'occhio, – dice, tirando fuori un rotolo di pagine da una tasca interna del panciotto. Il vento gli porta via un foglio di tra le dita; si precipita a raccoglierlo. Fa per estrarre un altro mazzo di pagine dalla tasca posteriore dei calzoni, ma dalla siepe saltano fuori due agenti in borghese che l'arrestano.

Quale storia laggiù attende la fine?

Camminando per la grande Prospettiva della nostra città, cancello mentalmente gli elementi che ho deciso di non prendere in considerazione. Passo accanto al palazzo d'un ministero, la cui facciata è carica di cariatidi, colonne, balaustre, plinti, mensole, metope, e sento il bisogno di ridurla a una liscia superficie verticale, a una lastra di vetro opaco, a un diaframma che delimiti lo spazio senza imporsi alla vista. Ma anche così semplificato quel palazzo continua a pesarmi addosso in maniera opprimente: decido di abolirlo completamente; al suo posto un cielo lattiginoso si leva sulla terra nuda. Allo stesso modo cancello altri cinque ministeri, tre banche e un paio di grattacieli di grandi società. Il mondo è così complicato, aggrovigliato e sovraccarico che per vederci un po' chiaro è necessario sfoltire, sfoltire.

Nel viavai della Prospettiva incontro continuamente persone la cui vista mi riesce per svariate ragioni sgradevole: i miei superiori gerarchici perché mi ricordano la mia condizione di sottoposto, i miei sottoposti perché detesto di sentirmi investito d'un'autorità che mi sembra meschina, come meschini sono l'invidia, il servilismo e il rancore che suscita. Cancello gli uni e gli altri, senza esitare; con la coda dell'occhio li vedo assottigliarsi e svanire in una leggera bava di nebbia.

In questa operazione devo fare attenzione a risparmiare i passanti, gli estranei, gli sconosciuti che non m'hanno mai dato fastidio: anzi, le facce d'alcuni di loro, a osservarle senza alcun partito preso, mi paiono degne d'un sincero interesse. Ma se del mondo che mi circonda resta solo una folla di estranei non tardo ad avvertire un senso di solitudine e di spaesamento: meglio dunque che cancelli anche loro, così in blocco, e non ci pensi più.

In un mondo semplificato ho più probabilità d'incontrare le poche persone che mi fa piacere incontrare, per esempio Franziska. Franziska è un'amica che quando mi capita d'incontrarla provo una grande allegria. Ci diciamo delle cose spiritose, ridiamo, ci raccontiamo fatti qualsiasi ma che magari ad altri non racconteremmo e che invece a discorrerne tra noi si rivelano interessanti per entrambi, e prima di salutarci ci diciamo che dobbiamo assolutamente rivederci al più presto. Poi i mesi passano, finché non ci capita d'incontrarci ancora una volta per la strada per caso; acclamazioni festose, risate, promesse di rivederci, ma né io né lei facciamo mai nulla per provocare un incontro; forse perché sappiamo che non sarebbe più la stessa cosa. Ora, in un mondo semplificato e ridotto, in cui sia sgombrato il campo da tutte quelle situazioni prestabilite per cui il fatto che io e Franziska ci si veda più spesso implicherebbe una relazione tra noi che andrebbe in qualche modo definita, magari in vista d'un matrimonio o comunque del considerarci una coppia, presupponendo un legame estendibile alle rispettive famiglie, alle parentele ascendenti e discendenti e alle fratellanze e cuginanze, e un legame tra ambienti della vita di relazione e coinvolgimenti nella sfera dei redditi e dei beni patrimoniali, una volta spariti tutti questi condizionamenti che incombono silenziosamente intorno ai nostri dialoghi e fanno sì che non durino più di pochi minuti, l'incontrare Franziska dovrebb'essere ancora più bello e piacevole. È naturale dunque che io cerchi di creare le condizioni più favorevoli al coincidere dei nostri percorsi, compresa l'abolizione di tutte le giovani donne che portano una pelliccia chiara come quella che lei portava l'ultima volta di modo che vedendola di lontano io possa essere sicuro che è lei senza espormi a equivoci e delusioni, e l'abolizione di tutti i giovanotti che hanno l'aria di poter essere amici di Franziska e non è escluso che stiano per incontrarla magari intenzionalmente e trattenerla in piacevole conversazione nel momento in cui dovrei essere io a incontrarla, per caso.

Mi sono dilungato in dettagli d'ordine personale ma questo non deve far credere che nelle mie cancellazioni io sia mosso prevalentemente da interessi miei individuali immediati, mentre invece io cerco d'agire nell'interesse di tutto l'insieme (e quindi anche di me stesso, ma indirettamente). Se tanto per cominciare ho fatto sparire tutti gli uffici pubblici che mi capitavano a tiro, e non solo gli edifici, con le loro gradinate e gli ingressi a colonne e i corridoi e le anticamere, e schedari e circolari e dossiers, ma anche i capidivisione, i direttori generali, i vice-ispettori, i facente funzione, gli impiegati di ruolo e avventizi, l'ho fatto perché credo che la loro esistenza sia nociva o superflua all'armonia dell'insieme.

È l'ora in cui la folla del personale impiegatizio lascia gli uffici surriscaldati, s'abbottona i cappotti dal bavero di pelliccia sintetica e s'accalca negli autobus. Batto le palpebre e sono spariti: solo rari passanti si distinguono in lontananza nelle vie spopolate, da cui io ho già avuto cura di eliminare le vetture e i camion e gli autobus. Mi piace vedere il suolo stradale sgombro e liscio come la pista d'un bowling.

Poi abolisco caserme, corpi di guardia, commissariati; tutte le persone in uniforme svaniscono come se non fossero mai esistite. Forse m'è scappata la mano; m'accorgo che subiscono la stessa sorte i pompieri, i postini, gli spazzini municipali e altre categorie che potevano meritatamente aspirare a un trattamento diverso; ma ormai quel che è fatto è fatto: non si può star sempre lì a guardare tanto per il sottile. Per non creare inconvenienti m'affretto ad abolire gli incendi, la spazzatura, e anche la posta, che tutto sommato non porta altro che seccature.

Controllo che non siano rimasti in piedi ospedali, cliniche, ospizi: cancellare medici, infermieri, malati mi pare l'unica salute possibile. Poi i tribunali al completo di magistrati, avvocati, imputati e parti lese; le prigioni con dentro carcerati e guardiani. Poi cancello l'università con tutto il corpo accademico, l'accademia di scienze lettere e arti, il museo, la biblioteca, i monumenti con relativa sovrintendenza, il teatro, il cinema, la televisione, i giornali. Se credono di potermi fermare col rispetto della cultura, si sbagliano.

Poi tocca alle strutture economiche che da troppo tempo continuano a imporre la loro smodata pretesa di determinare le nostre vite. Cosa si credono? Dissolvo uno per uno i negozi cominciando da quelli di generi di prima necessità per finire con i consumi voluttuari e superflui: prima sguernisco le vetrine di merci, poi cancello i banchi, gli scaffali, le commesse, le cassiere, i capireparto. La folla dei clienti resta un secondo smarrita protendendo le mani nel vuoto, vedendo volatilizzarsi i panieri a rotelle; poi è anch'essa inghiottita dal nulla. Dal consumo risalgo alla produzione: abolisco l'industria, leggera e pesante, estinguo le materie prime e le fonti d'energia. E l'agricoltura? Via anche quella! E perché non si dica che tendo a regredire verso le società primitive, escludo anche la caccia e la pesca.

La natura... Ah, ah, non crediate che non abbia capito che anche questa della natura è una bella impostura: muoia! Basta che resti uno strato di crosta terrestre abbastanza solida sotto i piedi e il vuoto da tutte le altre parti.

Continuo la mia passeggiata per la Prospettiva, che adesso non si distingue più dalla sconfinata pianura deserta e ghiacciata. Non ci sono più mura, a perdita d'occhio, e nemmeno montagne o colline; non un fiume, né un lago, né un mare: solo una distesa piatta e grigia di ghiaccio compatto come basalto. Rinunciare alle cose è meno difficile di quel che si crede: tutto sta a cominciare. Una volta che sei riuscito a prescindere da qualcosa che credevi essenziale, t'accorgi che puoi fare a meno anche di qualcos'altro, poi ancora di molte altre cose. Eccomi dunque a percorrere questa superficie vuota che è il mondo. C'è un vento raso terra che trascina con folate di nevischio gli ultimi residui del mondo sparito: un grappolo d'uva matura che sembra colta adesso dal tralcio, una scarpina di lana per neonato, un giunto cardanico ben oliato, una pagina che si direbbe strappata a un romanzo in lingua spagnola con un nome di donna: Amaranta. Era pochi secondi fa o molti secoli che tutto ha cessato d'esistere? Ho già perso il senso del tempo.

Là in fondo a quella striscia di niente che continuo a chiamare la Prospettiva, vedo avanzare una figura sottile in un giaccone di pelliccia chiara: è Franziska! Riconosco il passo slanciato negli alti stivali, il modo in cui tiene le braccia raccolte nel manicotto, la lunga sciarpa a strisce che sventola. L'aria gelata e il terreno sgombro garantiscono una buona visibilità ma inutilmente mi sbraccio in gesti di richiamo: non può riconoscermi, siamo ancora troppo distanti. Avanzo a grandi passi, almeno credo d'avanzare, ma mi mancano i punti di riferimento. Ecco che nella linea tra me e Franziska si profilano alcune ombre: sono uomini, uomini col cappotto e il cappello. Mi stanno aspettando. Chi possono essere?

Quando mi sono avvicinato abbastanza, li riconosco: sono quelli della Sezione D. Come mai sono rimasti lì? Cosa ci fanno? Credevo d'aver abolito anche loro quando ho cancellato il personale di tutti gli uffici. Perché si mettono di mezzo tra me e Franziska? «Ora li cancello!» penso, concentrandomi. Macché: sono ancora lì in mezzo.

– Eccoti qua, – mi salutano. – Anche tu sei dei nostri? Bravo! Ci hai dato una mano come si deve e ora tutto è pulito.

– Ma come? – esclamo. – C'eravate anche voi a cancellare?

Ora mi spiego la sensazione che avevo d'essere andato più in là d'altre volte nell'esercizio di far sparire il mondo che mi circonda.

– Ma, ditemi, voi non eravate quelli che parlavano sempre di incrementare, di potenziare, di moltiplicare...

– Ebbene? Non c'è mica contraddizione... Tutto rientra nella logica delle previsioni... La linea di sviluppo riparte da zero... Anche tu ti sei accorto che la situazione era arrivata a un punto morto, si deteriorava... Non c'era che secondare il processo... Tendenzialmente, quel che può figurare come un passivo sui tempi brevi, poi sui tempi lunghi si può trasformare in un'incentivazione...

– Ma io non la intendevo mica come voi... Il mio proposito era un altro... Io cancello in un altro modo... – protesto, e penso: «Se credono di farmi entrare nei loro piani si sbagliano!»

Non vedo l'ora di far marcia indietro, di far tornare a esistere le cose del mondo, a una a una o tutte insieme, contrapporre la loro variegata e tangibile sostanza come un muro compatto contro i loro disegni di vanificazione generale. Chiudo gli occhi e li riapro, sicuro di ritrovarmi nella Prospettiva brulicante di traffico, con i lampioni che a quest'ora devono essersi accesi e l'ultima edizione dei giornali che appare sui banchi delle edicole. Invece: niente: intorno il vuoto è sempre più vuoto, la sagoma di Franziska all'orizzonte viene avanti lentamente come se dovesse risalire la curvatura del globo terrestre. Siamo noi i soli superstiti? Con terrore crescente comincio a rendermi conto della verità: il mondo che io credevo cancellato da una decisione della mia mente che potevo revocare in qualsiasi momento, era finito davvero.

– Bisogna essere realisti, – dicono i funzionari della Sezione D. – Basta guardarsi intorno. È tutto l'universo che si... diciamo che è in fase di trasformazione... – e indicano il cielo dove le costellazioni non si riconoscono più, qua aggrumate là rarefatte, la mappa celeste sconvolta da stelle che esplodono una dopo l'altra mentre altre dànno gli ultimi guizzi e si spengono. – L'importante è che, ora che arrivano i nuovi, trovino la Sezione D in perfetta efficienza, con l'organico dei suoi quadri al completo, le strutture funzionali operanti...

– E chi sono, questi «nuovi»? Cosa fanno? Cosa vogliono? – chiedo e sulla superficie gelata che mi separa da Franziska vedo una incrinatura sottile che s'estende come un'insidia misteriosa.

– È presto per dirlo. Per dirlo noi, nei termini nostri. Per ora non riusciamo neanche a vederli. Che ci siano, è sicuro, e del resto già da prima eravamo informati, che stavano per arrivare... Ma ci siamo anche noi, e loro non possono non saperlo, noi che rappresentiamo la sola continuità possibile con quello che c'era prima... Hanno bisogno di noi, non possono fare a meno di ricorrere a noi, di affidare a noi la direzione pratica di quello che resta... Il mondo ricomincerà così come noi lo vogliamo...

No, penso, il mondo che vorrei ricominciasse a esistere intorno a me e a Franziska non può essere il vostro; vorrei concentrarmi a pensare un luogo in tutti i particolari, un ambiente dove mi piacerebbe trovarmi con Franziska in questo momento, per esempio un caffè pieno di specchi in cui si riflettono lampadari di cristallo e un'orchestra suona dei valzer e gli accordi dei violini ondeggiano sopra i tavolini di marmo e le tazze fumanti e le paste alla panna. Mentre fuori, al di là dei vetri appannati, il mondo pieno di persone e di cose farebbe sentire la sua presenza: la presenza del mondo amico e ostile, le cose di cui rallegrarsi o contro cui battersi... Lo penso con tutte le mie forze ma ormai so che esse non bastano a farlo esistere: il nulla è più forte e ha occupato tutta la terra.

– Entrare in rapporto con loro non sarà facile, – continuano quelli della Sezione D, – e bisogna star attenti a non commettere errori e a non farci mettere fuori gioco. Abbiamo pensato a te, per guadagnare la fiducia dei nuovi. Hai dimostrato di saperci fare, nella fase della liquidazione, e sei il meno compromesso di tutti con la vecchia amministrazione. Dovrai essere tu a presentarti, a spiegare cos'è la Sezione, come può essere utilizzata da loro, per compiti indispensabili, urgenti... Be', vedrai tu come mettere le cose nel modo migliore...

– Allora vado, vado a cercarli... – m'affretto a dire, perché capisco che se non scappo ora, se non raggiungo subito Franziska per metterla in salvo, tra un minuto sarà troppo tardi, la trappola sta per scattare. M'allontano di corsa prima che quelli della Sezione D mi trattengano per farmi domande e darmi istruzioni; avanzo sulla crosta gelata verso di lei. Il mondo è ridotto a un foglio di carta dove non si riescono a scrivere altro che parole astratte, come se tutti i nomi concreti fossero finiti; basterebbe riuscire a scrivere la parola «barattolo» perché sia possibile scrivere anche «casseruola», «intingolo», «canna fumaria», ma l'impostazione stilistica del testo lo vieta.

Sul suolo che mi separa da Franziska vedo aprirsi delle fessure, dei solchi, dei crepacci; ogni momento un mio piede sta per essere inghiottito in un trabocchetto: questi interstizi s'allargano, presto tra me e Franziska si frapporrà un burrone, un abisso! Salto da una sponda all'altra, e in basso non vedo alcun fondo ma solo il nulla che continua giù all'infinito; corro su pezzi di mondo sparpagliati nel vuoto; il mondo si sta sgretolando... Quelli della Sezione D mi chiamano, fanno gesti disperati perché torni indietro e non mi spinga più oltre... Franziska! Ecco, un ultimo balzo e sono da te!

È qui, è di fronte a me, sorridente, con lo scintillio dorato degli occhi, il suo piccolo viso un po' arrossato dal freddo. – Oh, ma sei proprio tu! Ogni volta che passo sulla Prospettiva t'incontro! Non mi dirai che passi le giornate a passeggio! Senti, conosco un caffè qui all'angolo, pieno di specchi, con un'orchestra che suona dei valzer: m'inviti?

XI

Lettore, è tempo che la tua sballottata navigazione trovi un approdo. Quale porto può accoglierti più sicuro d'una grande biblioteca? Certamente ve n'è una nella città da cui eri partito e cui hai fatto ritorno dopo il tuo giro del mondo da un libro all'altro. Ti resta ancora una speranza, che i dieci romanzi che si sono volatilizzati tra le tue mani appena ne hai intrapreso la lettura, si trovino in questa biblioteca.

Finalmente ti s'apre una giornata libera e tranquilla; vai in biblioteca, consulti il catalogo; ti trattieni a stento dal lanciare un grido di giubilo, anzi: dieci grida; tutti gli autori e i titoli che cerchi figurano nel catalogo, diligentemente registrati.

Compili una scheda e la consegni; ti viene comunicato che nel catalogo ci dev'essere stato un errore di numerazione; il libro non si trova; comunque faranno delle ricerche. Ne chiedi subito un altro: ti dicono che risulta in lettura, ma non si riesce a stabilire chi l'ha richiesto e quando. Il terzo che chiedi è in legatoria; sarà di ritorno tra un mese. Il quarto è conservato in un'ala della biblioteca chiusa per restauri. Continui a riempire schede; per una ragione o per l'altra, nessuno dei libri che chiedi è disponibile.

Mentre il personale continua le sue ricerche, tu attendi con pazienza seduto a un tavolo insieme ad altri lettori più fortunati, immersi nei loro volumi. Allunghi il collo a sinistra e a destra per sbirciare nei libri altrui: chissà che uno di costoro non stia leggendo uno dei libri che cerchi.

Lo sguardo del lettore di fronte a te, anziché posarsi sul libro aperto tra le sue mani, vaga in aria. Non sono occhi distratti, però, i suoi: una fissità intensa accompagna i movimenti delle iridi azzurre. Ogni tanto i vostri sguardi s'incontrano. A un certo punto ti rivolge la parola, o meglio, parla come nel vuoto, pur rivolgendosi certamente a te:

– Non si meravigli se mi vede sempre vagare con gli occhi. In effetti questo è il mio modo di leggere, ed è solo così che la lettura mi riesce fruttuosa. Se un libro m'interessa veramente, non riesco a seguirlo per più di poche righe senza che la mia mente, captato un pensiero che il testo le propone, o un sentimento, o un interrogativo, o un'immagine, non parta per la tangente e rimbalzi di pensiero in pensiero, d'immagine in immagine, in un itinerario di ragionamenti e fantasie che sento il bisogno di percorrere fino in fondo, allontanandomi dal libro fino a perderlo di vista. Lo stimolo della lettura mi è indispensabile, e d'una lettura sostanziosa, anche se d'ogni libro non riesco a leggere che poche pagine. Ma già quelle poche pagine racchiudono per me interi universi, cui non riesco a dar fondo.

– La capisco bene, – interloquisce un altro lettore, alzando il volto cereo e gli occhi arrossati dalle pagine del suo volume, – la lettura è un'operazione discontinua e frammentaria. O meglio: l'oggetto della lettura è una materia puntiforme e pulviscolare. Nella dilagante distesa della scrittura l'attenzione del lettore distingue dei segmenti minimi, accostamenti di parole, metafore, nessi sintattici, passaggi logici, peculiarità lessicali che si rivelano d'una densità di significato estremamente concentrata. Sono come le particelle elementari che compongono il nucleo dell'opera, attorno al quale ruota tutto il resto. Oppure come il vuoto al fondo d'un vortice, che aspira e inghiotte le correnti. È attraverso questi spiragli che, per lampi appena percettibili, si manifesta la verità che il libro può portare, la sua sostanza ultima. Miti e misteri consistono di granellini impalpabili come il polline che resta sulle zampe delle farfalle; solo chi ha capito questo può attendersi rivelazioni e illuminazioni. Per questo la mia attenzione, al contrario di come diceva lei, signore, non può staccarsi dalle righe scritte neanche per un attimo. Non devo distrarmi se non voglio trascurare qualche indizio prezioso. Ogni volta che m'imbatto in uno di questi grumi di significato devo continuare a scavare intorno per vedere se la pepita s'estende in un filone. Per questo la mia lettura non ha mai fine: leggo e rileggo ogni volta cercando la verifica d'una nuova scoperta tra le pieghe delle frasi.

– Anch'io sento il bisogno di rileggere i libri che ho già letto, – dice un terzo lettore, – ma a ogni rilettura mi sembra di leggere per la prima volta un libro nuovo. Sarò io che continuo a cambiare e vedo nuove cose di cui prima non m'ero accorto? Oppure la lettura è una costruzione che prende forma mettendo insieme un gran numero di variabili e non può ripetersi due volte secondo lo stesso disegno? Ogni volta che cerco di rivivere l'emozione d'una lettura precedente, ricavo impressioni diverse e inattese, e non ritrovo quelle di prima. In certi momenti mi sembra che tra una lettura e l'altra ci sia un progresso: nel senso per esempio di penetrare di più nello spirito del testo, o di aumentare il distacco critico. In altri momenti invece mi sembra di conservare il ricordo delle letture d'uno stesso libro l'una accanto all'altra, entusiaste o fredde o ostili, sparse nel tempo senza una prospettiva, senza un filo che le leghi. La conclusione a cui sono arrivato è che la lettura è un'operazione senza oggetto; o che il suo vero oggetto è se stessa. Il libro è un supporto accessorio o addirittura un pretesto.

Interviene un quarto: – Se volete insistere sulla soggettività della lettura posso essere d'accordo con voi, ma non nel senso centrifugo che voi le attribuite. Ogni nuovo libro che leggo entra a far parte di quel libro complessivo e unitario che è la somma delle mie letture. Questo non avviene senza sforzo: per comporre quel libro generale, ogni libro particolare deve trasformarsi, entrare in rapporto coi libri che ho letto precedentemente, diventarne il corollario o lo sviluppo o la confutazione o la glossa o il testo di referenza. Da anni frequento questa biblioteca e la esploro volume per volume, scaffale per scaffale, ma potrei dimostrarvi che non ho fatto altro che portare avanti la lettura d'un unico libro.

– Anche per me tutti i libri che leggo portano a un unico libro, – dice un quinto lettore affacciandosi da dietro una pila di volumi rilegati, – ma è un libro indietro nel tempo, che affiora appena dai miei ricordi.

C'è una storia che per me viene prima di tutte le altre storie e di cui tutte le storie che leggo mi sembra portino un'eco che subito si perde. Nelle mie letture non faccio che ricercare quel libro letto nella mia infanzia, ma quel che ne ricordo è troppo poco per ritrovarlo.

Un sesto lettore che stava in piedi passando in rassegna gli scaffali a naso alzato, s'avvicina al tavolo. – Il momento che più conta per me è quello che precede la lettura. Alle volte è il titolo che basta ad accendere in me il desiderio d'un libro che forse non esiste. Alle volte è l'incipit del libro, le prime frasi... Insomma: se a voi basta poco per mettere in moto l'immaginazione, a me basta ancor meno: la promessa della lettura.

– Per me invece è la fine che conta, – dice un settimo, – ma la fine vera, ultima, nascosta nel buio, il punto d'arrivo a cui il libro vuole portarti. Anch'io leggendo cerco degli spiragli, – dice accennando all'uomo dagli occhi arrossati, – ma il mio sguardo scava tra le parole per cercare di scorgere cosa si profila in lontananza, negli spazi che si estendono al di là della parola «fine».

È venuto il momento che anche tu dica la tua. – Signori, devo premettere che a me nei libri piace leggere solo quello che c'è scritto; e collegare i particolari con tutto l'insieme; e certe letture considerarle come definitive; e mi piace tener staccato un libro dall'altro, ognuno per quel che ha di diverso e di nuovo; e soprattutto mi piacciono i libri da leggere dal principio alla fine. Ma da un po' di tempo in qua tutto mi va per storto: mi sembra che ormai al mondo esistano solo storie che restano in sospeso e si perdono per strada.

Ti risponde il quinto lettore: – Anche di quella storia di cui vi parlavo ricordo bene l'inizio, ma ho dimenticato tutto il resto. Dovrebb'essere un racconto delle Mille e una notte. Sto confrontando le varie edizioni, le traduzioni in tutte le lingue. Le storie simili sono molte e con molte varianti, ma nessuna è quella. Che me la sia sognata? Eppure so che non avrò pace finché non l'avrò trovata e non saprò come finisce.

– Il Califfo Harùn ar-Rashìd, – così comincia la storia che, vista la tua curiosità, egli acconsente a raccontare, – una notte, in preda all'insonnia, si traveste da mercante ed esce per le strade di Bagdad. Una barca lo trasporta per la corrente del Tigri fino al cancello d'un giardino. Sull'orlo d'una vasca una donna bella come la luna canta accompagnandosi con un liuto. Una schiava fa entrare Harùn nel palazzo e gli fa indossare un mantello color zafferano. La donna che cantava nel giardino è seduta su una poltrona d'argento. Sui cuscini intorno a lei stanno sette uomini avvolti in mantelli color zafferano. «Mancavi tu solo, – dice la donna, – sei in ritardo», e l'invita a sedersi su un cuscino al suo fianco. «Nobili signori, avete giurato d'obbedirmi ciecamente, e ora è giunto il momento di mettervi alla prova», e la donna si toglie dal collo un vezzo di perle. «Questa collana ha sette perle bianche e una nera. Ora ne spezzerò il filo e lascerò cadere le perle in una coppa d'onice. Chi tirerà a sorte la perla nera dovrà uccidere il Califfo Harùn ar-Rashìd e portarmi la sua testa. Per ricompensa gli offrirò me stessa. Ma se si rifiuterà d'uccidere il Califfo, sarà ucciso dagli altri sette, che ripeteranno il sorteggio della perla nera». Con un brivido Harùn ar-Rashìd apre la mano, vede la perla nera e, rivolgendosi alla donna: «Obbedirò agli ordini della sorte e tuoi, a patto che tu mi racconti quale offesa del Califfo ha scatenato il tuo odio», chiede, ansioso d'ascoltare il racconto.

Anche questo relitto d'una lettura infantile dovrebbe figurare nel tuo elenco dei libri interrotti. Ma che titolo ha?

– Se aveva un titolo, ho dimenticato anche quello. Glie ne metta uno lei.

Le parole con cui la narrazione s'interrompe ti sembra esprimano bene lo spirito delle Mille e una notte. Scrivi dunque *Chiede, ansioso d'ascoltare il racconto* nella lista dei titoli che hai inutilmente chiesto alla biblioteca.

– Mi può far vedere? – domanda il sesto lettore, prende l'elenco dei titoli, si toglie gli occhiali da miope, li mette nell'astuccio, apre un altro astuccio, inforca gli occhiali da presbite e legge ad alta voce:

«*Se una notte d'inverno un viaggiatore, fuori dell'abitato di Malbork, sporgendosi dalla costa scoscesa senza temere il vento e la vertigine, guarda in basso dove l'ombra s'addensa in una rete di linee che s'allacciano, in una rete di linee che s'intersecano sul tappeto di foglie illuminate dalla luna intorno a una fossa vuota, – Quale storia laggiù attende la fine? – chiede, ansioso d'ascoltare il racconto*».

Alza gli occhiali sulla fronte. – Sì, un romanzo che comincia così, – dice, – giurerei d'averlo letto... Lei ha solo questo inizio e vorrebbe trovare il seguito, è vero? Il guaio è che una volta cominciavano tutti così, i romanzi. C'era qualcuno che passava per una strada solitaria e vedeva qualcosa che colpiva la sua attenzione, qualcosa che sembrava nascondere un mistero, o una premonizione; allora chiedeva spiegazioni e gli raccontavano una lunga storia...

– Ma, guardi, c'è un equivoco, – cerchi d'avvertirlo, – questo non è un testo,... sono solo i titoli... il *Viaggiatore*...

– Oh, il viaggiatore appariva solo nelle prime pagine e poi non se ne parlava più, la sua funzione era finita... Il romanzo non era la sua storia...

– Ma non è di questa storia che vorrei sapere come va a finire...

T'interrompe il settimo lettore: – Lei crede che ogni storia debba avere un principio e una fine? Anticamente un racconto aveva solo due modi per finire: passate tutte le prove, l'eroe e l'eroina si sposavano oppure morivano. Il senso ultimo a cui rimandano tutti i racconti ha due facce: la continuità della vita, l'inevitabilità della morte.

Ti fermi un momento a riflettere su queste parole. Poi fulmineamente decidi che vuoi sposare Ludmilla.

Opere di Italo Calvino
in edizione Oscar

Opere di Italo Calvino
in edizione Oscar

Il barone rampante
Il cavaliere inesistente
Il visconte dimezzato
Marcovaldo
Fiabe italiane
Gli amori difficili
Lezioni americane
Il sentiero dei nidi di ragno
Le città invisibili
Le cosmicomiche
Racconti
Ultimo viene il corvo
Palomar
La giornata d'uno scrutatore
L'entrata in guerra
Collezione di sabbia
Il castello dei destini incrociati
La speculazione edilizia
Se una notte d'inverno un viaggiatore
Sotto il sole giaguaro
Ti con zero
La strada di San Giovanni
Una pietra sopra
Perché leggere i classici
La nuvola di smog - La formica argentina
Prima che tu dica «Pronto»
Sulla fiaba
Eremita a Parigi

XII

Ora siete marito e moglie, Lettore e Lettrice. Un grande letto matrimoniale accoglie le vostre letture parallele.

Ludmilla chiude il suo libro, spegne la sua luce, abbandona il capo sul guanciale, dice: – Spegni anche tu. Non sei stanco di leggere?

E tu: – Ancora un momento. Sto per finire *Se una notte d'inverno un viaggiatore* di Italo Calvino.

Indice